일본문학 속의 기독교 IX

편자 한국일본기독교문학회

제이앤씨
Publishing Corporation

책머리에

이번에도 회원 여러분의 성원에 힘입어 한국일본기독교문학연구총서 제9집을 발간하게 됨을 감사드립니다. 제반 사정에 의해서 이번 9집은 해를 넘겨서 출간하게 되었습니다만, 본 학회의 전통을 이어갈 수 있게 됨은 매우 귀중한 일이라고 하지 않을 수 없습니다.

새삼스러운 말씀이 되겠습니다만, 한국에서 일본의 기독교문학을 연구한다는 것은 여러 면에서 매우 의미 있는 일이라고 하겠습니다. 한국에서 일본의 기독교문학을 연구한다는 것은, 일본에서 이루어지고 있는 기독교문학의 성과를 연구함으로써 '기독교문학이란 무엇인가'라는 보편적인 물음에 접근함을 의미하는 것입니다. 그리고 '기독교문학이란 무엇인가'라는 물음 속에는 당연히 '기독교란 무엇인가', '문학이란 무엇인가', 또 기독교와 문학을 통해서 인류가 고래(古來)로 품어 왔던 진과 선과 미에 대한 심원한 물음이 포함되어 있을 것입니다. 여기에 본 학회가 지향하는 목표의 보편성이 있다고 여겨집니다.

나아가 저희 학회는 일본 기독교문학을 통하여 위와 같은 인류의 보편적인 물음에 접근한다는 점에서 구체성과 특성을 지니고 있습니다. 기독교 신앙과 문학은 진공상태에서 이루어지는 것이 아니라 구체적인 역사성과 문화성 속에서 추구되어 왔습니다. 그리고 이는 앞으로도 변함없이 이루어지게 될 것입니다. 그러므로 일본의 기독교문학에 대한 연구는 '한국에서 기독교문학이란 무엇인가'라는 물음과 떼어 놓고 생각할 수 없을 것입니다. 일본 기독교문학이 일본이라는 정신적 풍토에서 형성된 기독교 문학이라고 한다면, 그에 대한 연구와 관심은 당연히 한국이라는 지평에서 이루어지는 기독교문학 연구로 이어지게 될 것이기 때문입니다. 특히 한국과 일본의 장구한 교류 역사와 그 내용을 생각해 볼 때, 위와 같은 저희 학회의 활동은 한국과 일본의 문학 연구자들과 종교자들 간의 상호 교류에 기여하고, 나아가 한국과 일본의 다리 역할을 할 것입니다. 이는 본 학회가 담당하고 있는 중요한 역할의 하나임에 틀림없습니다. 해마다 양국의 학자들이 정기 학회에서 특별 강연이나 연구 발표 등을 통해 교류해 온 저희 학회의 역사가 이를 잘 말해 주고 있습니다.

앞으로도 한국일본기독교문학회가 지닌 상기와 같은 특성이 더욱 활성화되어 본 학회가 한국과 일본의 기독교문학에 기여하게 되기를 기도드리면서 제9집의 연구 총서가 발간됨을 회원 여러분과 더불어 기뻐하는 바입니다. 귀한 원고를 보내주신 회원 여러분들과 특별 강연 원고를 보내주신 일본의 세키구치 선생님께 감사를 드립니다. 출간의 제반 업무에 귀한 시간과 노력을 기울여 주신 총무 박상도 선생님께 심심한 감사의 말씀을 드립니다. 그리고 언제나처럼 출판을 담당해 주신 제이앤씨 출판사 여러분들의 노고에 감사를 드립니다.

앞으로도 본 학회에 더욱 깊은 관심과 애정을 가져 주시기를 부탁드리며, 회원 여러분의 연구 활동에 더욱 풍성한 결실이 있기를 기도드립니다.

2013년 3월
한국일본기독교문학회 회장 김승철

목 차

책머리에 ●1

한국일본기독교문학연구총서【No.9】
일본문학 속의 기독교 IX

［講演］21世紀の芥川龍之介像
―孤独で陰鬱な作家から人生と闘った作家へ―

關口安義

Ⅰ．注目される芥川龍之介

　きょうは、日本の代表的近代作家、芥川龍之介についてお話します。特別に申し上げたいのは、ここ20年ほどで芥川像が大きく変わった、――これまでの孤独で陰鬱な作家から人生と闘った作家へとそのイメージが変容したことをお話したいのです。つまり可能性としての芥川龍之介の存在を知っていただきたいのです。

　わたしは長年、日本の山梨県にある都留文科大学に勤務し、在職当時開館した甲府の山梨県立文学館の立ち上げにも関わりました。この文学館の中核は、芥川龍之介の資料です。わたしは全資料を点検しました。中には「羅生門」の下書きノート、構想メモ、などもあり、びっくりしました。この資料は、東京神田の古書店三茶書房の岩森亀一さんが収集したものです。わたしはこれらの資料が山梨県立文学館に入る前に、岩森さんのご厚意で見せていただきました。その成果は早く明治書院から出しました『芥川龍之介事典』に取り入れていますが、わたしの芥川研究は、こうした機会にも恵まれ、大きく前進しました。研究には一級資料との出会いが必要です。研究者はいかにして、こうした資料に巡り会い、それに基づいた発言ができるかにあります。

さて、昨年は芥川生誕120年、没後85年に当たりましたが、ここのところ、内外の人々から強い関心が寄せられています。そのことを最初に取り上げます。日本では2003(平成15)年4月から高等学校のカリキュラムの改訂により『国語総合』という新しい科目が登場しましたが、その各社教科書すべてに芥川龍之介の作品「羅生門」が採用され、現在に及んでいます。高校進学率が100パーセントに近づいている現在、選択必修とはいえ『国語総合』は、どの学校でも主として一年生段階で履修させますので、現在、日本の15～16歳の少年少女のほとんどは、芥川龍之介という作家を教科書から知るのです。全教科書に「羅生門」が載るようになったのは、今申し上げましたように、2003年からですので、単純計算しますと、当時15歳だった人は、9年後の現在、24歳と言うことになります。ですから廿代半ば以下の日本の青少年は、すべて「羅生門」を教科書で学び、芥川龍之介という作家を知っているということになります。

日本では近年映画や演劇でも芥川は盛んに取り上げられるようになりました。映画では川口浩史監督、尾野真知子主演の「トロッコ」が、先ず挙げられます。また、秋原正俊監督平幹二郎主演の「蜘蛛の糸」なども上映されました。演劇では先頃亡くなった林光さんの台本・作曲になるこんにゃく座のオペラ「そしてみんなうそをついた」、それに青年劇場の「藪の中から龍之介」という芥川の作品や生涯を劇化したものもありました。これらの上演には、いずれも近年の芥川研究の成果が色濃く反映しているのですが、特に青年劇場の若手脚本家、篠原久美子さんの台本を基とし、原田一樹氏演出のものは、完全に成功したとはいえないものの、近年の芥川研究をしっかりと取り入れ、過去の芥川像を乗り越えようとする上演でした。生誕120年、没後85年の昨年、シアターXが上演した新作オペラ「地獄変」も意欲に満ちたもので、一昨年の東日本大震災をも意識し、「芥川をいまの時代の舞台として斬新に提起したい」として取り組んでいました。

　次に外国に目を向けますと、まず、冷戦後お隣の国中国、そしてここ韓国での芥川研究が急速に高まりました。それに引きずられて、これらの国々では、芥川読者が増えつつあります。中国では2005年3月に、中国語訳『芥川龍之介全集』全5巻が刊行されています。小説や随筆ばかりでなく、詩歌や書評・劇評・書簡・遺書・それに年譜までも添えた本格的な全集です。また、芥川の『支那游記』が中国で見直され、訳者の異なる3冊もの『中国游記』が書店には並んでいます。ここに持ってきましたが、これは一昔前までは想像も出来なかった現象ですね。『支那游記』といいますと以前は中国では、芥川否定の象徴的なものだったからです。

　ここ韓国でも、皆さんの努力でハングル版の『芥川龍之介全集』

の刊行がはじまり、現在3巻までが出、近く第4巻が刊行されると聞いております。韓国は東アジアでは稀なキリスト教国ですが、そういうこともあってか、韓国では芥川のキリスト教との関わりを論じた著書や論文が数多く登場しました。ご存知のように、研究者の多くは日本語でも論文を書いていますね。昨年の秋、日本で尹相仁ほか著の『韓国における日本文学翻訳の64年』(出版ニュース社、2012・10)という本が翻訳出版されました。これはソウル大学校アジア言語文明学部の尹相仁さんを中心とした方々の共同研究ですが、なかなかの労作です。ここには1945年から2009年までの間に韓国語に翻訳された作品の数も統計的に示されています。それによりますと、この64年間に韓国語に翻訳された日本の作家のベストテンは、①三浦綾子134編、②村上春樹106編、③芥川龍之介80編、④村上龍66編、⑤梶山季之56編、以下大江健三郎、富島健夫、松本清張、森村誠一、浅田次郎の順になっています。翻訳数ベストテン作家のほぼすべてが、第二次世界大戦後に活躍を開始した現代作家なのに、芥川一人が、戦前の大正期作家であるのが目を引きますね。韓国での芥川人気はかなり高いといえましょう。

　英語圏に目を転じますと、2006(平成18)年3月に、イギリスの大手出版社ペンギン社からペンギン・クラシックス・シリーズの1　冊に『「羅生門」ほか17編』という新訳によるアンソロジーが入り、イギリスやアメリカ、そしてカナダやニュージーランドなど売り出されました。ペンギン・古典叢書という英語圏ではよく知られた叢書に入った最初の現代アジア作家が芥川龍之介であったということは、芥川再評価・再発見の象徴的出来事だったのです。しかもここには「尾形了斎覚え書」「忠義」「馬の脚」「大導寺信輔の半生」「点鬼簿」など九作品の初の英訳が入っています。どれもが、これまでは翻訳不可能とされたものです。訳者のジェイ・ルービンさんは、芥川が日本語の達人だったことを十分に評価した上で、「その作品は書かれた言語から剥ぎ取られるという横暴を生き延びる。無比の創作手段であった日本語から切り離されても、芥川の思考とイメージ、その登場人物たちは生命を失うことがない」と書いています。日本語で書かれ、日本の読者でないと理解できないというというのでは、世界文学になる資格はありませんね。英語でも中国語でも、あるいはハングル(チョソングル)で書かれても通用するのが世界文学なのでしょう。これは大事な視点です。

　ロシアでは、早く1998(平成10)年に、ポリャス出版社から主要作品を網羅した『芥川龍之介作品集』が刊行されていましたが、新世紀に入ってピペリオン出版社から、『芥川龍之介選集』が2002 (平成14)年に刊行されています。もはや芥川龍之介は極東の国、日本の一作家には収まらず、世界文学の作家になったのです。この認識抜きには今後、芥川を論じることはできません。こうした流れの中で、七年前に国際芥川龍之介学会もスタートしました。昨年は第7回大会10 月はじめに、アメリカベリングハムの西ワシントン大学で開催されました。

　一作家の文学が世界文学になるには、翻訳の数が必要とされますが、芥川作品の翻訳は、いまや世界40 ヶ国を上回り、翻訳数は

600を越えます。これは現代作家村上春樹と肩を並べます。芥川文学は、いまや日本という地理的空間、日本語という言語的空間を完全に超えて全世界で読まれているのです。

こういう中で、芥川像は確実に変わりつつあります。かつては芥川というと、孤独で、暗くて、陰鬱な作家、政治や社会に無関心で、人生に敗北し、自死した作家として否定的に考えられてきました。その写真も、髪の毛はぼさぼさで、左手をあごによせ、瘠せて目ばかり光り、相手をにらんでいるかのような和服姿のものが好まれました。芥川というと、まずこの写真で代表されたものです。日本の高等学校の国語教科書に教材として採用された芥川の作者説明につくほとんどの写真が、かつてはこれでした。しかし、いまは違います。変わって登場したのが、颯爽とした若き日の写真です。

作者を説明する文章に添えられる写真は、その作家のイメージにつながりますから非常に大事です。けれども、以前はそういうところに教科書編集者の目は及ばなかった、また、研究そのものが、孤独で、暗く、陰鬱な作家像を刻んでいましたから、そうしたイメージに沿う写真と言いますと、まずこれですね。が、今は、これら教科書の作者紹介欄の写真も殆どが若き日のさっそうとした写真に取り換えられています。

Ⅱ. 新資料の出現と芥川龍之介

　芥川龍之介像は確実に変わりました。それはこれまでの文壇の人々や、評論家や研究家の描いてきた青白きインテリ、書斎に籠もりがちの腺病質の芸術至上主義者、本から現実を測定するだけの生活という、お定まりの芥川像を打破し、新世紀に輝く世界文学の作家としてのとらえ方なのです。そうしたとらえ方を可能とするのは、新資料の出現ですね。先ほどお話しました山梨県立文学館がオープンした時、注目されたのは、おびただしい量の下書きなどの新資料でしたが、それからもう20年以上を経ましたが、相変わらず新資料は出て来ているのです。昨年の秋には、初期小説の一つ「鼻」の直筆完成原稿が出現し、秀明大学の大学祭で展示公開されるというビッグニュースがありました。また、栃木県の宇都宮市の旧家岡本家から芥川書簡や書画がいくつも出て来たので見て欲しいというので行って来ましたが、紛れもなく芥川のものなのです。芥川の書簡は、没後八十五年たっても全集未収録のものが出て来るのですね。しかも芥川伝に影響する重要な書簡がです。

　芥川がその生涯で書いた手紙の数は軽く1800通を超えますが、その中で数が多く、内容の重要性で群を抜くのが、一高での同級生だった恒藤恭宛のものです。これらの書簡は現在大阪市立大学恒藤記念室が保管しています。恒藤恭とは、後年法哲学・国際法の権威となり、京大教授を経て、大阪市立大学の初代学長となった人です。旧姓を井川恭と言い、島根県松江市の出身。1888(明治21)年12月3日の生まれですので、芥川より3年3ヶ月ほど年上でした。1910(明治23)年に入学した一高で、芥川を知ることになります。彼は療養生活時代に『都新聞』の懸賞小説に応募した「海の花」という小説が一等当選し、入学後は鈴かけ次郎というペンネームで『中学世界』をはじめとする諸雑誌に少年小説を連載するなどし、学費や生活費を稼いでいました。若き芥川龍之介に大きな影響を与えた恒藤恭の分身、鈴かけ次郎の小説や評論や翻訳がすこしずつ分かりはじめたのは、ここ十年、新世紀になってからのことなのです。そうした中で芥川と親しかった恒藤恭、——井川恭の若き日の大量の日記が出て来たのです。

　これは次男の恒藤敏彦氏の家にありました。恒藤敏彦氏は京都大学理学部の教授をお勤めになり、退官後は龍谷大学教授をなさっていました。芥川をより深く捉えるには、周辺を調べる必要がありますが、若き日の友人、恒藤恭の場合は特別の意味があります。恒藤恭の若き日の日記は、島根県立第一中学校時代から病気療養時代のもの、さらには一高時代のもの、後年の京大事件当時のものもあります。中学校時代の日記は、博文館の当用日記などに記され、一高時代のものは大学ノート8冊に書かれていました。恒藤敏彦氏から「これが父の日記です」とさりげなく差し出された日記の数々を手にとって、わたしは息を呑みました。どれもが超一級の同時代証言集になっているからです。わたしは恒藤恭の評伝を書く際に、彼の『旧友芥川龍之介』をはじめとする回想記に入念に目を通しました。すると彼は文中に過去の日記をしばしば用いているのですね。そこでご遺族のもとには、必ず日記はあると確信していましたものの、現物を見たときには、やはり驚きました。

　若き日の恒藤恭の日記は、1996年秋、ご遺族から大阪市立大学に寄託されました。大阪市立大学に300億円を費やしたとされる学術情報総合センターが建った直後のことです。バブル期の話ですね。そして日記の中の「向陵記」と題された一高部分は、『向陵記—恒藤恭　一高時代の日記—』として大阪市立大学大学史資料室の編集で、2003(平成15)年3月に刊行されました。Ａ5判、546ページの大冊です。

　『向陵記——恒藤恭　一高時代の日記——』は、蘆花の「謀叛論」演説とのかかわりを解明するにも役立つことになりました。また、井川日記の出現に前後して、芥川と一高同期生の日記発掘が続いていました。具体的に名を出しますと、成瀬正一・森田浩一・松岡譲・長崎太郎などです。わたしがかかわった発見もありますが、彼らの日記の登場は、これまでの一高生と「謀叛論」、芥川と「謀叛論」とのかかわりに一歩前進の考えをもたらしたのです。それは芥川龍之介の素顔にもかかわります。

　学問や研究は、日進月歩ですが、東京福生市の郷土資料室は、大阪市立大学の恒藤恭の日記翻刻に二年先だって、森田浩一の日記を翻刻しました。森田浩一は芥川や矢内原忠雄・恒藤恭・成瀬正一らと同じ1910年9月、一高入学の理科の学生でした。その日記の1911年2月3日の日記には、当日行われた全学集会についての記録がありました。蘆花演説そのものは、恒藤恭の日記「向陵記」が詳しく書き、三日後の全学集会の様子と学生らの反応は、森田浩一が記録していたのです。

蘆花の演説というのは、当時大きな社会問題となっていた幸徳秋水らの大逆事件をとりあげ、政府の処理のまずさを弾劾したものでした。演説は最終の段でいっそう高揚し、人間の生きる問題へと論は昇華します。そのうえで「謀叛を恐れてはならぬ。自ら謀叛人となるを恐れてはならぬ。新しいものは常に謀叛である」という宣言に至るのです。さらに「諸君、我々は生きねばならぬ。生きる為に常に謀叛しなければならぬ。自己に対して、また周囲に対して」という印象深いことばが続きます。

森田浩一は、蘆花演説2日後の1911年2月3日に行われた全学集会について日記に書き残していました。森田は新渡戸稲造校長訓話の後、10時からの授業に対し、誰かが「思想が混乱している中は授業などはやつても駄目ですから休みにしてください」と発言したことも記していました。これは全学生が動揺しているさまがうかがえる記述です。

また、成瀬正一の、1年半後の「日記」(1912・8・20)には、「謀叛論」演説を回想し、「幸徳は志士だ、勇者だ。私は彼を賞めるに躊躇しない」とあります。すると、彼らの仲間で恒藤恭とは特に親しかった芥川龍之介も当然「謀叛論」演説に接していたであろうとの推論が成り立ちます。新資料が導く推論です。が、芥川が聴いたという直接的文献は、まだ見出せないため、従来のかたくなな芥川研究者は、こうした考えを否定し、相変わらず芥川は蘆花演説に出席せず、その影響も受けていない、彼はノンポリの孤独な青年だったとの意見から離脱できず、その素顔を見ようとしません。

　かつて進藤純孝さんという評論家がいました。この方には、いくつもの芥川論があります。その最終版とも言える著作に、600ページを超える大作の『伝記芥川龍之介』(六興出版、1978・1)という著書があります。そこには「時代の苦悩に痩せ我慢の無関心を示してゐる一高生芥川」などと書いておられますが、新資料の森田浩一日記の、誰かが「思想が混乱している中は授業などはやつても駄目ですから休みにしてください」と言ったとの記事などを見ますと、全校が蘆花演説で揺れ、芥川一人がぽつんと孤立していたなど、到底考えられません。芥川は府立三中時代から多くの仲間と交流し、その中で友情を育てた人でした。また、社会や政治に強い関心を抱いた青年でした。周辺を調査することもなく、現地調査をすることもなく、虚構作品である小説やエッセイの浅い読みに導かれた芥川論は、生誕120年を経た今日、もはや通じません。

Ⅲ. 友人とのかかわり

　次に「友人とのかかわり」についてお話しましょう。芥川龍之介を語る場合、その友人関係を考えることはかなり大事です。これまでははじめにお話しましたように、芥川龍之介というと、神経質で冷たい人、友人なども少ない孤立したエゴイストの印象で語られました。それはテクスト＝作者との考えの弊害です。代表作の一つ「羅生門」なども、人間のエゴイズムだけで、語られるのが一般的だったのです。が、それは実際の芥川ではなく、虚構化された芥川龍之介がまかり通っているに過ぎません。——芥川は秀才で、友人が少なく、病弱で、暗く、孤高を好んだ作家だというのですね。しかし、事実はまったく異なります。芥川は決して孤高で、狷介な人ではありませんでした。ユーモアを好み、人を笑わすことの好きな人でもあったのです。彼の回りには常に多くの友人がたむろしていました。彼は人に好まれ、また、人を愛した人でした。

中学時代の大の親友は、山本喜誉司でした。二人の交わりは学年が進行するにつれて深まります。二人は共に一高を目指しますが、1910(明治43)年の一高入試に山本は失敗し、浪人を余儀なくされます。このことが芥川の山本への同情を呼び、友情はいっそう深まります。中学卒業後から九月の一高新学期にかけて、芥川はいくつかの長文の便りを山本に出すことになります。人は若き日、恋愛に似た感情で同性の友を慕い求め、深い友情体験をもつことがあります。府立三中時代から卒業後半年ぐらいまでの芥川の山本喜誉司に寄せた感情がそうだったのです。

『芥川龍之介全集』を見ますと。83通もの芥川の山本喜誉司宛書簡が収録されています。二人の仲がいかに親しかったかは、これらの書簡を読むとよく分かります。読書の話から、府立三中時代の級友の話、旅の話と話題は尽きません。芥川はそれらの書簡で山本を「あぽろの君」と呼んでいます。アポロはギリシャ神話の神アポロンのラテン語形です。若く力強い知性を秘めた青年を指します。そして自分はサテュロスでいいとまで言うのです。サテュロスは半分は人、半分は獣の、酒と女の好きなギリシャ神話の森の精です。山本喜誉司を理想的な男性アポロに、自分をへりくだってサテュロスにするところには、芥川の山本喜誉司への並々ならぬ讃仰の眼を感じます。芥川にとって山本はあこがれの人、心ときめく人であったのです。

　少し後のことになりますが、芥川が好きだった女性吉田彌生との結婚を断念した時、そのやり切れない思いを告げた友人は、山本喜誉司、それに一高時代に深いかかわりを結んだ井川恭(恒藤恭)、そして芥川・井川を含めて「一高の三羽烏」と呼ばれた藤岡蔵六の三人です。(間)

　芥川龍之介・井川恭・藤岡蔵六の三人を「仲のいい三羽烏」と呼んだのは、哲学者の出隆です。井川恭、後年の恒藤恭に関しては、近年かなり研究が進みました。先ほども申し上げましたように、大阪市立大学に学術情報総合センターが完成し、恒藤家から日記や芥川書簡を初めとする大量の新資料が恒藤記念室に寄託され、公開されるに及び、研究は急進展します。わたしもそうした気運の中で、『恒藤恭とその時代』(日本エディタースクール出版部、2002・5)という本をまとめましたが、——青年時代の芥川と恒藤恭とのかかわりは、これまた深いものでした。恒藤恭は早熟の文学青

　年で、さっきも申しましたが、若き日には鈴かけ次郎という時代小説作家まがいのペンネームで盛んに少年小説を書き、各誌に投稿していました。文学を断念し、京都帝国大学の法科に進学した後も、彼は学費と生活費稼ぎのために、鈴かけ次郎のペンネームを使って少年小説を書き、『中学世界』などに載せているのです。芥川と親しくした一高時代は、鈴かけ次郎が最も活躍した時代です。一高生の秀才井川恭が、ひそかに少年小説を書き、学費を稼いでいることを知っている者はいませんでした。井川恭はそのことを誰にも語っていません。少年小説はあくまで生活の手段であって、自慢するようなものではなかったのでしょう。文科の学生としては、むしろ恥ずかしかったのかも知れません。

　芥川龍之介は恒藤恭、当時の井川恭と一高二年生になった頃から急に親しくなります。一高は全寮制を取っており、二年生になって二人は中寮三番に、そして三年生になると入れ替えで北寮四番に入ります。寮生活を通して二人は互いを深く知り合い、生涯を通しての友人関係を結ぶのですね。芥川の回想によれば、二人は「一高にゐた時分は、飯を食ふにも、散歩をするにも、のべつ幕なしに議論をしたり」（「気鋭の人新進の人　恒藤恭」『改造』1922・10)とあります。芥川龍之介は、この恒藤恭から英文の新約聖書**THE NEW　TESTAMENT**を一高時代に貰っています。これは今、東京目黒区の駒場公園内にある日本近代文学館芥川龍之介文庫に寄託されていますが、赤インクによるアンダーラインがかなり見出せ、芥川が一高時代に聖書にふれた確かな証拠を見る思いです。こうした仲の二人ゆえ、その相互感化は計り知れませんでした。

　三羽烏のいま一人、藤岡蔵六は、一高入学当初から芥川と交流がありました。藤岡の回想記『父と子』(私家版、1971・9)によると、入学早々「一度僕の宅へ遊びに来給え」と誘われ、新宿の芥川家に行き、以来親交を重ねたとあります。一高時代の藤岡は、真面目過ぎるほどの性格で、芥川の回想には「謹厳すぎる憾なきにあらず」とあります。藤岡蔵六は　新カント派の早い時期の紹介者で、後年カントや新カント派の哲学研究に向かいますが、その影響は芥川にも及んでいます。藤岡は最初の著作『コーエン純粋認識の論理学』(岩波書店、1921・9)が、和辻哲郎の一種の底意地の悪い「為にする批評」によって、留学先のフライブルク大学から帰国後、内定していた東北帝国大学法文学部への就職がだめになるという事件に巻き込まれます。出隆言うところの「藤岡事件」です。この時芥川は藤岡を弁護し、「僕の友だちも多けれども、藤岡位損をした男はまづ外にあらざるべし。藤岡の常に損をするは藤岡の悪き訳にあらず。只藤岡の理想主義者たる為なり」(「学校友だち」『中央公論』1925・2)と書きました。芥川はこの＜悲運の哲学者＞のよき理解者であったのです。芥川は決して孤高の人などではありません。友情にも厚い人間だったのです。

Ⅳ. 恋愛

　さて、青年時代の芥川龍之介は、一般の人間同様結婚するまでに、何度かの恋をしました。一度目は実家の家事手伝い(女中)の吉村チヨ(ちよ、千代とも書いた)、二度目が養家の芥川家の反対で結婚を断念した吉田彌生、三度目が後に妻となるとなる塚本文です。芥川の女性とのかかわり、特に結婚までに知り合った三人の女性との関係は、他の友人以上に人間的です。芥川の素顔がよく現れるのも、この恋を通してなのです。彼の一高時代の友人は恒藤恭にしても、長崎太郎にしても、成瀬正一にしても、そう菊池寛にしても、みな、言うならば見合い結婚です。一度も会わずに写真だけで結婚するということも当時はあったのです。それに対して芥川龍之介は、自らの意志で異性を愛し、二度は失敗しますが、三度目の塚本文とは見事にゴールインしています。

　「羅生門」とのかかわりで落とすことの出来ないのは、この中で吉田彌生という女性でとのかかわりです。彼が弥生に宛てて出した手紙を見ますと、龍之介は彌生を「彌あちやん」と呼び、何度かの手紙の交換もあったようです。二人は幼なじみでした。幼なじみというのは懐かしいものですね。それが大学時代に再会し、龍之介は彌生と交際するようになり、ついには結婚を意識することになります。近年若き日の彌生の写真も出て来ました。顔かたちの整ったきれいな方です。龍之介にとって吉村チヨとのかかわりは、片思いに終わった恋でしたが、彌生との場合は真剣でした。そこで養父母と育ての母ともいえる伯母フキに、彌生と結婚したいということを1915(大正4)年早春のある夜、告げたところ激しい反対にあったのです。特に伯母フキは夜通し泣いて反対したと言います。反対の理由は、芥川の甥の葛巻義敏によると彌生の家が士族でなかったからとのことです。またある研究者は、彌生がはじめ非嫡出子であったからと言い、別の研究者は彌生が<新しい女>として新聞で叩かれたからとも言います。とにかく養家の激しい反対で龍之介の恋は破れてしまいます。

　芥川龍之介にも、誰もが経験する失恋の経験があったのですね。吉村チヨの場合は、夢物語が壊れたという程度でしたが、彌生との場合は、結婚を望んでいただけにきびしいもものとなりました。芥川はそのやり切れない気持ちを三人の親しい友に打ち明けています。先に名を挙げた山本喜誉司と恒藤恭と藤岡蔵六です。芥川は決してぽつんと孤立した人間ではなかったのです。

　なお、吉田彌生のその後のことは、長年はっきりしませんでしたが、近年わたしは知り得ました。金田一光男という陸軍の将校と結婚した彌生は、子どももなく、戦後、岩手県盛岡市の遠山病院で亡くなっています。晩年は夫が公職追放で職が無く、彌生が近所の子どもに英語を教えるという生活でしたが、年老いて夫婦とも病気になり、晩年は国の生活保護を受け、かつかつの生活だったということです。盛岡の北山の龍谷寺に、彼女のお墓があります。10年ほど前になりますが、わたしは岩手県高等学校研究会の国語部会で、芥川龍之介に関する講演を盛岡の高校でしました。講演の日の午前中、わたしは遠山病院の女医で彌生を看取った遠山美知先生の案内で、彌生の墓のある龍谷寺を案内して貰いました。そして彌生の晩年とその臨終を、遠山先生から詳しく聴き取りました。そのことをわたしは、『芥川龍之介　永遠の求道者』(洋々社、2005・5)と言う本に書きました、

　最後は、塚本文のケースですが、芥川は婚約中の塚本文に、心温まるラブレターを何通も出しています。「文ちやんの外に僕の一しよにゐたいと思ふ人はありません」とか、「この頃ボクは文ちやんがお菓子なら頭から食べてしまひたい位可愛いい気がします」「早く文ちやんの顔が見たい　早く文ちやんの手をとりたい」などと書かれますと、女性としたなびかないはずはありませんね。芥川龍之介はラブレターの名手でもあったのです。芥川を冷たいエゴイストなどと規定したこれまでの芥川論は、こうした人間芥川を見逃していたのです。

V. 時代の証言者

　先を急ぎます。芥川龍之介は時代の証言者でもありました。2011(平成23)年3月11日に東北・関東地方を襲った東日本大震災は、マグニチュード9・0という途方もないものでした。震災による

家屋倒壊、直後の津波による災害、さらには福島の原子力発電所の放射能漏れと重なって、信じられないほどの甚大な被害をもたらしました。死者、行方不明者は併せて2万人にも及び、負傷者は6000人を越えるとされています。

　ところで、災害の記録を正確なデーターで残すことは、言うまでもなく大事なことです。それはもっぱら専門とする科学者の手に委ねられるものでしょう。また、大災害を映像で記録するというのは、カメラマンやテレビや映画などにかかわる人の仕事となりますね。すると大震災を前にした文学者やジャーナリスは、数字や映像に示されない大震災という事件の印象や、生き延びた人たちの証言を記録として書き残すという人間の心の問題を扱うことなのでしょう。

　多くの悲劇、やり切れないことが、こうした大震災には生じます。芥川龍之介の生きた時代にも、マグネチュード7・9〜8・2という関東大震災が1923(大正12)年9月1日に起こりました。東日本大震災が原発被害を伴ったのに対し、関東大震災は大火災を伴いました。その被害は死者9万9000人、行方不明者4万3000人、負傷者は10万人を超えたと言いますから、大変な数ですね。

　関東大震災の記録は、幾人もの文学者が文章に書き残しましたが、もっとも多く書いていたのは、実は芥川龍之介でした。これには意外の感を持たれる方もいるに違いありません。が、芥川は関東大震災にかかわる実に多くの文章を、書き残していたのです。それらはほとんどが震災の翌月の雑誌、あるいは週刊誌に発表されているのです。ちょっとその一覧表を示しましょう。

評論・エッセイ

① 大震雑記 『中央公論』1923(大正12)年10月号(大見出し「未曾有
の大震・大火惨害記録」、『百艸』収録)

② 大震前後 『女性』1923(大正12)年10月号(『百艸』収録の際、「大
震日録」と改題)

③ 地震に際せる感想 『改造』1923(大正12)年10月号(『百艸』収録の
際、「大震に際せる感想」と改題)

④ 感想一つ 『カメラ』1923(大正12)年10月号、大震災写真号(『百
艸』収録の際、「東京人」と改題)

⑤ 廃都東京 『文章倶楽部』1923(大正12)年10月号(『百艸』収録)

⑥ 古書の焼失を惜しむ 『婦人公論』1923(大正12)年10月号(単行本
未収録)

⑦ 鸚鵡—大災覚え書の一つ—『サンデー毎日1923(大正12)年10月
5日、秋季特別号(単行本未収録)

⑧ 震災の文芸に与ふる影響　初出未詳(『百艸』収録)

⑨ 妄問妄答『改造』1923(大正12)年11月号(『百艸』収録)

⑩ 或自警団員の言葉(「侏儒の言葉」の欄に掲載)　『文藝春秋』1923
(大正12)年11月号(単行本未収録)

参考(震災が反映した小説)

① 少年 『中央公論』1924(大正13)年4～5月号

② 或恋愛小説 『婦人倶楽部』1924(大正13)年5月号

③ 悠々荘 『サンデー毎日』1927(昭和2)年1月号

④ 或阿呆の一生 遺稿『改造』1927(昭和2)年10月号

　研究が進展し、資料の発掘が進むに及び、芥川龍之介は、関東
大震災に関する実に多くの文章を書き残していたことが判明しまし
た。

　芥川は「或自警団員の言葉」という文章ではっきり書いています

が、震災後、町会の自警団員を勤めていました。けれども、この事実も長い間知られず、自警団員の芥川龍之介について詳しく言及する研究者もいませんでした。あの知的作家の芥川が朝鮮人狩りまでした自警団に参加するはずがないという先入観がわざわいしたのですね。そうそう肝心のこの文章「或自警団員の言葉」は芥川の随筆集『百艸』(新潮社、1924・9)にも収録されていません。発禁を恐れて、あえて収録しなかったと判断せざるを得ません。

　芥川はこの文章の終わりの方で、「自然は唯冷然と我我の苦痛を眺めてゐる。我我は互に憐まなければならぬ。況や殺戮を喜ぶなどは、——尤も相手を絞め殺すことは議論に勝つよりも手軽である」ということばを書きつけています。公権力の検閲を考慮し、単行本には収められなかったこの文章には、芥川龍之介の自警団への痛烈な批判がある、としてよいのです。混乱の中で人々は刀や竹槍や棍棒などを武器にして、少しでもことばが不明確であったり、挙動不審であったりする人を捕まえ、「鮮人」——朝鮮人だとして、半死半生の目にあわせて警察に突き出したのです。大震災とそれに続く大火災の中で、人々は互いに憐れまなければならないのに、「殺戮を喜ぶ」とは何ごとかと芥川は言っています。わたしは芥川の関東大震災への強い反応を、もう二十年も前に、資料を並べて論じましたが、まもなく二周年を迎える日本の東日本大震災、いわゆ3.11大災害後の対策に対比させると、その先見性が改めて浮き彫りされるのです。

　レジュメに示した一覧の③「地震に際せる感想」、これも注目したい一文です。今回の東日本大震災に際して、当時東京都知事だった石原慎太郎さんは、大震災を「天罰」だと言いました。これは関東大震災の折に、実業家の渋沢栄一が震災天譴説を唱えたのに符合します。天譴とは天のとがめ、――つまり天罰と同じ意味です。それに対して芥川は言います。「この大災を天譴と思へとは渋沢子爵の云ふところなり。誰か自ら省れば脚に疵なきものあらんや」と。さらに語を継いで、「我等は皆歎くべし。歎きたりと雖も絶望すべからず。絶望は死と暗黒とへの門なり」と言い、「否定的精神の奴隷となること勿れ」との建設的提言をしているのですね。これは今回の東日本大震災における日本人への提言としても有効です。

　いま一つ、芥川の震災記録で忘れてはならないのは、レジュメ一覧⑥の「古書の焼失を惜しむ」です。彼は罹災による文化遺産の損害を声を大にして言います。陶器などの遺物の壊れたのを惜しみ、さらに古書の焼失を惜しみ、声を大にして、その対策を訴えるのです。彼は大量の古書が焼けたのを、惜しんでいます。今回の東日本大震災に際しては、多くの人命と産業機能が失われました。また、文化遺産の損害も例を見ないほどだったようです。緊急時には、とかく文化遺産の保護は、後回しにされがちです。芥川は大震災翌月の雑誌に、大学図書館の蔵書が焼けたことを取り上げ、図書管理の甘さ、手落ちをきびしく指摘しました。

　芥川は災害から貴重な書物を守るには、図書館の位置を考えることと、貴重書の覆刻を提言します。現代なら位置ばかりでなく、耐震構造の設計も求められるところですが、「火災の原因になりやすい医科大学の薬品のあるところと接近してゐるのも宜敷くない」は当時にあっては、先見性ある考えです。それと貴重な書物は、「高閣、──(つまり図書館)に束ねるばかり」ではダメで、積極的に覆刻せよとの提言は、いま以て貴重です。資料は抱え込むだけでは意味がありません。それを生かすには、覆刻して公開するという作業がどうしても必要なのです。

　関東大震災直後の芥川龍之介の文化遺産に関する記録や提言は、21世紀の東日本大震災を考える際にも参考になることが多いと思います。それは現実をしっかりと見つめようとした、作家魂、好奇心に支えられたジャーナリスト精神から来るのです。その予言者的提言は、今に生きています。芥川はこれまで語られてきたような暗く、陰鬱な、人生に否定的に接した作家ではありませんでした。現実の社会に強い関心を持ち、当時の検閲制度と真剣に向き合った作家、人生に向き合い、誠実に闘った作家だったのです。

VI. 「羅生門」の教材化

　最後に、外国の日本語教育の教材テクストにも採られる「羅生門」の教材化の問題に入ります。海外の高等教育の日本語教科書には、しばしば「羅生門」が採用されます。はじめに申し上げましたように、日本では2003(平成15)年の高等学校カリキュラムの改訂により登場した『国語総合』の教科書には、すべてに芥川テクスト「羅生門」が採用されました、それ以前の『国語Ⅰ』時代にも、「羅生門」は人気教材であったのですが、すべての教科書ではありませんでした。ですから、当時大学生を尋ねましても芥川龍之介はむろんのこと、「羅生門」を知らない学生も数は少ないながらいたのです。しかし、今は違います。『国語総合』は選択必修ながら、まずはどの高校でも履修させますので、芥川やその作品「羅生門」を知らない高校生はいません。教科書の影響は、やはり凄いものだと思います。それは海外の日本語教育でも同様です。海外の高等教育での日本語教育では、しばしば「羅生門」がテクストとして採用されることは、ご存知でしょう。

わたしはこれまで『「羅生門」を読む』(小沢書店、1999・2)と『「羅生門」の誕生』(翰林書房、2009・5)と「羅生門」に関する二冊の本を出しています。テクストのもつ起爆力が、わたしに二冊の「羅生門」論を書かせたといってよいのでしょう。「羅生門」の授業をする際には、きょうお話したような芥川観をもってすることは、大事なことなのです。これまでは芥川というと暗い陰鬱な作家、孤独で友人なども少ない芸術至上主義者であったとする考えでは、新たな読みは開けません。これまでの研究者の「羅生門」論は、とかく＜虚無＞＜老成＞＜世紀末＞などの評言を伴いがちで、陰鬱な主題を求め勝ちで、それが教室での「羅生門」の扱いにも影響を与えていたことともかかわるのです。しかし、逆に今までお話したような、人生に誠実に対し、闘った作家として考えるとテクストの読みは変容します。そうした意味でのテクストの背景は知る必要がありますね。わたしはテクストは一旦書かれると、作者の手を離れて自立すると考えます。それはreader response theory(読者反応理論)に立つ考えです。と同時に小説テクストとは、作家の現実の転位であるとも考えるのです。作家の現実の転位とは、どんなことでしょうか。わたしはこのことばを芥川と同時代作家の豊島与志雄から学びました。豊島与志雄という作家は、自分の作品は、いかに現在の自分から遠く見えようとも、それは自分の体験・現実とどこかで必ず結びついているというのです。もはや過去の理論になりつつあるロラン・バルトの<作者の死>には、一定の意味がありました。が、作者を一旦消し去った後に、再び作者を呼び戻すとき、テクストは変容します。言葉を換えますと、テクストのこうした二律背反を<読み>に結びつけますと、テクストの奥行きは広がると言ったらよいでしょうか。「羅生門」のばあい、作品の背景を考えないで読みますと、生徒はとかく暗く陰鬱な作品であるであるという感想で終わってしまいます。けれども、「羅生門」は、それだけで終わってはもったいないテクストなのです。

　「羅生門」の舞台は確かに暗い。が、それは主人公の下人の新生を促すのにふさわしい、意図した舞台造りであったのです。京の都の南端にそびえる「羅生門」は、束縛から解放へと歩み出す一人の若き男にとっての<境界>＝さかい、として存在したのです。ここに老若＝老人と青年、都鄙＝都市と田舎、もしくは都会人と田舎人、さらには生と死などの対立を読むことも可能です。「羅生門」の彼方の＜夜の底＞は、それまで主人公を縛っていたさまざまの律法からの解放の場であったのです。そこは下人と称された男が属していた一応の秩序をもったところではなく、無秩序ながら活気に満ちた自由な世界だったのです。人が新しく生きるにふさわしい場、といったらよいのでしょうか。語り手は主人公の下人に、わたしのことばで言うなら「自己解放」の喜びを託したのです。それは一人の人間の自立への歩みであり、新しい世界への旅立ちとして捉えることが出来ます。

　「羅生門」は、四百字詰原稿用紙にして約十六枚、日本語教育の教材として採り上げるには絶好の分量です。しかも、＜起承転結＞四つの部分から成り立つ構成は破綻なく、虚構の問題を考える上でも適切です。つまり作者は自らの体験をそのまま暴露するのでなく、＜現実の転位＞として短編小説化したのです。自らの体験とは何でしょうか。それは書き手芥川龍之介の失恋体験です。レジュメのⅣで扱った吉田彌生との恋愛が、養父母と育ての親であった伯母フキの反対で壊れたという苦い体験ですね。芥川自身は、「あの頃の自分の事」(『中央公論』一九一九・一)で、「羅生門」執筆時期を振り返り、「当時書いた小説は、「羅生門」と「鼻」との二つだつた。自分は半年ばかり前から悪くこだはつた恋愛問題の影響で、独りになると気が沈んだから、その反対になる可く愉快な小説が書きたかつた。そこでとりあへず先、今昔物語から材料を取つて、この二つの短篇を書いた」と言っていますが、この回想を虚構だとする研究者もいますが、わたしはかなり正直な告白だと思います。やり切れ

　ない思いを題材を古典に求めて、大ひねりにひねって吐き出しているのです。

　さらに「羅生門」には、一高入学半年後に接したであろう徳冨蘆花の「謀叛論」の影響が考えられます。きょう前半にお話した「新資料の出現と芥川龍之介」にかかわります。

　井川日記や森田浩一日記の出現が、芥川龍之介と「謀叛論」との関わりに関して、決定的影響を与えたと申しましたが、蘆花演説の「生きるために常に謀叛しなければならぬ。自己に対して、また周囲に対して」という人間の生きる倫理を問うた演説は、「羅生門」にも響いているとの考えです。蘆花の「謀叛を恐れてはならぬ。自ら謀叛人となるを恐れてはならぬ」の叫びは、「羅生門」の下人のことば、「己が引剥ぎをしようと恨むまいな。己もさうしなければ、饑死をする体なのだ」には、蘆花の切実な叫びがこだましているのではないでしょうか。こう考えますとテクストの奥行きは広がります。また、この様な学習をすることは、「羅生門」の学習を日本の近代史や思想史の上で捉え直すことにもつながります。さらには発展学習として、芥川の他のテクストを読む際にも役立つはずです。「羅生門」一作で終わっては、寂しい。この作家にはもっともっと多くの興味ある作品があるのだと導いて欲しいものです。日本語教育には「魔術」「杜子春」「白」をはじめとする十作品を越す児童文学など、芥川入門としてふさわしいし、戦争の問題を考えるには、「将軍」「桃太郎」、そして朝鮮を舞台とした「金将軍」などの反戦小説をとりあげてもいいでしょう。

　はじめに申しましたように、そしてきょうの講演の副題、——孤独で陰鬱な作家から人生と闘った作家へ、という視点から眺めますと、この作家は、自身の体験したさまざまな問題を大ひねりにひねってそのテクストに反映させていることがわかります。再び「羅生門」で申しますと、やり切れない失恋事件を当初芥川龍之介は、吉原などの遊郭に通うことでうさを晴らしていたのです。しかし、性病などを移される中で、そうした反抗が一時の非建設的な行為に過ぎないことを知った彼は、1915(大正4)年8月、友人恒藤恭の故郷松江訪問から帰宅するやいなや一気に「羅生門」を書き上げます。主たる典拠は『今昔物語集』にある話に依っていますが、その背後には養子という肩身の狭い状況にあり、好きな女性との結婚すらあきらめなければならなかった心の重荷からの解放の叫びだったのです。

　結論を申します。「羅生門」というテクストの背後にあるさまざまなことを知ることで、授業は格段に充実します。わたしは山梨県のある高校で、「羅生門」の授業をしたことがあります。いまも記憶するのは、「下人はどこから来て、何処へ行こうとしているのか」という設問を巡って教室が活性化したことです。ことばの教育は優れた言語行動者を育てることですから、教室にさまざまな意見が飛び交うというのは、漢字の読み書きやことばのきまりを覚えることと同様の意味があります。「羅生門」は日本人のみならず、外国での日本語教育にも役立つ、無限の起爆力をもった日本語教育上の素材として大事に扱い、生かして欲しいものです。ご静聴、ありがとうございました。

아리시마 다케오와 "배교의 논리"

김승철

"나도 네 죄를 묻지 않겠다. 어서 돌아가라." 요한복음 8장11절

아리시마 다케오와 배교(背敎)라는 문제

1923년(大正12) 7월의 『요로즈쵸호』(萬朝報)에는 「배교자로서의 아리시마 다케오 씨」라는, 일종의 추도문 형식이면서도 글쓴이의 격앙된 감정이 가감 없이 드러난 글이 3회에 걸쳐 실렸다. 필자는 다름 아닌 우치무라 간조였다. 이 글이 발표된 계기는 소설가 아리시마 다케오(有島武郎)가 한 달여 전인 6월 7일, 카루이자와(輕井澤)의 별장에서 잡지 『婦人公論』의 여기자였던 하타노 아키코(波多野秋子)와 정사(情死)로 삶을 마감한 사건이었다. 아리시마는 아내 야스코(安子)와는 이미 7년 전에 사별(死別)한 상태였다.

당시 세간에도 크게 보도되었던 이 사건을 우치무라는 아리시마의 "슬프고도 부끄러운 최후"라고 부르면서, 이는 결국 그의 "배교(背敎)의 결과"이고 "신과 그리스도를 버린 결과"라고 단죄하였다. 나아가 그는 "나의 친구 중 아리시마 씨의 금번 행동이 옳았다고 생각하는 친구가 있다면 차제에 나와 절교하기를 바란다."라고 단호하게 선을 그었다.[1] 일찍이 자신에게서 감화를 받아 기독교에 입문하였던 아리시마가 그 신앙을 떠나면서 이것이 아리시마를 죽음으로 몰고 갔다는 논리였다.

우치무라는 "아리시마 군(君)이 언제 어디서 기독교를 버리게 되었는지, 정말로 모를 일이다."라고 탄식하면서, "정직하고 양심의 소리에 충실한 사람"이었던 아리시마가 "서양에 갔다 온 후 예전의 그와는 전혀 다른 사람이 되었다."라고 안타까움의 일단을 내비치기도 하였다. 나아가 우치무라는 "이것은 개인의 문제 또는 감정의 문제가 아니다. 신앙상의 커다란 문제이다. 나는 아리시마 군이 자신의 주의(主義)에 충실하였던 것처럼, 나도 나의 주의에 충실하지 않으면 안 된다."라고 냉철한 입장을 취하면서 아리시마의 자살에 대해서 다음과 같이 분석하고 있다.

아리시마 군에게는 커다란 고민이 있었다. 그러한 고민이 있었기에 그는 자살하였던 것이다. 그리고 그 고민은 한 여성의 사랑을 얻고자 하는 고민이 아니었다. 그것은 철학자들이 말하는 코스믹 소로우(우주적 고민)였다. 아리시마 군의 기교(棄敎)의 결과로서 그의 마음 깊은 곳에는 커다란 공허가 생겼다. 그는 신에게 의지하지 않고 그리스도 또는 그 외, 이른바 신의 사람에게 의지하지 아니하고 자신의 힘으로 그 공허를 메우고자 하였다. 그것이 그의 고민이 있는 곳이었고, 그의 분투노력은 거기에 있었다고 여겨진다.

우치무라는 과연 아리시마의 정사가 연원(淵源)하는 근본이 "신앙상의 커다란 문제"에 있음을 정확하게 꿰뚫어보고 있었다. 또한 우치무라의 위의 글은 아리시마와 기독교 사이의 문제 내지는 아리시마와 우치무라 사이의 간극(間隙)이 어디에 있었는가를 여실히 노정하고 있다는 점에서 흥미롭다. 우치무라는 아리시마의 번민이 "한 여성의 사랑을 얻고자 하는 고민"이 아니라 "우주적 고민"이었다고 평하였으나, 아리시마의 "우주적 번민"은 현실적으로 "사랑"을 통해서 대답되지 않으면 안 되는 번민이었던 것이다. 그리고 그가 추구했던 "사랑"은―그의 작품의 타이틀이 말해주듯이―"아낌없이 빼앗는 사랑"(惜しみなく愛は奪ふ)이었다. 아리시마는 기독교로부터 이러한 "사랑"을 얻을 수 없다고 판단되었을 때 "기교(棄敎)"로까지 과감하게 나아갔던 것이다.

아리시마가 기독교에 대해서 느꼈던 거리감은 1919년에 발표되었던 『어떤 여자』(或る女)(한글 역은 『어떤 여자』(유은경 역, 향연, 2006년)를 발췌하였으나 경우에 따라서는 필자가 번역한 부분도 있다)의 주인공 요오코(葉子)의 입을 통해서 표현된다. 주위의 반대를 무릅쓰고 결혼했다가는 곧바로 헤어지고, 더욱이 그 남자의 아이를 낳았음에도 불구하고 그 사실을 전 남편에게는 숨기는 여인 요오코. 아리시마가 그랬듯이 요오코도 "센다이(仙台) 시절에는 기독교 신자였다." (센다이는 아리시마가 교편을 잡았던 토호쿠 제국대학(東北帝國大學)이 있는 곳이다.)

그녀는 다시 주위의 권유로 마지못해 미국에 사는 한 남성과 결혼하기 위해 미국행 배에 오르지만, 선상에서 알게 된 남성 쿠라치(倉地)와 맺어져 미국에는 상륙도 하지 않고 일본으로 돌아오고 만다. 더욱이 쿠라치에게는 가정이 있었다. 요오코에게 중요했던 것은 "도덕이라는 것을 신주단지처럼 여기는" 사람들로부터 벗어나 "목숨과도 바꿀 정도"의 사랑을 발견하는 일이었다. 그리고 그것은 여자로서 "자신만의 자아를 찾아 헤매는" 노력과 다름 없었다는 점에서 요오코는 아리시마와 아리시마의 동시대인들에게 과제가 되어 있었던 "자아"(自我) 추구의 연장선상에서 읽어야 할 것이다. 그녀는 말한다. "누구든 이 행복의 절정이 바로 지금이라고 알려주는 사람만 있다면, 나는 그 순간 기꺼이 죽겠다."라고. 괴테의 파우스트적인 삶의 방식은 자신의 자아를 찾아 나선 사람의 독백인 것이다. 이러한 자아의 추구가 전통적 가치관이나 도덕관으로부터 자유를 꿈꾸는 존재, 아리시마의 표현을 빌린다면 "유랑인"(流浪人)(loafer)의 모습을 지닌다는 것은 극히 자연스러운 일이다.[2] 이러한 요오코의 다음과 같은 말은 곧 기독교에 대한 아리시마의 거리감의 표현이나 다를 바 없을 것이다.

> "하여튼 제가 있어본 바, 이 두 아이(요오코의 여동생들-필자 주)를 그 기독교 학교에 보내고 싶은 생각은 없습니다. 그 학교에서는 여자를 대체 뭘로 보는지…." 이렇게 말하는 사이에 요오코의 마음에는 불같은 회상의 분노가 타올랐다. 요오코는 그 학교 기숙사에서 하나의 중성동물로 취급받은 사실을 잊을 수가 없었다. 착하고 사랑스럽고 온순하게, 타고난 그대로의 아름다운 호의와 욕망이 명하는 대로 어렴풋하게나마 하나님이라는 존재를 연모하기 시작한 열두세 살쯤의 요오코에게, 학교는 기도와 절제와 감정의 억제를 강요하다시피 주입시키려고 했다.

이렇게 본다면 아리시마의 "기교"가 그에게 공허를 남겨놓았다고 하기보다는, 그를 사로잡았던 공허가 기독교로부터 답을 얻지 못했다고 여겨진 곳에서 아리시마의 기교가 일어났다고 하는 테제가 성립하게 된다. 이 테제의 성립 여부를 둘러싼 논란은 곧 근대 일본에 있어서 기독교 신앙의 수용에 대한 논의와 같은 맥락에서 이루어진다.

이러한 테제는 아리시마의 비극적 최후가 단지 아리시마 한 개인의 문제가 아니라 "절망의 나락에서 울음소리조차 메말라버려 고뇌의 신음 소리도 내지 못한 채 마음속으로만 그 고뇌를 삭이는 근대 일본인의 어두운 그림자"3)로서 읽힌다는 점에서 그 성립의 단초를 발견할 수 있다. 아리시마가 남겨 놓은 다음과 같은 시는 영원한 "유랑인"으로서의 아리시마의 심경을 그대로 드러내준다.

> 길은 없어라, 세상에 길은 없어라 마음을 다잡고
> 거친 들판의 땅에 그대는 발을 내디디리
> 道はなし世に道は無し心して　荒野の土に汝は足を置け

나아가 그의 이러한 고뇌가 기독교로의 입신(入信)과 기독교로부터 떠남[離敎]을 잇는 선을 축으로 하면서 이루어진 "신앙상의 커다란 문제"(우치무라)라는 점에서, 아리시마의 경우는, 일본에서 태어난 "나의 그리스도"(아쿠타가와)의 형적을 추적하려는 우리들에게 시사하는 바가 다대하다고 하겠다.4)

우치무라의 영향을 받아 기독교인이 되었다가 훗날 기독교를 떠난 사람은 아리시마 한 사람만이 아니었다. 우치무라가 탄식하였듯이, "이 나라의 모든 문학자, 철학자, 젊은 정치가 등은 배교자라고 보아도 크게 틀리지 않는다. 내 밑에서 배웠던 많은 문학자, 법학사, 이학사 등이 극히 적은 수를 제외하고는 모두 배교자가 되었다."5) 그렇다고 한다면 근대 일본의 지성인들 사이에서 일어났던 이른바 "배교"라는 현상은ㅡ현재 논구하고자 하는 아리시마의 경우를 포함해서ㅡ단순히 한 개인의 신앙상의 문제로서가 아니라, 기독교와 기독교를 수용하였던 당시 일본 사회의 관계 속에서 파악함으로써 그 본질적인 측면이 파악된다고 할 수 있을 것이다. 표현을 달리해본다면, 메이지 시대의 "배교"라는 문제에는 "일본에 있어서 기독교, 혹은 일본 문화와 기독교라는 문제"6)가 함의되어 있는 것이다.

'속죄의 종교'에서 '사랑의 종교'로 전환

소설가 아리시마 다케오는 1878년(明治11), 옛 사쯔마한(薩摩蕃)의 무사의 아들로서 도쿄에서 태어났다. 4살 때부터 미션스쿨인 요코하마의 에이와학교(英和學校, 현재의 요코하마 에이와학원(横浜英和學院))에 다녔으며, 일본의 황족들을 위한 학교인 가쿠슈인(學習院)을 졸업하였다.

19세에 삿포로농학교(札幌農學校)에 입학한 그는 니토베 이나조(新渡戶稻造)의 집에 머물면서 학교를 다니게 되었다. 거기서 아리시마는 니토베와 우치무라의 감화를 받아 1901년(明治34)에 삿포로독립기독교회(札幌獨立基督敎會)에 입회하였다. 삿포로독립기독교회는 삿포로농학교의 졸업생을 중심으로 1882년에 세워진 교회로서, 어떤 교파에도 속하지 않는 프로테스탄트 교회였다. 이 교회는 1901년 3월의 총회에서 세례나 성찬식을 거행하지 않고도 입회를 인정할 것을 결의하였는데, 아리시마가 입회하였던 것은 이러한 결의가 이루어진 직후인 3월 24일의 일이었다.7)

아리시마는 니토베의 주선으로 1903년에 도미하여 하버포드대학원, 하버드대학 등에서 수학하면서 휘트먼과 입센, 베르그송, 니체 등과 같은 서구의 문학자와 철학자들의 사상에 심취하였고, 유럽을 거쳐서 1907년에 귀국하였다. 귀국 후 그는 토호쿠제국대학(東北帝國大學)으로 변한 자신의 모교에서 교편을 잡았고 2년 뒤인 1909년, 카미오 야스코(神尾安子)와 결혼하였다. 1910년에는 시가 나오야(志賀直哉), 무샤노코지 사네아쯔(武者小路實篤) 등과 함께 "시라카하"(白樺派)의 중심인물로 활약하였다. 그리고 그해 5월, 기독교 신앙에 대한 회의를 더 이상 감출 수 없었던 아리시마는 삿포로독립교회를 탈퇴하게 된다.

위의 추도문에서 우치무라는 아리시마가 "서양에 갔다 온 후" 심경에 큰 변화를 일으켜 결국 기독교를 떠났다고 썼다. 물론 아리시마가 미국 유학을 통하여서 이른바 자유주의 기독교 사상에 접하였던 것은 사실이나, 그는 미국 유학을 떠나기 전부터 이미 기독교에 대해 거리감을 느끼기 시작하였다. 예를 들어서 아리시마는 에비나 단죠(海老名彈正, 1856-1937)의 '오리게네스의 기독교'라는 설교를 듣고 "적지 않은 은혜를 받았음을 감사해야 한다."라고 일기에 남길 정도로 깊은 감명을 받았는데, 그때는 미국으로 떠나기 전인 1903년이었다.[8] 에비나는 '普及福音新教伝道會' 등에 의해서 일본에 소개된 자유주의신학의 영향을 받은 신학자로서, 정통주의를 대변하는 우에무라 마사히사(植村正久)와 대치점(對峙点)에 있는 인물이었다.[9]

그런데 에비나가 위의 설교 중 '알렉산드리아의 로고스 종교'라는 항목의 요한을 찬양하는 대목에서 아리시마는 민감하게 반응하고 있다. 사실 아리시마는 에비나의 설교를 듣기 전부터 "나는 요한이 말하는 사랑을 보편적이라고 느끼지 않을 수 없다."라고 쓰고 있던 차였으며, 특히 「요한복음」 8장의 '간음한 여인'의 이야기를 읽고 "나는 특히 이 구절을 신약성서 중에서 깊이 애독하고 있다."라고 썼던 시기이기도 하였다. 나아가 아리시마는 일기에 "나는 요한을 통해 그리스도에게로 왔으며, 마치 좁은 길에서 넓디넓은 꽃동산으로 나온 것 같은 느낌이 들었다."(60)라고도 썼다. 아리시마가 이러한 에비나의 설교를 듣고 큰 감화를 받았다는 사실은 아리시마의 사상이 정통주의적인 기독교로부터 탈피하여 그리스도의 인간성에 초점을 맞추는 기독교로 이행함을 의미함과 동시에 바울의 속죄론적 기독교로부터 요한의 사랑의 기독교로 변화함을 의미한다. 아리시마는, 속죄의 목적이 우리들을 완전한 사람으로 만드는 데 있고 속죄는 도덕의 종극(終極)이라고 보는 우치무라의 기독교 해석에 이질감을 느끼고 있었다. 요시다의 다음과 같은 해석은 이러한 저간의 사정을 잘 설명해준다.

> 우치무라의 『求安錄』은 속죄의 종교론이고, 십자가상의 그리스도에 집중해 있으며, 그 이상의 것을 말하지 않는다. 시간적 정지(靜止)의 종교인 것이다. 아리시마는 정지의 그리스도에게 자신의 마음을 합칠 수가 없었다. 그는 그보다는 시간적 유동(流動), 자연 속에서 보이는 영원의 생명의 연속, 그 신비에 매료되었고, 자신의 마음을 자연의 마음에 합치시키고자 하였다.[10]

아리시마는 1903년의 한 집회에서 다음과도 같이 말하고 있다.

> 나는 오늘 요한복음 8장의 간음하다가 잡혀온 여인의 이야기를 가지고 기독교의 근본적 사상은 사랑(Love)에 있다고 말하고자 한다. 사람은 많은 사랑을 설하면 도덕이 약해지고 또 사라진다고들 하지만, 이는 참

으로 사랑의 진체[眞諦]에 도달하지 못한 것이라고 할 뿐이다. 그리스도가 이룩하신 생애의 한 조각을 떼어서 생각해볼 때, 만일 사랑을 제한다면 남는 것은 아무것도 없을 것, 즉 제로가 될 것이다. 사랑에 힘을 얻지 아니하고서 일어나는 모든 힘은 중력에 반해서 일어나는 힘처럼 다시금 옛 위치로 돌아가는 결과가 될 뿐이다.11)

바울과 우치무라의 속죄론적 기독교로부터 요한의 사랑의 종교로 전환함을 이해하는 데 있어서 중요한 사실은 시인 월트 휘트먼(Walt Whitman)에 대한 아리시마의 관심이다. 아리시마는 휘트먼의 시를 일본어로 번역하여 출간하였을 뿐만 아니라, 대표작이라고 할 수 있는 『어떤 여자』의 첫머리에 자신이 번역한 휘트먼의 시를 영문 그대로 인용하고 있다. 아리시마가 "이름도 없는 창부에게"(名もない淫賣婦に)라고 번역한 휘트먼의 시는 "To a common prostitute"인데, 아리시마는 이 시의 일부를 자신의 소설의 에피그라프로서 인용하고 있는 것이다. 그렇다면 이 시는 아리시마의 사상 전체의 축약이라고 보아도 무방할 것이다.

> 태양이 그대를 내버리기 전에는
> 나도 그대를 버리지 않으리.
> 물이 당신을 위해서 더 이상 광채를 내지 않게 되기까지
> 나뭇잎이 당신을 위해서 반짝거리지 않게 되기까지
> 나의 말은 당신을 위해서 광채를 내며 반짝거리리라.12)

「요한복음」 8장에서 간음한 여인에게 예수가 던진 말, "나도 네 죄를 묻지 않겠다. 어서 돌아가라"(11절)에서 나온 것이 분명한 휘트먼의 위의 시를 아리시마가 인용하고 있다는 사실은 아리시마가 휘트먼에게서 "인

간 존재에 대한 전면적인 수용의 자세"와 "인간의 죄에 대한 구원의 가능성"을 발견하였음을 의미한다.13)

아리시마에게 있어서 신의 사랑은 "아낌없이 빼앗는 사랑"이었다. 『아낌없이 사랑을 빼앗는다』라는 그의 작품에서 그는, 신의 사랑이 남김없이 빼앗는 사랑이기에 신은 자신을 빼앗아가려고 하고 있으며, 이러한 신의 빼앗는 사랑을 자신도 지니게 됨으로써 신 앞에 서 있는 하나의 인격이 될 수 있다고 보고 있다.

> 신의 사랑은 내 안에서도 작용하고 있지만, 가령 그렇다고 하더라도 나는 신의 사랑과 나의 사랑을 이질의 것으로는 생각할 수 없다. 신은 주는 힘이 아닌 빼앗는 힘이다. 신은 그 힘의 어떤 분배를 나에게 던져 주신 것이 아니다. 그 힘의 전체 속에 나를 섭취(攝取)하고자 하는 것이다. 이렇게 느끼는 것이 나에게는 훨씬 합리적이다.14)

나아가 아리시마에게 있어서 예수는 다름 아니라 이러한 "빼앗는 사랑"의 화신이다.

> 나에게 깊은 감명을 주는 것은 그리스도의 짧은 지상 생활과 그 죽음이다. 아무것도 배운 것 없는 어부와 세리와 창부 등에 둘러싸인, 세상 사람들 눈에서 멀리 떨어진 33년간의 생애에 있어서, 그분은 그 무엇과도 비교할 수 없는 깊고도 선한 사랑의 소유자이고 사역자였다. 그분은 순수한 사랑의 사업 이외에는 그 무엇도 선택하지 않았다. 그분은 무상(無上)의 사랑에 의해서 삼세(三世)에 걸쳐 인류를 자기 안에 섭취하였던 것이다. 그리스도의 생애 그 어디에 의무가 있고 희생이 있단 말인가. 그리스도는 주는 것을 고통으로 여길 정도로 사랑이 가난한 사람이 결코 아니었다. 그리스도는 우리들을 이미 그분 속으로 빼앗았던 것이다.

그리스도의 사랑은 세상의 모든 것보다 높은 것, 깨끗한 것, 아름다운 것을 섭취해버렸다. 악한 것, 추한 것 또한 자신 안으로 섭취하여 정화하였다. 눈을 뜨고 그리스도가 지니신 것이 얼마나 풍요로운지를 보라. 그리스도가 주시고 또 베풀어주셨다고 보이는 모든 것은 실은 모두 그리스도 자신에게 주어지고 베푼 것이다. 그리스도는 주지 않는 것이 하나도 없었다. 그러나 그 무엇도 잃은 것이 없으며 모든 것을 얻었다. 이 대환희를 느끼며 너 또한 주어야 한다. ***

(다케다 논문 154)

"사랑은 주는 본능 대신에 빼앗는 본능을 지녔다. 또 방사(放射)하는 힘이 아니라 흡수하는 힘이다." 성서에 고백된 신이야말로 "그분의 힘 전체 속에 우리들을 섭취하고자 하는 사랑의 신이고, 무한히 우리들을 찾아 헤매는 사랑의 신"인 것이다. "아리시마의 코스믹 소로우는 이러한 신을 믿는 것에 대한 열정과 또 그 반발하는 것의 자의식의 변증법이라고도 해야 할 '인생'(라이프)을 살고, 그것을 문자의 언어로 표출하고자 한 바에 있다."15)

"일본적 범신성"(엔도 슈사쿠)이 "수동성"과 "흡수되는 것"을 특징으로 한다는 엔도 슈사쿠의 진단을 따른다고 한다면, 아리시마가 일체를 "흡수하고" "빼앗는" "사랑"에 경도된 것은, 그리고 그러한 "사랑"의 화신으로 그리스도를 받아들였다는 사실은 아리시마를 "일본에서 태어난 '나의 그리스도'"를 추구한 토착적 신앙의 반열에 속하도록 해준 것이 틀림없다. 엔도가 그러한 서구 기독교라고 하는 '몸에 맞지 않는 양복'을 "일본적 범신성"이라는 몸에 맞추고자 하였다면, 아리시마의 경우는 '몸에 맞지 않는 옷'을 벗어버리고 모든 것을 "빼앗는" "일본적 범신성"으로 돌아갔다. 아리시마에게 "배교"는 자신의 몸에 맞지 않는 서구적 기독교라는 옷을 벗어버린 행위나 다름 없었다. 그렇다면 그의 행위도 자신의 몸에 맞도록 옷을 재단(裁斷)하는 일에서 크게 벗어났다고 할 수 없을 것이다. 엔도가 『깊은 강』의 오오쯔의 입을 빌려서 말하듯이, 서구의 눈으로 본다면 옷을 재단하는 일은 곧 옷을 벗어버리는 것으로 비쳐지기 때문이다.

다시 배교(背敎)라는 문제에 대하여

일본사상사의 맥락에서 일본기독교사를 연구하는 다케다는 일본에서 기독교가 수용되었던 양태를 5가지 패턴으로 분류하면서, 각각을 ①"매몰형"(埋沒型)(妥協의 埋沒), ②"고립형"(孤立型)(非妥協의 孤立), ③"대결형"(對決型), ④"접목형"(接木型) 내지 "토착형"(土着型), 그리고 ⑤"배교형"(背敎型)으로 명명한다. 그런데 아리시마의 "배교"에 대해서 논구할 경우 흥미로운 것은, 다케다가 "배교형"에 대해서 "이른바 배교자가 되는 것, 혹은 그렇게 됨으로써 역설적으로 기독교의 생명의 정착을 추구하는 것"이라고 부연하는 대목이다.16) 즉 다케다는 아리시마의 경우를 "순전히 신앙적인 입장이 변해서 기독교를 버린다고 하는 본래적인 의미에 있어서의 배교(apostasy)가 아니라" "분명한 회심 체험을 가지고 입교한 신도가 어떤 신앙적, 사상적, 혹은 이데올로기적인 모순에 부딪혀서 '배교'를 결심하고, 그것을 선언함으로써 기독교를 버리는 경우"에 해당한다고 보고 있다. 다시 말해서 아리시마의 경우는 "이교(異敎) 국가의 사상적 풍토에서 형성된 교회의 신앙의 본질, 혹은 신도 집단의 존재방식에 얽혀 있는 사상적 내지 이데올로기적 문제로 말미암아, 현존하는 교회 혹은 기독교인의 무리로부터 이탈한다는 의미에서의 배교자"라는 것이다. 다케다는 "근대 일본에는 이러한 유형의 배교자가 비교적 많았다"고 보면서 아리시마의 경우도 "사상적 모순으로 말미암아" 교회를 떠난 케이스에 해당한다고 보았다. "'자아'의 문제, 즉 근대적, 인격적 주체로서의 개아(個我)의 확립이라는 문제를 둘러싸고서 일본 기독교계에 지배적이었던 사고방식과 마찰하고 상극함"으로 말미암은 "배교"라는 것이다. "그의 배교에는 근대 일본에 있어서 '자아'의 추구라는 절실한 문제가 담겨 있었다."17)

그렇다면 앞서도 말하였듯이, 아리시마의 "배교"는 단순히 형식적인 측면으로가 아니라 "일본에 있어서 복음과 문화의 문제에 관한 기본적인 문제를 제기하는" 것으로 중시되지 않으면 안 된다. 다케다의 말을 좀 더 길게 인용해보자.

> 근대 일본 프로테스탄트의 역사에서 드러나는 배교자의 문제는 배교자 개인의 신앙 내지는 사상의 문제에 머무는 것이 아니라, 이러한 이교 문화의 토양에 복음이 뿌리를 내리려고 하는 투쟁 과정에서 젊고 미숙한 교회에 내포되어 있는 신앙적, 사상적 뒤틀림이 드러난 것이라는 문제가 포함되어 있다고 생각할 수 있다. 그러한 신앙적이고 사상적인 관심에 있어서, 근대 일본에서의 배교자의 계보는 면밀하게 재검토될 필요가 있다고 생각한다. 왜냐하면 신앙과 문화의 문제를 날카롭게 문제시하면서 고뇌하였던 이들 선인들이, 성실함으로 말미암아 벽을 벽으로서

자각하고, 또 방황하고, 당시의 미숙한 교회가 설정한 편협한 규범의 틀을 벗어남으로 말미암아 "배교자"의 낙인을 자타 공히 지니게 되고, 교회로부터 버려진 결과가 되었으며, 복음의 토착화에 있어서 가장 결실이 풍부할 수 있었던 사상 영역에 있어서 생산적 요소를 상실해버리는 결과가 되었음을 안타깝게 여기기 때문이다. 일본의 정신적, 문화적 토양에 복음이 깊게 뿌리내리기 위해서는 교회 안의 사람들만이 아니라 오히려 이렇게 교회(기독교인의 무리)와 '바깥' 세계 사이의 경계선상, 혹은 선의 밖으로 벗어난 영역에 있어서 긍정적으로로든 부정적으로로든 기독교가 가져다 준 기본적 메시지를 성실하게 받아들이고, 그것과 자각적으로 상극(相剋)하고, 참된 의미에서의 근대화를 지향하며, 독자적인 사상적 과제를 끌어안고 번민하며, 길을 개척하고자 하였던 사람들의 사상을, 새로운 관점에서 적극적으로 다시 검토해 볼 필요가 있다고 여겨지는 것이다.18)

지난 호에서 언급하였던 엔도 슈사꾸는 기독교라는 옷을 벗어버릴까 하고 생각하면서도 벗지 않고 그 옷을 자신의 몸에 맞는 옷으로 변형시켰지만, 아리시마는 그 옷을 변형시키는 대신 대담히 벗어버리고 말았던 것이다. 그러나 여전히 문제는 남는다. 아리시마가 벗어버렸던 것은 기독교 그 자체였을까? 혹은 교리와 제도로 고체화(固體化)되고 형해화(形骸化)된 기독교에 대한 거부가 그로 하여금 기독교 신앙으로부터 멀어지게 하였던 것은 아닐까? 만일 그렇다고 한다면, 아리시마 역시 배교라는 행위를 통해서 일본에 수입된 기독교를 변형시켰다고 보아도 무방하지 않을까? 엔도 슈사꾸가 "물의 사크라멘트"를 통해 서구적 기독교에 달라붙어 있는 단단한 껍질을 용해하여 "나의 그리스도"를 드러나게 하였다고 한다면, 아리시마의 경우 역시 "배교"라는 행위를 통해 서구로부터 수입된 기독교의 단단한 껍질을 벗겨내고, 그 속에 감추어져 있던 "내부적 생명"

(아리시마)을 드러내고자 하였던 것이다.

> 제도로서의 종교에 대해서 나는 전혀 동정도 못 느끼고 공감하지도 않는다. (중략) '그렇다면 제도를 떠난 종교적 신념이 있는가'라고 묻는다면, 나는 그렇다고 생각한다. 지금까지의 일반인의 생각에 따르면 초월적인 절대적 존재, 혹은 관념적인 것에 대한 신앙만이 종교의 대상물로 여겨진다고 하겠지만, 가령 상대적인 관념 속에 살고 있는 사람이라고 하더라도, 거기에 무언가 결정적인 신념이 타오르고 있다면 그 사람에 있어서는 그것이 그대로 그 사람의 신앙이라 아니할 수 없다. 그것을 신앙이 아니라고 거부하는 것은 그 누구에 대해서도 불가능하다. 동시에 그러한 신념 속에 서 있는 사람은 종종 자신이 무신앙을 표방한다고 여기는 경향이 있지만, 그것도 나는 무신앙이라고 생각지 않는다. 그것 역시 하나의 신앙이라는 관념을 거기까지 넓혀서 여기까지 자유롭게, 즉 종교를 모든 브로커의 손으로부터 해방시켜야 한다고 믿는다.[19]

이런 점에서 본다면 아리시마의 이른바 '배교'는 "종교의 형태와 제도를 부정하고 종교성이라는 내적 생명을 긍정한 것이며, 그것은 무신앙과 종교 비판이라는 형태로서 역설로 나타난 것"이라고 부를 수 있을 것이다. 이러한 사실이 아리시마가 세상을 떠나기 전해에 언급되었다는 점을 볼 때, 배교는 "아리시마의 평생에 걸친 탐구의 도달점"이라고 불러도 무방할 것이며, 그것이 "역사적 사실로서, 유대 종교 권력과 로마의 국가 권력으로부터 자유롭게, 아나키스트적으로 살다가 살해된 예수에 대한 관여라는 논리"를 노정한다는 점에서 "시대를 선취한 인물로서의 아리시마"를 찾아볼 수 있다고 하겠다.[20]

아리시마는 『어떤 여자』의 요오코 속에 이미 자신의 모든 것을 그려 놓았다. 그 요오코는 "영혼을 쥐어짜는 듯한"(魂の搾り出すやう) 극도의

고통 속에서, 오지 않는 우치다(內田) 목사를 기다린다. 우치다의 모델은 다름 아니라 우치무라이다. 한때는 요오코를 "하나님 이외의 유일한 동반자"라고까지 칭송하다가 이후 요오코의 행실을 비난하는 우치다를 향해서 요오코는 이렇게 말하기도 하였다. "한 마디만 아저씨께 말해주세요. 일곱 번씩 일흔 번은 아니더라도 하다못해 세 번쯤은 남의 허물도 용서해 주시라고요."(62) 우치무라의 도덕주의적인 기독교에 대해 아리시마의 비판이 작렬하는 대목이 아닐 수 없다.

하지만 아리시마와 우치무라의 관계는 최후까지 애증(愛憎)의 양면성을 지닌 것이었다. "요오코는 우치다가 오기를 간절히 빌었다. 그러나 고이시카와에 살고 있는 우치다는 좀처럼 올 기미가 보이지 않았다." 이 마지막 장면을 통해서 아리시마는 자신을 아껴주다가 배교 이후 그토록 싸늘해진 우치무라에 대해 "묘한 그리움"과 섭섭함을 동시에 나타내려 했던 것이 아니었을까?

그러나 요오코의 "영혼을 쥐어짜는 듯한" 비명은 이미 자신의 몸과 마음을 떠나 있던 우치무라를 향한 것이 아니었다. 우치다는 끝내 오지 않을 뿐만 아니라, 우치다ㅡ우치무라ㅡ야말로 아리시마의 "영혼을 쥐어짜는 듯한" 몸부림에 냉정한 사람이었기 때문일 것이다. 요오코의 "영혼을 쥐어짜는 듯한" 비명 소리는 "자유롭게 자신의 '사랑'을 추구하며 필사적으로 살고자 하였던 한 여인이 그러한 자신의 전 존재를 '섭취'해주는 존재가 도래하기를 기다리는 영혼의 절규"라고 해야 할 것이다.[21]

【주】

1) 『內村鑑三全集』(第20卷) 岩波書店, 1955年, 533-534頁.

2) 武田淸子, 「背敎者の人間觀　有島武郎における『自我』の追求」『キリスト敎と文化』(國際基督敎大學) 1(1964), 147頁

3) 아리시마의 삶과 기독교의 관계에 대해서는 『世紀』431(1986)-442(1987)에 연재된 吉田とよ子, 「キリスト敎と日本文學者III -『悲しき性　有島武郎の煩悶』」를 참조하였다.

4) 이 글에서는 "배교"(背敎), "기교"(棄敎), "이교"(離敎) 등을, 인용된 글에서 사용한 대로 사용하겠다. 그러나 이들 세 용어의 影響史에 대해서는 반드시 별도의 진지한 논의를 필요로 할 듯하다. 이러한 개념에 착안해야 함을 가르쳐 준 시인 시바사키 사토시(柴崎　聰) 씨에게 감사한다.

5) 『全集』(20卷), 岩波書店, 1955年, 508頁.

6) 瀧澤武人, 「近代日本文學とキリスト敎」『桃山學院大學キリスト敎論集』17(1981), 73-87頁.

7) 笠原芳光, 「背敎の論理　有島武郎の場合」『キリスト敎社會問題硏究』20(1972), 85頁.

8) 增子正一, 『有島武郎硏究』***

9) 普及福音新敎伝道會(Allgemeiner Evangelish-Protestantischer Missionsverein, 후의 Deutsche Ostasienmission)가 일본에서의 선교 활동 50주년을 기념해서 간행한 『일본에 있어서 자유기독교와 그 선구자들』(1935년)에는 자유주의 기독교가 목표로 하는 기독교 전도의 목적이 다음과 같이 정리되어 있다. "기독교를 믿지 않는 국민에게 기독교를 전하고, 그 결과 그들을 개종시켜야 할 것인가라고 하는 중요한 문제가 있다. (중략) 그러나 오늘날과 같은 문화의 정도에 있어서는, 저 훌륭한 콘스탄티누스 大帝와 같은 영웅호걸이 출현한다고 할지라도, 국민 전체를 기독교로 개종시키는 일은 불가능하다. 그러나 중요한 문제는 개종이냐 아니냐 하는 것이 아니다. 기독교의 정신에 따라서 被伝道地의 국민정신에 큰 감화를 주는 일이 무엇보다도 중요한 것이다." 三並　良, 『日本に於ける自由基督敎と其先驅者』文章院出版部, 1935年, 247-248頁. 이러한 자유주의 신학의 특징은 "기독교와 기독교 문화를, 非기독교적인 여러 민족 가운데 그들 諸 민족에게 이미 존재하고 있는 진리계기(眞理契機)와 연관시키면서 넓혀 나간다."라고 하는 普及福音新敎伝道會의 전도론에도 잘 나타난다. 이 경우 "일본에 있어서 [전도는] 異敎者를 도와주어서 그의 理想을 달성하게 하는 것이다." 上同, 284頁.

10) 吉田とよ子, 「キリスト敎と日本文學者III」(第4回) 『世紀』434(1986) 93頁

11) 宮野光男, 「有島武郎硏究　著作集第8,9輯 『或る女』をめぐって」『梅光學院大

　　　學***』, 112頁.
12) Not till the sun excludes you, do I exclude you; Not till the waters refuse to glisten for you, and the leaves to rustle for you, do my words refuse to glisten and rustle for you
13) 宮野光男, 前揭文, 109頁.
14) 富富岡幸一郎,「『或る女』と有島武郎　その信仰と苦悶」『國文學　解釋と鑑賞』6 (2007), 12頁에서　재인용.
15) 上同, 13頁.
16) 武田淸子,『土着と背敎:傳統的エトスとプロテスタント』新敎出版社, 1967, 5頁
17) 武田淸子,「背敎者の人間觀　有島武郎における『自我』の追求」『キリスト敎と文化』(國際基督敎大學) 1(1964), 138, 140頁.
18) 上同, 138-139頁.
19) 『有島武郎全集』(第六卷) 1924年　笹原芳光, 前揭文, 100頁에서　재인용.
20) 笹原芳光, 上同, 100-101頁.
21) 上同, 13頁.

아쿠타가와 류노스케의 『오시노』 고찰
―니토베 이나조의 『무사도』와 관련하여―

하태후

1. 서론

아쿠타가와 류노스케의 200여 편의 단편 작품 중에서 일본의 무사도와 연관된 작품을 고른다면 몇 작품이 이에 해당될 것이다. 그중에서도 '무사도'라는 용어가 직접적으로 작품에 등장하는 경우는 『손수건』이라는 작품이다. 『손수건』에서 아쿠타가와는 사상가이자 교육자인 니토베 이나조를, 서구 문화를 가르치는 도쿄제국대학 교수인 하세카와 긴조로 치환하여, 일본의 정신적 문명의 타락을 구제하는 일본 고유의 무사도가 더 이상 일본 국민의 도덕에 머물기보다는 구미의 그리스도교 정신과 같이 보편적인 가치를 구현해야 한다는 주장을 펼치고 있다.

『손수건』에서 하세카와의 이러한 믿음은 기모노 정장을 차려입은 니시야마 부인과의 만남을 통해서 구체화된다. 어느 날 하세카와는 자신이 가르쳤던 학생의 어머니인 니시야마 부인을 맞이한다. 부인은 하세카와에게 아들의 죽음을 마치 일상적인 평범한 이야기를 하듯이 알린다. 얼굴로는 웃고 있지만, 실은 아까부터 전신으로 울고 있던 모습이 묘사된다. 즉, 아들의 죽음에도 불구하고 얼굴은 슬픈 내색조차 하지 않는, 자신의 감정을 절제하려고 하는 니시야마 부인의 모습이 바로 일본 여성들이 전통적으로 지켜 오던 무사도의 한 전형이라고 보고 있는 것이다.

그러나 이 작품에서는 그리스도교와 '일본의 정신'이라는 '무사도'가 어떠한 관련 양상을 띠고 있는지에 대한 묘사는 나타나지 않는다. 그리스도교와 '무사도'의 관련 양상을 선명하게 표현한 작품을 찾자면, 그리스도교와 '무사도'의 유사점과 차이점을 보다 명확하게 그린 아쿠타가와의 만년 작품 『오시노』를 들 수 있다.

사사키가의 무사였던 이치반가세 한베의 미망인 시노라는 여자가 아들 신노조의 병을 치료받기 위하여 홍모인의 신부를 만나고자 남만사를 방문한다. 신부가 신노조의 병을 고쳐 주겠다고 하자 기쁜 나머지 시노는 자신도 모르게 기요미즈사의 관음보살 이름을 입 밖에 낸다. 이교도 시노를 향해 신부는 진정한 신인 예수 그리스도의 생애를 설파하여 듣게 한다. 신부의 이야기가, 십자가상에서 예수가 외친 "나의 신이여, 나의 신이여, 어찌 나를 버리시나이까?"라는 대목에 이르자, 시노는 한 번도 적에게 뒤를 보인 적이 없는 망부 한베에 비하면 예수는 말할 수 없이 겁쟁이라는, 경멸과 증오가 섞인 말을 내뱉고는 교회당 밖으로 사라진다. 이상의 내용이 『오시노』의 개략으로, 200자 원고지 12매의 매우 짧은 작품이기는 하지만 여기에는 많은 문제를 내포하고 있다.

따라서 본고에서는 『오시노』라는 작품을 니토베 이나조의 『무사도』와 비교 검토한다. 특히『무사도』에 나타나는 일곱 규범과 세 덕목을『오시노』의 묘사 하나하나에 조명하여, 일본인들에게 '무사도'는 무엇이며, 또 그리스도교와의 관계에 있어 문제점은 무엇인가를 알아보기로 한다. 서양인에게 그리스도교가 그들의 종교이자 윤리이듯이 '무사도'는 적어도 일본인에게 윤리의 차원을 넘어 종교의 경지에까지 이르렀다고 할 수 있다.

2. 본론

2.1. 일본 무사도의 형성

무사도는 넓은 뜻으로 이해하자면 무사 사회의 발생과 더불어 무사 계급을 담지자로 하여 점차적으로 형성된 윤리적 규범으로, 그 담지자가 무사 계급으로서의 특권이 없는 '사족'으로 변한 메이지 이후에도 엘리트 인간 형성의 규범의식으로서 살아남은 것이다. 무사도가 가진 의의를 일본정신사의 문맥에서 정당하게 평가하고자 할 때에는 위에서 서술한 바와 같은 시점에 서지 않으면 안 되지만, 이것을 좁은 뜻으로 해석하자면 다음과 같은 의미로 해석할 수 있다.

즉, 무사도란 전장이라는 비일상적인 경우의 실천윤리로서 전국시대에 형성되었다. 그 경험의 축적을 토대로 하고 그것을 반성의 소재로 하여, 도쿠가와 막번 체제의 성립과 함께 그 담지자인 무사 계급의 신분이 안정되면서 이념화의 실마리를 열었고, 점차로 무사 계급의 보편적인 교양이

된 유교와 결합하여 일상 윤리로서 합리화, 규범화가 진행되었다. 그것은 일상 윤리로 합리화, 규범화됨에 따라 하나의 에토스로서 무사 계급 전반에 정착되었다.

전국시대에 형성되었던 전장이라는 비일상적인 경우의 실천윤리로서 무사도의 그림자는 예를 들면 『고요군칸』에서 엿볼 수 있다. 이는 다케다 신겐을 중심으로 하는 고슈 무사의 사적, 마음가짐, 이상을 전개한 책으로, 초기 무사도의 양태를 엿볼 수 있는 귀중한 문헌이다. 다케다 신겐의 노신인 다카사카 단쇼의 저작으로 전해져 왔지만 현재의 구성으로 편찬한 이는 야마가 소코의 군사학의 스승 오바다 가게노리로 일컬어지고 있다. 여기에서는 '무사도', '사도' 등의 단어가 자주 등장하는데 이것은 실천적인 전장 도덕의 양태를 가리키는 것으로 사용되었다.

그러나 오바다 가게노리 문하의 야마가 소코에 이르러서 무사도가, 유교적인 색채가 농후한 사족의 교양 학문인 '사학'으로 설파됨에 이른 과정을 보면, 막번 체제의 성립이 엘리트인 무사 계급에 무엇을 부과하였는지를 엿볼 수 있다. 무사도는 이미 전장이라는 비일상적인 경우에 무사가 존중해야 할 실천윤리가 아니라 안정된 막번 체제하에서 치자 계급인 무사의 일상 논리가 될 것을 요구받기에 이르렀다.

무사도의 양태를 규정한 이와 같은 추세는 1710년부터 7년간에 걸친 사가 번사 야마모토 조초의 구술 서적으로 일컬어지는 『하가쿠레』의 출현과 결코 모순되지 않는다. 『하가쿠레』는 "무사도라고 함은 죽음에 익숙해지는 것이니라."라는 저명한 일구로 시작된다. 『하가쿠레』에서 설파된 주군에 대한 주정적, 비합리적인 헌신의 태도는 무사도가 일상 윤리로서 합리화, 규범화되어 가는 추세에 대한 일종의 저항의 자세를 이야기하는 것이었다.

메이지유신 후의 무사도의 담지자는 무사 계급으로서의 신분적인 특권이 없는 '사족'으로 변모하지만, 이미 무사 계급 전반에 에토스로 정착한 무사도는 엘리트 인간 형성의 규범으로서 지속적으로 생존하게 되었다. 이것은 서구의 그리스도교적인 스토이시즘을 일본에 이식하기 위한 토양의 역할도 연출하였다. 이 점은 우치무라 간조, 니토베 이나조의 인간 형성에 비추어보아도 명확하다. 이와 같이 메이지유신 이후에 무사도는 한편으로는 이질적 서구 문명을 마주 대하는 일본 엘리트의 정신적 지주 역할을 연출하지만, 한편으로는 국가주의적 풍조의 태두와 더불어 천황제 하에서 당연히 있어야 할 국민도덕으로서 재편성되어 반동적인 이데올로기의 역할을 연출하게 되었다.[1]

2.2. 니토베 이나조의『무사도』

니토베 이나조는 도쿄영어학교를 거쳐 16세 때 삿포로농학교에 들어가 W. 클라크로부터 감화를 받고 그리스도교도가 되었다. 이때 일본의 대표적 그리스도교 지도자인 우치무라 간조와 돈독한 관계를 맺었다. 이후 1884년부터 1891년까지 유럽과 미국에서 공부하고 돌아와 삿포로농학교의 교수로서 농정학, 농학사, 경제학을 강의했다. 그러나 병으로 사직하고 요양을 겸해 1898년부터 1901년까지 유럽과 미국을 여행했으며 그 당시 영문으로 ≪Bushido : The Spirit of Japan≫을 집필, 1899년 미국에서 출판하여 국제적인 명성을 얻었다.

그 후 타이완 총독부를 거쳐 1903년 교토제국대학 법과대학의 교수에 취임하였고 이때부터 학자이자 교수로서의 삶을 시작했다. 1906년에는 제일고등학교 교장이 되었고 도쿄제국대학 교수도 겸임했다. 1913년에는 도쿄제국대학의 전임교수로서 식민정책 강좌를 담당했다. 한편 1911년에는 최초의 미·일 교환교수로서 미국의 6개 대학에서 강의했다. 1920년부터 1926년까지는 국제연맹 사무국 사무차장으로서 국제 무대에서 큰 활약을 했다. 귀국 후에는 제국학사원 회원, 귀족원 의원으로 선임되었으며 태평양문제조사회(IPR) 이사장으로서 일본의 국제적 지위를 개선하는 데 기여했다. 또한 도쿄여자대학 초대 총장도 역임했다. 1933년 캐나다에서 개최된 태평양회의에 일본대표부의 위원장으로 출석했으나, 회의가 끝난 후 병으로 쓰러져 빅토리아에서 객사했다.

그는 학자, 교육자, 국제인으로 다방면에 걸쳐 활동했고, 그의 활동에서 일관적으로 흐르는 정신은 동서양의 융화에 대한 신념과 실천이었다. 그는 동서 문화의 융합에서 서양 문명의 일방적 수입이 아닌, 일본 문화를 외국인에게 이해시키는 데 역점을 두었으며, 영문 저서를 다수 집필하여 일본 문화를 널리 소개했다. 그의 문하에서는 학계의 야나이하라 다다오, 정계의 마에다 다몬 등 일본의 지도적 인사들이 다수 배출되었다.[2]

아쿠타가와는 니토베가 제일고 교장 시절일 때의 생도였다. 아쿠타가와의 『손수건』 속 하세카와 선생은 바로 그를 모델로 하고 있다. 『내일의 도덕』이라는 강연에서 아쿠타가와는 니토베를 비판하여 말하기를 "오늘날의 눈으로 보면 현실과 몹시 동떨어진, 매우 이상적이고 실천 곤란한 도덕"이며 "충신, 효자, 열녀와 같은 이상적인 인물을 하나의 기준으로 삼아 그 전형적인 인물에 합치시키려고 노력한다."라고 하고 있다. 그리고

"그와 같은 봉건 도덕을 보존시킨 조건은 '비판 정신의 결핍'이라고 역설하고 있",3)으며, 그의 윤리관에 대해서 아쿠타가와는 "나는 이것을 듣고 매우 분개했습니다. (중략) 금일에는 (중략) 다소의 진리를 인정하고 있습니다."4)라고 하고 있다.

일본은 유럽 세계에 편입되려고 대단히 애를 썼지만, 결국 이루지 못하였다. 그렇지만 그 과정에서 일본은 자국이 매우 독자적인 문화를 이룩하였다는 것을 서구에 끊임없이 알렸다. 대표적인 것으로 니토베 이나조의 ≪Bushido, The Spirit of Japan, 1899≫와 오카쿠라 덴신의 ≪The Book of Tea, 1906≫이 있다.5)

『무사도』는 니토베 이나조가 병 요양을 위하여 미국에 체류하고 있을 때 필라델피아에서 영문으로「일본의 정신」이라는 부제와 함께 출판되었고, 익년 일본에서도 출판되었다. 일본어 역은 1908년 출판된 사쿠라이 오타이 역이 최초로, 1938년 야나이하라 다다오에 의한 신역이 이와나미 분코에서 발행되었다. 제1판의 서문에 의하면 "봉건제도 및 무사도를 이해하지 않으면 현대 일본의 도덕관념은 결국 봉인되어 두루마리가 됨을 알았다."는 것이 저술의 동기로 되어 있지만, 여기서 다루고 있는 무사도는 협의의 봉건제도에서의 무사의 도덕에 머물지 않고 부제가 시사하는 것처럼 오히려 광의의 일본 정신 개설임을 놓쳐서는 안 된다. '무사도'라는 단어는 본서에 의해서 세계 각국에 퍼졌고 할복, 후지산 등과 나란히 일본을 나타내는 대명사가 되었다.6)

니토베는 일본에도 서구의 그리스도교와 같은 보편 도덕이 존재했었다는 사실을 소개하기 위해 기사도를 염두에 두고『무사도』를 저술하였다. 하지만 니토베의『무사도』에 대해 도쿄대학 교수인 이노우에 데쓰지로는 무사도를 봉건시대 무사 계층의 도덕률 정도로 폄하한다고 비판하면서 에도시대 병학자이자 유학자로 활동했던 야마가 소코에게서 무사도의 지적 계보를 찾아내고자 했다. 이노우에는 무사도가 단지 서양의 스토아학파에 비견되는 '이론적 도덕'으로서가 아니라, 야마가 소코로부터 시작해 아코로닌인 오이시 구라노스케를 거쳐 막부 말 지사들의 정신적 지주인 요시다 쇼인으로 그 계보를 이어 오다가 당시에 이르러 메이지 군인을 통해 발현되는 일본 민족 고래의 정신이자 '실천적 가치'라고 설명하였다.[7]

2.3. 『오시노』에 대한 평가

『오시노』는 1923년 4월 1일 발행의 잡지 「주오코론」 제38년 제4호에 게재되고, 후에 『고자쿠후』, 『호온키』, 『아쿠타가와류노스케슈』에 수록된 후기 아쿠타가와 키리시탄물의 한 작품이다. 『오시노』는 발표된 후 그다지 높게 평가되지 않았다. 요시다 세이이치는 『오시노』를 "작자가 때마침 시도해본 지혜의 장난에 지나지 않는다."라고 하고, 이어서 "요즘 그는 이 종류의 제재에 이전과 같이 정열을 가지고 파고들지 못 하게 되었다. 혹은 싫증을 느낀 것 같다. (중략) 이미 매너리즘에 빠져 들어가 있다."[8]라는 악평을 쏟아 놓았다. 한편 사토 야스마사도 이 작품에 대해서는 "작자 주체의 충박감을 동반하지 않은, 작자의 착상만이 눈에 뜨이고 <시적 정신의 정화>는 볼 수 없다."[9]라고 역시 낮은 평가를 하고 있다.

한편 위의 낮은 평가에 반하여 다케우치 마코토는 "「오시노」와 「오긴」
「신들의 미소」에 배태된 것으로 보이는 일본 고유의 도덕이나 신을 예수
또는 그리스도교에 대칭시키고 있는 작자의 의도가 엿보인다. 이 경우에
서 작자는 일본적인 것에 승리를 부여하고 있다. (중략) 「오시노」는 아들
의 병을 낫게 해주기를 청했던 키리스탄 사제가, '나의 신이여, 나의 신이
여, 어찌 나를 버리시나이까?'라는 그리스도의 외침을 전해 듣자마자 그
러한 약자에게 의지하는 것은 무사의 처로서 치욕이라고 분노하는 것에서
일본적인 것에 대한 각성이 보인다. 결코 아름다움만을 추구한 작품이
아니다."10)라고 '일본적인 것에 대한 각성'을 강조한 작품으로 보고 있다.

세키구치 야스요시는 배교를 그린『오긴』과『오시노』두 작품을 평하
여 "「오긴」, 「오시노」공히 인간의 약함을 둘러싼 이야기이지만, 약함을
거부했던 「오시노」의 이야기가 풍부하지 못하고, 약함에 빛을 비춘 「오긴
」의 이야기가 배교·전향이라는 무거운 주제를 지고 있는 점에 주목하고
싶다. 「오긴」에서 다루어진 문제는 단순한 동과 서의 문제에 머물지 않는
다. 인간의 약함을 어떻게 생각할 것인가 하는 근원적 문제가 인간의 삶
의 방식과 관계되어 존재한다는 것이다."11)라며 '인간의 연약함' 때문에
일어날 수밖에 없는 문제임을 지적하고 있다.

이와는 달리 졸저에서는 "오시노가 예수를 '겁쟁이'라고 부른 것은 예
수의 기개 없음을 느꼈기 때문이 아니고, 실은 너무나도 사람을 얕보는
듯한 신부의 말이나 태도 자체에 반감을 가졌기 때문이다. 그 반감의 분
출구로 발견한 것이 예수의 기개 없이 들리는 말이었고, 신부의 고압적인
태도를 비판하는 대신에 여기에 일격을 가한 것뿐이다."12)라고 말한다.
문제의 핵심은 예수의 연약함에 있었던 것이 아니고 신부의 고압적인 태

도에 있었다는 것이다. 여기서 동과 서를 굳이 따지자면 무사인 남편과 그리스도교 사제인 신부의 비교·대립으로 보아야 할 것이다. 이는 니토베 이나조가 "내가 동의하지 않는 것은 예수의 가르침을 흐리게 만드는 전도 방법과 형식에 대한 것이지 그 가르침 자체는 아니다."라고 하는 대목에서도 분명하게 드러난다.

2.4. 『무사도』의 규범으로 본 『오시노』

『무사도』에서는 '의', 즉 "'올바른 도리'야말로 일본인들에게 있어 무조건적으로 따라야 할 절대명령이라 할 수 있다.", "만약 '무사도'가 올바른 용기와 과감함과 인내하는 성품을 갖추지 않는다면 '의리'는 겁쟁이의 원천으로 간단히 격하되었을 것임에 틀림없다."라고 니토베는 설명하고 있다. 『오시노』에서, 성부의 계획으로 십자가에서 성자를 죽이기로 한 것이 인류의 구원이라는 대의를 이루는 것이라면 성자는 성부의 명령을 기꺼이 따르는 것이 '의'인데도 불구하고 "나의 신이여, 나의 신이여, 어찌 나를 버리시나이까?……."라고 하는 푸념은 무사의 처인 시노에게는 납득이 가지 않았을 것이다. 그래서 시노는 "그런 겁쟁이를 숭배하는 종교에 무슨 쓸모 있는 것이 있겠습니까? 또 그런 겁쟁이의 흐름을 이어받은 당신이라고 한다면, 세상에 없는 남편의 위패 앞에도 제 자식의 병은 보일 수 없습니다."라고 내뱉고 만다.

'용', 즉 용기란 "무사가 무사다운 것은 그 자리를 물러남으로써 충절을 이루기도 하고 그 자리에서 죽음으로써 충절을 이룰 수도 있으니, 죽어야 할 때 죽고 살아야 할 때 사는 것이야말로 진정한 용기다."라는 미토 요시마사의 말을 인용해서 설명한다. 그러나 근본적으로 무사의 '용'이란 '여러 위험을 각오하고, 생명을 걸고 사지에 임하는 것'이다. 비록 '개죽음'이 된다고 하더라고 그것이 무사의 본래 모습일 것이다.

『오시노』에서 시노의 남편 이치반가세 한베는 조고사 성 공격 때에 "'나무아미타불'이라는 큰 문자를 쓴 종이 겉옷을 맨살에 걸치고, 가지 달린 대나무로 깃대를 대신하고, 오른손에는 3척 5촌의 칼을 잡고, 왼손에는 빨간 종이부채를 펴고 '다른 사람의 젊은이를 훔치는 것보다 목이 잘리리라 각오했다.'라고 큰소리로 노래 부르면서, 오다 님의 부하 중 냉혹한 사람이라고 하던 시바타의 군세를 꺾어 넘어뜨렸습니다."라고 묘사된다. 그것이 비록 '도박에 져, 말은 물론이고 갑옷과 투구마저 빼앗'긴 상태에서 싸움에 임하는 '개죽음'이라고 할지라도 시노는 생명을 걸고 사지에 임하는 자신의 남편의 용맹함을 강변한다. 그런데 무슨 인류를 구원한다는 '천주라고 하는 이가 설령 십자가에 달렸다고 하더라도, 푸념하는 소리를 한다는 것은' 시노로서는 하급 무사였던 남편의 용기와 비교해보아도 도저히 납득이 가지 않는 일이었을 것이다.

'인'은 무사의 자비로움에 내재하는 인이다. "<무사의 정>, 즉 무사의 자상함은 일본인 안에 존재하는 고결한 심성에 호소하는 울림을 가지고 있다. 그렇다고 무사의 자비가 일반 백성들이 지닌 자비와 종류를 달리한다는 것은 아니다. 무사의 자비가 맹목적 충동이 아닌 정의에 대한 적절한 배려를 갖추고 있다는 사실, 단순한 마음의 상태가 아닌 생사여탈의 힘을 배후에 지니고 있음을 의미한다."라고 한다. 또 '인'은 타인을 연민하는 마음도 가리킨다. "어진 마음을 지닌 사람은 언제나 괴로워하는 사람,

낙담하는 사람의 일을 마음에 담고 있다." "연약한 자, 열등한 자, 패배한 자에 대한 인은 특히 무사에게 어울리는 덕목으로 장려되어 왔다." 이러한 '인'에 대한 사고가 몸에 배어 있는 시노에게는 아들의 병을 고쳐주겠다는 신부의 말은 '인' 그 자체로 들렸을 것이다.

　"좋아요, 봐드리지요."
　신부는 턱수염을 잡아당기면서 사려 깊은 듯이 고개를 끄덕여 보였다. 여자는 영혼의 구원을 얻으러 온 것이 아니다. 육체의 구원을 얻으러 온 것이다. 그러나 그것은 굳이 책망하지 않아도 된다. 육체는 영혼의 집이다. 집의 수복만 완전하면 주인의 병도 물리치기 쉽다.

　"아드님은 여기에 올 수 있습니까?"
　"그것은 약간 무리라고 생각됩니다만······."
　"그러면 거기로 안내해 주십시오."
　여자의 눈이 한순간 기쁨으로 반짝였던 것은 이때이다.
　"그렇게 하시겠습니까? 그렇게 해 주신다면 무엇보다도 다행입니다."
　신부는 잔잔한 감동을 느꼈다.

　신부만 잔잔한 감동을 느낀 것이 아니라 신부의 '측은지심'에 대한 시노의 반응도 지금까지와는 달랐다. "그 한순간 탈바가지처럼 표정이 없는 여자의 얼굴에 부정할 수 없는 어머니를 보았기 때문이다. 그 앞에 서 있는 사람은 견실한 무가의 부인이 아니었다. 아니, 일본인 여자도 아니었다. 옛날 구유 속에서 그리스도에게 아름다운 젖을 물렸던 '심히 애련하고, 심히 부드럽고, 심히 아름다운 천상의 왕비'와 같은 어머니가 되었다."라고 묘사되어 있다. 그리스도교의 '인'이나 무사도의 '인'이나 이에 대한 반응은 동서고금을 막론하고 동일하다는 것을 작자는 시노의 표정 변화를 포착하여 분명히 묘사하고 있다.

일본인은 '예'를 설명할 때, 경건한 마음으로 "예는 오랜 고난을 견디고, 타인을 무의미하게 부러워하지 않고 친절히 대하며, 자만하지 않고 들뜨지 않는다. 자기 자신의 이익을 바라지 않고 타인에게 쉽게 선동당하지 않으며 나쁜 일을 꾸미지 않는다."라고 말한다. 그뿐 아니라 '예'는 '자애와 겸손에서 생겨나고 타인에 대한 자상한 마음을 바탕으로 이루어지기에 언제나 우아하고 아름다운 감수성으로 나타난다', '우는 사람과 함께 울고 기뻐하는 사람과 함께 기뻐하는 것이 예에 있어서 반드시 필요한 조건이 된다'고 생각한다.

그러나 『오시노』에 등장하는 신부의 생각과 행동에서는 이러한 '예'가 있었을까. 시노가 신부에게 자식의 병만 고쳐주면 더 이상 아무런 미련이 없다고 하면서 자신도 모르게 기요미스사의 관세음보살이라는 말을 꺼내자 말이 떨어지기가 무섭게 신부의 얼굴에 화난 듯한 기색이 떠올랐다. 신부는 아무것도 모르는 여자의 얼굴을 예리한 눈으로 응시함과 동시에 고개를 설레설레 흔들면서 나무라기 시작했다고 묘사되어 있고, 이보다 앞서 시노의 자식의 병을 봐주겠다고 하면서도 "신부는 가슴을 젖히면서 쾌활하게 여자에게 말을 걸었다."라고 되어 있다. 이것은 『무사도』의「예」편에서 니토베가 서양인과 일본인의 예의 표현 방식을 비교하면서 "이 두 가지 사고방식을 비교해 보면 결국 중심이 되는 사상은 같다."는 결론과는 전혀 동떨어져 있다. 앞에서도 논한 바와 같이 시노가 정말로 신부에게 화가 났던 것은 십자가상에서 나온 예수의 연약한 말이 아니며, 더욱이 신부의 행동도 아니었다. 그것은 신부의 마음속에 있지도 않은 '예'를 꿰뚫어 보았기 때문이다. 이 '예'의 문제가 이 작품의 주제를 나타내는 것이라는 점도 쉽게 짐작할 수 있다.

진정한 무사는 '성[마코토]'에 높은 경의를 표한다. 니토베는 "공자는 『중용』에서 성을 들어, 초월적인 힘을 그것에 부여하며 거의 신과 동격으로 여겼다. 다시 말해 '정성이란 것은 만물의 처음이며 끝이니 성실하지 못하면 만물은 없어지는 것이다.'라고 하였다."라고 '성'을 정의한다. 그리고 "일본에서 거짓말하는 것, 혹은 얼버무리는 것은 똑같이 겁쟁이, 비겁한 자로 취급된다. 무사는 자신들의 높은 사회적 신분으로 인해 상인이나 농민보다도 더 높은 '마코토'의 수준을 요구한다고 생각했다."라고 하며 현실에서의 '성'의 체현을 강조한다. 이를 또다시 『오시노』에 대입하여 보면, 신부가 시노에게 하는 말을 시노는 어떻게 받아들였을까.

> "안심하십시오. 병도 대체로 알고 있습니다. 아드님의 생명은 제가 맡겠습니다. 어쨌든 가능한 방법을 써 봅시다. 만약 또 인력이 미치지 않으면……."

> "아드님을 죽이는 것도, 살리는 것도 데우스의 뜻 중 하나입니다. 우상이 아는 게 아닙니다."

신부가 시노에게 내뱉은 말을 처음에 시노는 믿었을지 모른다. 그러나 신부가 의사가 아닌 이상 "아드님의 생명은 제가 맡겠습니다."라고 하는 신부의 말은 명백하게 거짓말이고, 생명을 살릴 수 없다는 것이 다음에 따라오는 "아드님을 죽이는 것도, 살리는 것도 데우스의 뜻"이라고 얼버무리는 데서 바로 드러나고 만다. 아들을 살리겠다는 일념으로 남만사의 성당까지 찾아온 시노가 신부의 한 마디 한 마다를 놓치고 들을 리가 없다. 아직까지 신부를 쏘아붙일 단계는 아니지만 시노의 마음은 이미 신부의 얼버무림을 감지하고 있다. 이 얼버무림은 시노가 직감적으로 신부의 '성'의 부재를 느끼게 하는 데 충분하였을 것이다. 이 때문에 다음에 오는 예수의 일생 운운하는 설교도 시노에게는 정성이 부족한 것으로 인식되었고 예수의 십자가상에서의 한마디를 구실 삼아 분노를 표출한다. 무사의 한마디는 진실성과 신뢰성을 보증하는 것으로 알고 있는 시노에게 무사도보다도 더 진실한 종교에 귀의하고 있는 신부의 한마디는 진실 그 자체일 것이라는 믿음을 지니고 있었을 것이다. 그러나 이 믿음은 곧바로 무너지고 시노는 틀림없이 '속았다'는 느낌을 받았을 것이다.

일본인에게 '명예'는 '사람을 사람답게 하는 것'으로, 그것이 없으면 인간은 짐승과 다를 바 없다는 생각을 극히 당연한 듯 여겼다. 그 고결함에 대한 어떠한 침해도 수치로 여겼다. 그리고 '염치'라고 하는 감성을 중시하는 것은 유아 시절의 교육에서도 가장 먼저 행해지는 것이었다. '사람들에게 비웃음 당한다', '체면을 더럽히지 말라', '부끄럽지 않은가' 등의 말은 잘못을 범한 소년의 행위를 바로잡는 비장의 최후 수단으로, '명예'는 일본인들의 특성을 가장 잘 드러내는 포인트일 것이다.

루스 베네딕트는 『국화와 칼』13)에서 일본인에게 '명예'는 서양과는 다른 의미를 가지지만, 대단히 중요한 덕목이라는 점을 강조하고 있다.

세상 사람으로부터 배척되는 비방을 듣는 큰 위협을 피하기 위하여 그들은 모처럼 그 맛을 알게 된 개인적인 즐거움을 버리지 않으면 안 된다. (중략) 스스로를 존중하는 인간은 '선'이냐 '악'이냐가 아니라, '기대에 부응하는 인간'이 되느냐 '기대에 어긋나는 인간'이 되느냐를 목적으로 진로를 정하여 세상 사람 일반의 '기대'에 부응하기 위해 자신의 개인적인 요구를 버린다. 이러한 사람일수록 '부끄러움을 아는' 한없이 신중하고 훌륭한 인간이다. 이러한 사람들이야말로 자기 가정에, 자기 마을에, 또한 자기 나라에 명예를 가져오는 사람들이다.

(『국화와 칼』)

여기에서도 '세상 사람 일반의 '기대'에 부응'함이 '명예'의 핵심이라고 할 수 있다. 그런데 『오시노』의 작품 속에 나오는 예수의 언행은 어떠한가.

"생각해 보십시오. 예수는 두 사람의 도둑과 같이 십자가에 달렸습니다. 그때의 슬픔, 그때의 고통─우리들은 지금 생각하는 것만으로도 몸을 떨지 않을 수 없습니다. 특히 홍감한 것은 십자가 위에서 외치셨던 예수의 최후의 말씀입니다. 엘리 엘리 라마 사막다니─이것을 풀면 나의 신이여, 나의 신이여, 어찌 나를 버리시나이까?"

물론 신부는 이 설교에 앞서서 예수가 사람들의 기대에 부응하여 행하였던 여러 기적을 자세하게 들려준다. 여기까지는 '신중하고 훌륭한 인간'으로 시노에게도 인식되었음에 틀림없다. 하지만 그 다음에 이어지는 예수의 언행은 그의 아버지인 성부의 신에게도, 그를 믿고 따르는 많은 사람들의 기대에도 미치지 못한다.

실제 성서에도 "대제사장들도 율법학자들과 장로들과 함께 조롱하면서 말하였다. '그가 남은 구원하였으나 자기는 구원하지 못하는구나! 그가 이스라엘 왕이시니, 지금 십자가에서 내려오시라지. 그러면 우리가 그를 믿을 터인데! 그가 스스로 하나님의 아들이라고 했고, 그가 하나님을 의지하고 있으니 하나님이 원하시면 이제 그를 구원하시겠지.' 함께 십자가에 달린 강도들도 마찬가지로 예수를 욕하였다."14)라고 기술되어 있다. 그리스도교를 전혀 이해하지 못하는 시노의 마음에서 당시 유태인의 기대에도 미치지 못하고 조롱거리가 된 예수가 '기대에 부응하는 인간'으로, 또는 '명예'를 지키는 자로서 인식되었을 리 만무하다. '명예나 명성을 얻을 수만 있다면 생명쯤은 값싼 대가라고 여긴다. 그러므로 생명보다 중요하다는 근거만 있다면 생명은 언제라도 조용히 버릴 수 있는 것이다' 하는 것이 무사도에서 강조하는 점이라면, 예수는 하급 무사인 자신의 남편과 비교해도 비할 바 못되는 수치스러운 인간으로 여겨졌음에 틀림없다.

『무사도』에서는 무사의 "주군에 대한 순종의 예와 충의의 의무는 봉건 도덕을 두드러지게 특징짓고 있다. (중략) 소매치기 일당조차 두목에게 충성을 바친다. 하지만 충성심이 가장 중시되는 것은 무사도에서의 명예 규범뿐이다."라고 한다. 이러한 '충의'는 일본에서는 부모에 대한 '효'보다도 앞선다. 니토베는 라이 산요의 저서 『일본외사』에 대해 "법황에 반역한 아버지 하루나리로 인해 받는 그 아들 시게나리의 고통을 '충을 다하고자 하면 효가 되지 않고 효를 다하고자 하면 충을 이룰 수 없다'라며 감동적으로 그리고 있다."라고 소개하고 있다. 그리고 "무사도는 이런 좁은 틈에 끼인 경우 주저하지 않고 충의를 택한다. 여성 또한 자신의 아이에게 주군을 위해서라면 모든 것을 바치도록 장려하고 있다."라고 기술하고 있다.

『오시노』에서는 "저의 남편, 이치반가세 한베는 사사키가의 무사였습니다. 그러나 아직 한 번도 적 앞에서 뒤를 보인 적이 없습니다. 지난 조고사 성 공격 때도 남편은 도박에 져, 말은 물론이고 갑옷과 투구마저 빼앗겼습니다. 그렇지만 적과 싸우는 날에는 (중략) 오다 님의 부하 중 냉혹한 사람이라고 하던 시바타의 군세를 꺾어 넘어뜨렸습니다."라는 말로 남편의 주군에 대한 충의가 잘 나타나 있다. 도박에 져서 말은 물론이고 투구조차 없이 맨몸으로 적과 싸우는 무모함을 보이는 것은 사실이지만, 주군의 명으로 전투에 임하는 태도에는 부모에 대한 효, 가족에 대한 사랑을 뒤로 한 채 오로지 주군을 위해서 목숨을 바칠 뿐임을 시노의 입을 통하여 묘사하고 있다.

2.5. 『무사도』의 덕목으로 본 『오시노』

무사의 '수양'의 항목으로서 으뜸은 "득과 실을 따지지 않는다. 그리고 그것을 자랑스럽게 여긴다."는 것이다. 그 예로 "로마의 무장 벤티디우스가 '무인의 덕이라고 칭해지는 공명심은 더러운 이익보다도 오히려 손해를 선택한다.'라고 말한 것을 들고 있다. 무사에게 '시대의 퇴폐를 논할 때의 상투적인 어구는 '문신이 돈을 밝히고 무신이 목숨을 아낀다.'였다. 황금을 아까워하고, 생명을 잃는 것을 두려워하는 풍조는 그것들을 헛되이 써버리는 것과 똑같이 비난의 대상이 되었다."라고 니토베는 설파하고 있다.

『오시노』에서는 무신인 시노의 남편 이치반가세 한베가 조고사 성 공격 때에 "'나무아미타불'이라는 큰 문자를 쓴 종이 겉옷을 맨살에 걸치고, 가지 달린 대나무로 깃대를 대신하고, 오른손에는 3척 5촌의 칼을 잡고, 왼손에는 빨간 종이부채를 펴고……." 목숨을 아끼지 않고, 더욱이 아무 대가도 바라지 않고 주군을 위하여 전투에 임했다는 것은 이미 충분히 설명한 바 있다.

그러나 문신이라고 할 수 있는 신부가 시노의 아들의 병을 낫게 해주는 대가로서 돈을 밝힌 것은 아니지만 득과 실을 따지지 않았다고는 말하기 힘들다. 우선 교토에 남만사라는 성당을 세운 목적이 이를 단적으로 말해준다. 그것의 지상 목표는 그리스도교의 선교다. 그렇다면 시노가 신노조의 병을 고치러 왔을 때 신부는 단순히 신노조의 병을 고쳐 주는 자선을 행하려고 하였던 것이 아니다. 시노를 비롯한 한 가정을 신자로 만든다는 분명한 목표가 있었다. 신부가 손해되는 일을 할 리 만무하다. 따라서 시노에 대한 신부의 언동은 마치 낚시에 걸린 고기를 대하듯, 상대방의 병이라는 약점을 이용해서 그리스도교를 전파하겠다는 계산이다. 그것도 '점점 우쭐한 듯 목을 조금 뒤로 젖힌 채 방금 전보다도 웅변식으로 이야기하기' 시작하였다. 무사의 미망인인 시노가 이것을 눈치채지 못했을 리 없다.

무사도에서 빠질 수 없는 것이 '극기'이다. 니토베는 "무사에게 있어 감정을 얼굴에 드러내는 행위는 남자답지 못하다고 여겨졌다. 훌륭한 인물을 평가할 때, '기쁨과 분노를 겉으로 표현하지 않는'이라는 표현이 자주 사용되었다. 여기에서는 너무나도 자연스러운 감정이 억제되었다. 아버지는 그 위엄을 희생하며 아이를 안을 수가 없었다. 남편은 처에게 입맞춤을 할 수 없었다."라고 기술하고 있다. 무사인 남자가 그러하다면 무사의 처 또한 마찬가지일 것이다. 그렇지 않으면 자식을 다음 세대의 무사로 키워낼 수 없기 때문이다.

『오시노』에는 시노의 언행 하나하나를 통하여 무사의 처의 언행이 어떠한지를, 남만사의 성당에서 수행자의 길을 걸어가는 신부의 언행과 적절하게 대조해 가면서 대단히 뚜렷하게 묘사하고 있다. 먼저 신부의 모습은 매우 근엄하게 묘사되어 있다.

　　이런 희미하게 어두운 성당 안에 홍모인 신부가 혼자서 기도하듯 머리를 숙이고 있다. 나이는 45, 6세일 것이다. 이마가 좁고 관골이 튀어나온, 볼수염이 많은 남자다. 마루 위를 끄는 옷은 '아비도'라고 부르는 사제복인 듯하다. '곤타쓰'라 부르는 염주도 손목을 한 바퀴 감고는 희미하게 푸른 구슬을 늘어뜨리고 있다.
　　성당 안은 물론 쥐 죽은 듯이 조용하다. 신부는 아무런 움직임도 없다.

구도자로서의 신부의 모습을 너무나도 잘 묘사하여 놓았다. 이보다 성스럽고 신중한 태도를 누구에게서 찾을 수 있겠는가. 하지만 무사의 미망인인 시노의 모습도 이에 못지않다.

　　일본인 여자가 한 사람 조용히 성당 안으로 들어 왔다. 문양을 새긴 낡은 홑옷에 무언가 검은 띠를 한, 무가의 부인 같은 여자이다. 부인은 아직 30대일 것이다. 하지만 얼핏 보면 나이보다도 훨씬 늙어 보인다. 우선 묘하게도 얼굴색이 나쁘다. 눈 주위도 검은 무리가 있다. 그러나 대체적인 이목구비는 아름답다고 해도 무방하다. 아니, 단정함이 지나친 나머지 오히려 험상궂어 보일 정도이다.

시노의 태도 또한 뒤에 묘사되는 "옛날 구유 속에서 그리스도에게 아름다운 젖을 물렸던 '심히 애련하고, 심히 부드럽고, 심히 아름다운 천상의 왕비'와 같은 어머니"가 아니라 "그 눈에는 연민을 구하는 기색도 없을 뿐 아니라, 걱정스러움을 참지 못하는 기색도 없다. 단지 거의 완고함에 가까운 조용함을 나타내고 있을 뿐"인 무사의 처 그 자체였다. 죽어가는 아들을 앞에 두고서도 얼굴에 그런 기색조차 없는, 차디차면서도 프라이

드를 지키려는 무사 아내의 모습은 이미 신부의 성스러움을 넘어서고 있다. 이는 서론에서 언급한 『손수건』에서 아들의 죽음을 마치 일상적인 평범한 애기를 하듯이 알리면서 얼굴로는 웃고 있지만 실은 전신으로 울고 있는 니시야마 부인과 조금도 다를 바 없다.

　작품의 끝 부분은 "여자는 눈물을 머금으면서 휙 하고 신부에게 등을 돌리자마자 세찬 바람을 피하는 사람처럼 망설임 없이 성당 밖으로 사라져버렸다."로 끝난다. "무사도가 바라는 여성의 이상형은 가정적이었다. 또 모순적이게도 여걸적인 특성도 원했다. 무사도는 이 둘을 양립시키고 싶어 했다. (중략) 무사도 또한 여성이 지닌 약함으로부터 자기 자신을 해방시켜 더 강하게, 나아가 용감한 남성에게도 결코 지는 일 없는 영웅적인 무용을 발휘한 여걸을 칭찬하였다."는 것이 '무사도의 여성상'이라면, 시노가 신부의 설교를 듣고 자신이 생각하던 것과 상이하다는 것을 빨리 판단하고는 신부에게 일침을 쏘아붙이고 망설임 없이 성당 밖으로 사라져버리는 모습은 무사도가 바라는 여걸에 충분히 걸맞는 행동이다. 여기에서 신부와 시노의 승패는 분명하다. 작자는 작품의 마지막 부분에 "놀란 신부를 남겨 둔 채로……."라고 묘사하고 있다.

　무사도의 덕목 중 하나가 '할복', 즉 셋푸쿠이다. 셋푸쿠라는 단어는 『무사도』에 의해서 세계 각국에 퍼졌고 후지산 등과 나란히 일본을 대표하는 키워드가 되었다. "유럽의 문화와 예술에서 나타난 동방 취미의 경향을 나타내고, (중략) 서양의 동양에 대한 고정되고 왜곡된 인식과 태도 등을 총체적으로 나타내는 말"15)이 오리엔탈리즘이라고 한다면 이 단어에서도 오리엔탈리즘을 배제하기는 어렵다. 구태훈은 셋푸쿠, 즉 할복에 대하여 "형벌로서의 셋푸쿠는 무사 신분에 한하였다. 서민이 아무리 셋푸쿠를 원하여도 용인되지 않았다. 셋푸쿠는 무사의 특권이기도 하였던 것이다. 셋푸쿠의 작법은 엄정하였으나, 그것은 관행이었기 때문에 성문화되지 않았고, 구전으로 전해졌다."16)라고 정의하고, 성문화되어 있지 않은 셋푸쿠에 대하여 자세하게 기술하고 있다.

『오시노』에서는 작품의 마지막에 시노가 "그런 겁쟁이를 숭배하는 종교에 무슨 쓸모 있는 것이 있겠습니까? 또 그런 겁쟁이의 흐름을 이어받은 당신이라고 한다면, 세상에 없는 남편의 위패 앞에도 제 자식의 병은 보일 수 없습니다. 신노조도 목잡기 하는 한베라는 제 남편의 아들입니다. 겁쟁이의 약을 먹는 것보다는 할복하겠다고 하겠지요. 이런 것을 미리 알았다면 일부러 여기까지 오지 않았을 것을——이것만은 분합니다."라고 신부를 향하여 분통을 터트리며 쏘아붙인다.

이 대목에서 사실 시노의 아들 신노조는 '할복'을 해야 할 아무런 이유도, 명분도 가지고 있지 않다. 그런데 시노는 "겁쟁이의 약을 먹는 것보다는 할복하겠다."라고 하고 있다. 구태훈은 자결의 동기에 대하여 첫째, 전쟁에서 패전하였을 경우, 둘째, 결백을 증명해야 할 경우, 셋째, 용서를 구해야 할 경우, 넷째, 순사(殉死) 등을 들고 있다.17) 그러나 시노의 아들의 경우는 이 중에 어느 것에도 해당되지 않는다. 시노의 논리는 '병으로 죽을 것인가 아니면 할복할 것인가'인데 이것은 '할복'의 논리에 맞지 않을 뿐 아니라, "죽을 가치가 없는 일을 위해 죽는 것을 '개죽음'이라 여겼다."는 니토베의 『무사도』 초두에 나오는 '개죽음'에 지나지 않는다.

그런데 왜 시노가 '할복'이라는 말을 신부에게 내뱉는가. "'배를 가른다는 것은 얼마나 바보 같은 행위인가?' 할복이란 말을 처음 듣는 사람들은 어이가 없을 것이다. 이국인들의 귀에는 어처구니없고 기묘한 이야기로 들릴지도 모르겠다.”라고 『무사도』에서는 서술한다. 얼핏 보기에 ‘할복’은 일본인만이 가지고 있는 그로테스크한 제도의 하나라고 할 수 있다. 그러나 니토베는 “프랑스인은 생리학적으로 확실히 의미가 밝혀진 ‘Ventre(복부)’라는 말을 ‘용기’라는 의미로 사용하고 있다. 또 ‘Entra-ille(복부)’라는 프랑스어는 ‘애정’이나 ‘배려’라는 의미로도 사용된다.”라고 하며 할복이 ‘용기’ 있는 행위의 결정체임을 강조하고 있다. “대의를 안고 있는 무사에게는 다다미 위에서 편히 죽는 것이 오히려 부끄러운 죽음이며, 이를 바람직한 최후라고 생각하지 않았다.”라고 하는 무사의 죽음은 곧 무사의 명예와 관련된 문제였다.

따라서 시노가 내뱉은 ‘할복’ 운운은 신노조의 치병과는 아무런 관련이 없지만, 신노조 역시 무사의 자식이라는 단 하나의 이유로, 병으로 구차하게 최후를 맞이하는 것보다 ‘할복’을 할 만큼 용기 있고 명예도 지켜야 한다는 시노의 강력한 무사도 정신의 표출이라고 보아야 할 것이다. ‘명예를 무엇보다도 중시하는 사고방식은 많은 사람들이 스스로의 생명을 버리는 데 충분한 이유가 되어주었’기 때문이다. 여기에서 “일본인은 ‘자신을 위해 목숨을 잃는 자는 구원받지 못할 것이다.’라고 가르쳤던 저 위대한 예수의 가르침에 얼마나 접근해 있을까?”라고 자문하는 니토베는 무사도가 그리스도교의 교의와 상치되지 않을 뿐 아니라 이를 능가하는 도덕적 우월성이 있음을 주장함에 틀림없다.

3. 결론

『오시노』라는 단편소설에는 얼핏 보면 요시다 세이이치의 평가대로 '작자가 때마침 시도해본 지혜의 장난에 지나지 않는다'고 할 수도 있다. 그러나 이 작품을 면밀히 검토하면 이 작품에는 그리스도교와, '무사도'로 대표되는 '야마토다마시이'의 팽팽한 대결이 잘 드러나 있다. 『오시노』보다 앞서 발표된 『신들에 미소』에서는 외래 종교와 일본 정신의 길항이 잘 표현되어 있다. 『오시노』에서도 마찬가지로 이러한 일본의 정신 풍토를 충분히 이해하지 못한 신부와 무사의 미망인 시노의 문답이 거의 블랙 코미디에 가까울 정도로 우스꽝스러우면서도 냉랭하다. "양자는 생각도, 이해도, 입장도 무엇 하나 들어맞지 않는다. 작자는 이 양자의 대화를 거의 우스개라고 할 만큼 냉담하게 다루어 묘사하고 있다."[18])는 평가는 적확하다고 할 수 있다.

『오시노』에서 신부와 시노 사이의 골계에 가까운 엇갈리는 대화를 두고, 니토베는 『무사도』의 제16장에서 "하나의 무의식적인 저항할 수 없는 힘으로 일본 국민 한 사람 한 사람을 움직여 왔"고, "체계적으로 가르쳐 온 것은 아니지만 일본의 활동 정신, 추진력이었으며", "그뿐 아니라 새로운 시대의 일본을 형성하는 힘이라는 사실이 증명될" '무사도'를 안이하게 보아온 그리스도교의 선교를 비판하고 있다.

　　일본에 있어서 그리스도교 전도 사업이 큰 성과를 거두지 못한 것은 대부분의 전도사들이 일본의 역사에 완전히 무지한 탓이다.
　　'이교도의 사적에 관심을 가져서 뭐 하겠냐고 하는 사람도 있었다.

그 결과 그들의 종교는 일본인과 그 조상들의 과거 수백 년에 걸쳐 친숙해진 사고방식을 이해하는 일로부터 멀어져 가고 있다.

선교사들은 민족이 가진 과거의 자취를 무시한 채 그리스도교를 새로운 종교라고 주장한다. 하지만 그리스도교는 '오래된 옛이야기'의 부류에 들어간다. 만약 그리스도교가 국민 각자에게 친절한 언어로 사람들의 도덕 발달 수준을 고려하여 설교한다면 인종이나 민족에 상관없이 사람들의 마음에 쉽게 깃들 것이다.

그리스도교도는 자신들의 최선의 부분과 이웃의 최악의 부분을 비교했다. 즉 그리스도교도의 이상과 그리스 혹은 동양의 타락을 비교한 것이다. 그들은 결코 공평해지려 하지 않았다. 자신들의 종교에 대해서는 충분히 칭찬받을 만한 부분만을 보았고 다른 양식을 지닌 종교에 대해서는 대체적으로 부정적인 면만을 모아서 만족해했다.

그리스도교도인 니토베 이나조가 "그리스도교의 선교사가 교육, 즉 도덕적 교육의 영역에서 일본을 위해 훌륭한 일을 해내고 있다."라고 믿으면서도 한편으로는 그리스도교의 오만과 독선을 명확하게 집어낸다. '무사도'의 수명이 오래가지 않을 것이라는 비관적인 생각을 하면서도 니토베는 "무사도는 하나의 독립된 도덕적 규칙으로서는 소멸할지도 모른다. 하지만 그 힘이 지상으로부터 사라지는 일은 없다. 그 무용과 문덕의 교훈은 해체됐을지는 모르지만 그 빛과 영예는 폐허를 넘어 소생할 것임이 틀림없다. 상징인 벚꽃과 같이 날려진 뒤 인생을 풍요롭게 하는 향기를 실은 채 되돌아와 인간을 축복해 줄 것이다."라고 『무사도』에 대한 일종의 종교적인 신념을 토로하고 있다.

이것은 사제인 신부가 믿는 그리스도교에 대하여 무사의 미망인인 시

노의 몸에 밴 '무사도' 신념이 대립하는 것을 묘사한 『오시노』의 주제와
그 궤를 같이 한다고 할 수 있을 것이다.

【주】

1) 下中広(1971), 『哲学事典』 平凡社, pp.1190~1191.

2) 자료1(http://100.daum.net/encyclopedia/view.do?docid=b04n1281a, 검색일 : 2012년 8월 10일).

3) 김효순 지음(2005), 『일본인의 근대화와 일본인의 문화관』 보고사, p.151.

4) 菊地弘他(1985), 『芥川龍之介事典』 明治書院, p.387.

5) 오카쿠라 덴신 쓰고 정진구 옮김(2009), 『차의 책』 산지니, p.7.

6) 下中邦彦(1960), 『世界名著大事典』 第5巻 平凡社, p.321.

7) 최관 편(2010), 『일본문화사전』 고려대학교 일본연구센터, p.242.

8) 吉田精一(1958), 『芥川龍之介』 新潮社, p.171.

9) 佐藤泰正(1977.5), 「切支丹物―その主題と文体」「国文学」, p.76.

10) 竹内真(1934), 『芥川龍之介の研究』 大同舘書店, p.335.

11) 関口安義(1999), 『芥川龍之介とその時代』 筑摩書房, p.478.

12) 拙著(1998), 『芥川龍之介の基督教思想』 翰林書房, p.202.

13) 루스 베네딕트 지음 김윤식·오인석 옮김(1991), 『국화와 칼』 을유문화사.

14) 대한성서공회(2003) 표준새번역 개정판 『마태복음』 제27장 41절~44절.

15) 자료2
(http://terms.naver.com/entry.nhn?docId=1128091&mobile&categoryId=200000047,
검색일 : 2012년 8월 10일).

16) 구태훈(2005), 『일본 무사도』 태학사, p.285.
'형벌로서의 셋푸쿠'에 대해서는 '구태훈 『일본 무사도』 태학사 2005'의 p.285에서 p.288까지 구체적으로 기술되어 있다.

17) 상계서 pp.271~285.

18) 拙著(1998), 『芥川龍之介の基督教思想』 翰林書房, p.203.

「奉教人の死」における〈内破〉と〈疎外〉
—『黄金伝説』を手がかりに—

篠崎美生子

　「奉教人の死」を論ずるにあたっては、その「刹那の感動」という言葉が「宗教的感動を伝えようとしたのか芸術的感動を伝えようとし[1]」たものなのかという点が常に問題とされてきた。またそれが「「見る者」の刹那の感動」か「「行為者」の刹那の感動[2]」かということも論議されてきた。男装の理由も含めてほとんど語られていないろおれんぞの「内面」を想像する多くの論も、みな上記の論点を敷衍させたものだと言えよう。

　こうした「刹那の感動」の正体をめぐる長年の議論に一定の見通しをつけるために、今回は『黄金伝説[3]』(小説「二」に言及があるほか、「奉教人の死」の典拠ともされる)を参照してみたい。これはまさに「西教徒が、勇猛精進の事蹟」、特に〈殉教〉譚がその大部分を占める大部の書物なのだが、そこでの〈殉教〉賛美の語り方と対照させることで、小説「奉教人の死」の性格を明らかにしたいと思うのだ。その結果、小説の「一」「二」の語りが相互にせめぎあい、また別の一面では「一」「二」が一致して＜疎外＞の暴力を発揮する力学を見ることができれば幸いである。

一

「奉教人の死」の「一」では、ろおれんぞの死は＜殉教＞であるとされているように見える。瀕死のろおれんぞを前に傘張の娘が懺悔したところで、「奉教人衆の間から「まるちり」(殉教)ぢや、「まるちり」ぢやと云ふ声が、波のやうに起こ」り、語り手も「これが「まるちり」でなうて、何でござらう」とそれを肯定しているからだ。

だが、＜殉教＞譚の定番とも言うべき『黄金伝説』の＜殉教＞は、おおむねこのようなものではない。『黄金伝説』は「教会で朗読されるため4)」に編集された書物で、「教会暦に依って」順に聖人の物語が続くのだが、彼らの大半は、三〜四世紀頃にローマで異教徒から迫害を受け拷問の末に＜殉教＞し、そのために聖人として認定された人々なのである5)。

そうした『黄金伝説』の中で、「奉教人の死」の典拠とされる「聖女マリナ6)」の物語は趣を異にする。父とともに男装して修道院に入った一人娘マリナ(男性名マリノス)は、町の女性を妊娠させたかどで修道院を追放され、生まれた幼児を育てつつ門前で生活する。修

道士たちの同情により、再び修道院に下働きとして迎え入れられた
マリナは数年後に病死し、遺体を清めようとした修道士たちにやっ
と女性であることを発見されるのである。

　　　修道士たちは、神に生涯をささげたこの女性にとんでもない侮
　　辱をくわえたことを知って、びっくり仰天した。この大きな奇跡
　　を聞いたすべての修道士たちは、われがちに遺体のそばに集まり、
　　自分たちの不明と犯した罪の赦しを乞うた。それから、聖女の遺
　　体を礼拝堂内にねんごろに葬った。

　この物語は、単に「勇猛」でないばかりか、加害者が異教徒ではな
く志を同じくする修道士たちだという点で、ほかの＜殉教＞譚と大
きく異なる。たとえマリナが無実の「罪をみとめ」たにしても、それ
を見破れずに長年の労苦を強いた彼らの宗教者としての罪は重い。
恐らくこの説話の宗教的眼目は、彼らが自らの罪を認めて悔い改
め、死後のマリナを「聖女」として弔ったところにあるのではない
か。それはある意味で、イエスを信じ切れないまま彼を十字架の死
に追いやってしまった弟子たちが、イエスの死(と復活)をバネにやっ
と信仰を確かなものにしていく経緯ともよく似ているように思われ
る。
　さて「奉教人の死」のろおれんぞの物語はといえば、異教徒からの
迫害によるシンプルな＜殉教＞譚とはもちろん異なるが、同胞から
の誤解と迫害、主人公の死を介しての加害者の回心からなる「聖女
マリナ」系[7]の＜殉教＞譚ともさらに大きな違い[8]があるようである。

ろおれんぞを苦しめたのが同胞であるという点は同じなのだが、小説には当の伴天連(もしくは「えけれしあ」)からの謝罪が一切ないのである。ろおれんぞの遺体が「聖人(聖女)」として手厚く教会に葬られたというようなことも全く語られていない。ろおれんぞの死を「まるちり」と称しているのは奉教人衆と語り手だけであり、<教会>の公式な立場からすれば、それは単なる「奉教人の死」に過ぎないのだ。

瀕死のろおれんぞを前にした伴天連の言動には、そのことがよく表れている。

やがて娘の「こひさん」に耳をすまされた伴天連は、吹き荒ぶ夜風に白ひげをなびかせながら、「さんた・るちあ」の門を後にして、おごそかに申されたは、『悔い改むるものは、幸ぢや。何しにその幸なものを、人間の手に罰しようぞ。これより益、「でうす」の御戒を身にしめて、心静に末期の御裁判の日を待つたがよい。又「ろおれんぞ」がわが身の行儀を、御主「ぜす・きりしと」とひとしく奉らうず志は、この国の奉教人衆の中にあつても、類稀なる徳行でござる。別して少年の身とは云ひ──』あゝ、これは又何とした事でござらうぞ。こゝまで申された伴天連は、俄にはたと口を噤んで、あたかも「はらいそ」の光を望んだやうに、ぢつと足もとの「ろおれんぞ」の姿を見守られた。その恭しげな容子はどうぢや。その両の手のふるへざまも、尋常の事ではござるまい。おう、伴天連のからびた頬の上には、とめどなく涙が溢れ流れるぞよ。見られい。「しめおん」。見られい。傘張の翁。(傍線篠崎)

伴天連の言葉は、はじめは、「でうす」の意志を語る資格を有する者としての自信にあふれている。彼の関心は、嘘をついていた傘張の娘には向けられるものの、その嘘を見破ることができずにろおれんぞを追放した自分たちの愚かさには全く向けられない。そして瀕死のろおれんぞを「足もと」に見下ろし、＜教会＞の権威をふりかざしたままその「類稀なる徳行」を誉めようとするだけである。

　しかし、この伴天連は物語の中で、この形ばかりの賞賛を言い終えることができない。まず彼自身が、ろおれんぞの「清らかな二つの乳房」に目を奪われ言葉を失ってしまう。次いで語り手の「見られい」「おう、「ろおれんぞ」は女ぢや」などの声が場を支配し、ろおれんぞを讃える役割すらも奪われてしまう。とすれば、ろおれんぞの乳房に人々の視線が集中した瞬間とは、語り手によって伴天連と＜教会＞の権威が失墜させられた瞬間でもある、と言えるだろう[9]。

　実は語り手による＜教会＞批判の伏線は、その前から巧妙に張られていた。「奉教人衆」がろおれんぞの行為を「「まるちり」ぢや」とささやいた直後にもこのようにある。

　　　殊勝にも「ろおれんぞ」は、罪人を憐む心から、御主「ぜす・きりしと」の御行跡を踏んで、乞食にまで身を落いた。して父と仰ぐ伴天連も、兄とたのむ「しめおん」も、皆その心を知らなんだ。これが「まるちり」でなうて、何でござらう。

　ここでは、嘘をついた娘は憐れむべき「罪人」に過ぎず、ろおれんぞの「まるちり」の主因を作ったのは「父と仰ぐ伴天連」「兄とたのむ「

しめおん」」ということになっている。【ろおれんぞ＝＜殉教＞者／＜教会＞＝迫害者】という図式は、ここで既に打ち出されているのだ。

　ろおれんぞが破門されて「えけれしあ」を追放される場面でも、同様のことが言える。しめおんは、出て行くろおれんぞの「傍から拳をふるうて、したゝかその美しい顔を打つた」。破門は「伴天連を始め、「いるまん」衆一同の談合」による決定であったから、この鉄拳制裁は＜教会＞の権威を帯びたものであったろうが、ここでろおれんぞは『御主も許させ給へ。「しめおん」は、己が仕業もわきまへぬものでござる』と祈ったと語られている。既に指摘があるように、これは十字架につけられたイエスが、彼を害する人々について神の許しを乞うた言葉(『新約聖書』「ルカによる福音書」二三章三四節)に基づく。『黄金伝説』の＜殉教＞聖人によってもしばしば唱えられるこの祈りの言葉も、やはり、【ろおれんぞ＝＜殉教＞者／＜教会＞＝迫害者】という図式を提示するものだと言えよう10)。

　このように見てくると、ろおれんぞの物語が、「二」の余が語るような単純な「福音伝道」書ではない可能性が浮上してくる。＜教会＞が、自らの非を認めてろおれんぞの名誉を回復するという、本来果たすべき役割を果たさずにいる以上、その権威を奪い取り、代わりにろおれんぞの行為を「まるちり」と名付けてしまおうという不穏な野望が、この物語には潜んでいるのではあるまいか。

　たしかにろおれんぞを迫害した者は＜教会＞ばかりではない。傘張の娘と翁はもとより、噂高い「奉教人衆」の罪も大きい。しかし傘張の娘は衆人環視の下で「こひさん」を余儀なくされることで11)、また翁は「見られい。「しめおん」。見られい。「傘張の翁」。」とその名を呼ばれ、物語の(架空の)聴き手から注目されることによって罰されていると言えよう。また「奉教人衆」も、ろおれんぞの為に祈り、「まるちり」をいち早く認めることによって、無責任な噂の罪をかろうじてすすいでいるとも言える。あるいは個人としてのしめおんさえも、この出来事の後で自分しか知り得ない情報を語り手に提供しこの物語の成立に貢献することにより、一定の贖罪を果たしたと言えるかもしれない12)。

　とすれば、やはり最後に残るのは＜教会＞という組織の問題、あるいは＜教会＞組織の代表者としての伴天連の問題である。伴天連がこの町の奉教人衆の宗教的リーダーである以上、彼が全ての奉教人を代表して非を認めることが、むしろ最優先命題であるはずだ。

　先行論には、ろおれんぞの「まるちり」と「刹那の感動」を過剰に称揚する語りのいかがわしさに注目し、そこに「軽薄に周囲の噂や傘張の娘の言葉を信じて、彼女を＜えけれしや＞から追放した罪過と、そこから生じる後ろめたさを自ら葬り去るためのものであったかのような、巧みな自己韜晦13)」を指摘するものがある。それには深い示唆を受けたけれども、そのような罪悪感を語り手や奉教人衆が抱え込まずにいられなかったとすれば、それは肝心の伴天連が立場にふさわしい責任を果たさなかったからに違いない。

　そうした場合、この語り手には、伴天連にもろおれんぞにもすりよりながら「巧みな自己韜晦」をなす道か、＜教会＞の権威を内側か

ら食い破り、「でうす」の名を語る力を奪い取る道14))しか残ってい
まい。語り手が、「その刹那の尊い恐しさ」を「「でうす」の御声」に託
して語ろうとしている以上、そしてそこで、伴天連の説教には跪か
なかった「奉教人衆」が初めて跪いたとと語る以上、私はやはり、ろ
おれんぞの物語に後者を読む。

　尤も、この語りが＜教会＞公認の言説でないことは、最後の「刹
那の感動」の称揚にこそより明確に表れていると言えよう。
　＜殉教＞とは「自らの生命を賭して信仰を証しする行為15)」で、特
にローマ時代のキリスト教徒は「殉教とは終末の戦い、つまりキリ
ストと共に死んで、復活することだと考え、地上の秩序や価値を完
全に相対化した16)」という。そこでは肉体や現世の命の価値ははか
ないものとされ、信仰によって得られる「永遠の命」が最も尊ばれ
る。それは、『黄金伝説』での＜殉教＞の語られ方にも見て取れる。

> 彼は、五つの代価を支払って天上の至福を手に入れ、また所有し
> ているからである。すなわち、その貧しさによって御国を、苦痛に
> よって永遠の喜びを、労苦によって永遠の休息を、屈辱によって
> 栄光を、死によって生をあがなったのである。
>
> 　　　　　　　　　　　　　　　　　（「二三　聖セバスティアヌス」）

> わたしは、臆病な家来ではない。キリストの強い騎士なのです。
> というのは、このはかない人生を通りぬけたら永遠の生命にあずか
> れることがわかっているからです。
>
> 　　　　　　　　　　　　　（「八五　使徒聖パウロ」17))(傍線篠崎)

　こうした言説は、「煩悩心の空に一波をあげて、未出ぬ月の光を、水沫の中に捕へてこそ、生きて甲斐ある命」と見なす「刹那の感動」称揚とは全く相容れない。語り手が「刹那の感動」を誰のものとして語っているかは論議の分かれるところだが、仮にろおれんぞ自身が「煩悩心の空に一波をあげて」火の中に入ったということなら、彼(女)は「永遠の命」ではなく「生きて甲斐ある命」、つまりこの世の生の充実のために身を投げ出したことになり、＜教会＞公認の＜殉教＞とは全くかけ離れてしまう[18]。一方、これが「清らかな二つの乳房」を目撃した人々の感動だとすれば、伴天連をはじめ「永遠の命」を希求せねばならぬ信徒たちが、こぞって「刹那の恐しさ」に屈したことになる。特に、居丈高な説教を垂れようとしていた伴天連の絶句は、彼の宗教的な言葉が別の価値に敗北したことを示唆してしまうだろう[19]。

　後者の場合、この別の価値とは何かがより重大な問題になるはずだ。『黄金伝説』「聖女マリナ」では、＜女性の身体の発見＝雪辱＞として語られているため、そのときの修道士たちの驚きはひたすらに「自分たちの不明」に対するものとして解釈できるのだが、ろおれんぞの物語では「こひさん」と「乳房」にタイムラグがあるため、「娘の懺悔によって、「ろおれんぞ」の殉教の物語は完結している[20]」はずなのに、伴天連が「こひさん」ではなく「乳房」によって涙を流したのはなぜかという疑問が生じてしまう。そして多くの論者は、そこに「宗教的感動」とは別の「エロス的[21]」な要素を見てきたのだ。仮にそうだとすれば、伴天連、奉教人衆ともに、『黄金伝説』が最も忌み嫌う「肉の喜び」にその「刹那」よろめいたことになり、＜教会＞の権威は幾重にも傷つけられるだろう。さらに、伴天連の涙にも関わらずろおれんぞが＜聖人＞として葬られていないらしいことは、その疑いを一層深めさせるかもしれない。

いずれにしてもこの語り手の言葉は、＜教会＞に代わってろおれんぞを聖化したいという欲望のあまり、＜教会＞批判を通り越して＜キリスト教＞的価値そのものを転倒させ、まるで新しい宗教を興そうとでもするかのような地点にまで及びかけている。これはむしろオーソドックスな「福音伝道」の語りを脅かす危険な物語なのだ。

二

そう考えると、小説における「二」の役割も自ずと変わってくるだろう。一般には「二」の予は「「福音伝道」の目的とは無縁な立場に佇み、一章の語り手の語りを、極めて冷静に受けとめている[22]」または「「「一」を支配する「声」の恍惚境からの覚醒を促し、「文学」としての「読み直し」を迫[23]」っているとされている。が、むしろ予は、極めて不穏なろおれんぞの物語を「本邦西教徒が、勇猛精進の事蹟」、「福音伝道」書の一種と言い切り、あやしげなその書物の名前や様相を紹介することによって、その物語をいわゆるキリシタン時代のエキゾチシズムの中に封じ込めるという、積極的な役割を果たしているのだ。

　あやしげな、とは、現実には芥川が「れげんだ・おうれあ」という書物を所蔵していなかった、ということではない。すでに指摘があるように、「上巻の扉」にあるとされた「御出生以来千五百九十六年、慶長二年三月上旬鏤刻也」という表記の錯誤(慶長二年は本当は一五九七年)がある。これには、

> 初出では「慶長元年」。「慶長元年は一〇月二七日改元だから「三月」はないという新村出の指摘を受けて単行本収録の際に「二年」と改めたが、西暦(「御出生以来」)年はそのままにしたので一年の誤差が生じた[24]。

という経緯があるのだが、たとえ慶長元年であれ、二年であれ、「新村出」のような博識にとっては「れげんだ・おうれあ」という書物のいかがわしさを印象づける記述である。また「長崎港草」に大火の記述がなく「事実の正確なる年代に至つては、全くこれを決定するを得ず」という点も、「事実の正確なる記録ならんか」という言葉とは裏腹に、「一」の信憑性を揺るがす効果を持つ。もし「れげんだ・おうれあ」が歴史的信憑性を持たない書物と見なされれば、それは正当な「福音伝道」書というよりも単なる奇書[25]として、「予が所蔵」＝支配の範疇に封印されてしまうだろう。ここに、「一」を支配しようとする予の欲望を読むことは不可能ではない。

　予はしかも、「「奉教人の死」に於いて、発表の必要上、多少の文飾を敢えてした」という。その「文飾」の箇所を正確に指摘すること

は難しいが、たとえば「一」という章名の前に置かれたエピグラム
を、予がつけ加えたものと仮定することもできるのではないか。その置かれた場所、典拠の年代(「慶長二年」よりも新しい[26])のほか、内容においても、ろおれんぞの物語で称揚された「刹那の感動」を打ち消す働きをなしているからである。

　　　　たとひ三百歳の齢を保ち、楽しみ身に余ると云ふとも、未来永々の果しなき楽しみに比ぶれば、夢幻の如し。
　　　　　　　　　　　　　　　　　　——(慶長訳Guia do Pecador)
　　　　善の道に立ち入りたらん人は、御教にこもる不可思議の甘味を覚ゆべし。　　　　　　　　　　——(慶長訳Imitatione Christ)——

　「未来永々の果しなき楽しみ」は、先に挙げた『黄金伝説』の＜殉教＞聖人の言葉に極めて近い。また「不可思議の甘味」は恐らく『旧約聖書』「詩編」一一九章一〇三節「あなたの仰せを味わえば、わたしの口に蜜よりも甘いことでしょう」(新共同訳)にちなむものと思われるが、これも『黄金伝説』の＜殉教＞シーンで登場する言葉である[27]。エピグラムはかつて、その文体の差違などから「二」とは切り離され、「「一」を包括する[28]」ものとして解釈される傾向が強かったが、内容の上からは、このように「二」との親和性がきわめて高いのである[29]。
　もし、エピグラムおよび「奉教人の死」というタイトルを予が付したとすれば、それは、物語におけるろおれんぞの死が単なる「奉教人の死」に過ぎないことを示した上で、あるべき＜殉教＞の精神を再確

認しようとする予のもうひとつのメッセージとなるだろう。こうして予は、二つの方向からこの物語の暴走に歯止めをかけようとしているのだと解釈することもできるはずである。

　実際に、これまでの小説「奉教人の死」の読者は、「二」の解説に従い、おおむね「福音伝道」の枠内でろおれんぞの物語を読んできた。それに対して今回私は、この強力な「予」のコードを解除してみることで、ろおれんぞの物語に潜む不穏な欲望——<教会>批判と<キリスト教>的価値転倒の欲望——を見いだそうとしてみたわけである。その結果、それを「福音伝道」の枠組みに封じ込め、エキゾチックな遺物として支配し、無害化しようとする「予」の欲望を再発見することもできたように思う。

　このような、<内破>の語りとそれを抑圧しようとする欲望とのせめぎ合いは、芥川の初期の小説によく見られるパターンである。以前私は、「羅生門」に、京都の町の秩序を脅かそうとする下人の存在と、その下人を無害なものとして語りおおせようとする語りの欲望の相克を見たことがある30)。また「地獄変」については早くから、芥川自身の言葉を用いて「大殿と良秀の娘との間の関係を恋愛ではないと否定していく(その実それを肯定してゆく)」「日向の説明」と「陰の説明」が存在することが指摘されてきた。単に「恋愛」についてだけではなく、大殿を賛美する言葉の裏に「聖なる芸術界の主催者である良秀が、俗なる権力の世界の棟梁大殿を圧服」することを望む「語り手の本音31)」を読む論も出て久しい。「蜘蛛の糸」の語りもその点で「地獄変」とよく似ており、「御釈迦様」をおとしめようとする語り手の陰の欲望が多くの論者に指摘されている32)。こうした語りのせめぎ合いを「奉教人の死」にも見いだす時、初めてこの小説の「一」と「二」(タイトルとエピグラムを含む)が相互に果たす役割も見えてくるのに違いない。

三

　ただし、「一」の語りが試みた＜教会＞批判が、ろおれんぞという人間の＜疎外＞によって成り立っていることは見逃せない。臨終のろおれんぞが「僅に二三度頷いて見せた」こと、「安らかなほゝ笑みを唇に止めた」ことが本当であったとしても、それらを「むごたらしう焼けたゞれ」て口もきけないろおれんぞの確かな意思表示とすることはできまい33)。である以上、ろおれんぞの行為を「まるちり」と称揚する語りは、むしろろおれんぞの「内面」を奪い取って都合よく意味づけるものにほかなるまい34)。

　この＜疎外＞が容易に行われた理由は、恐らくろおれんぞの「清らかな二つの乳房」にある。つまり語り手は、女性の身体をことさらに人目にさらして注目を引いた上で、そこに「刹那の感動」という意味をさらに特権的に付与し得た、ということである。

　「刹那の感動」を称揚する語りに賛同し、「人生の充実した瞬間を生きた幸福な人間と、その幸福な人間に対するおのれの感動」こそ「

刹那の感動」の正体だとする三好行雄の論[35]が長く支持されてきた
が、一方、そのように「内面」を横取りする語りから距離をとり、ろ
おれんぞが「沈黙を持し続けた態度のみが、確かな存在感を伴って
伝わってくる」とする石割透の論[36]のようなものある。この論は、語
り手ばかりでなく、その語りを再生産する研究者の暴力性を突いた
もので、私には共感するところが大きかった。

　だが、その石割論においてさえ、「清らかな二つの乳房」について
の言及には、あやうい踏み外しが潜んでいるようだ。

　　　＜刹那＞というからには、この際の語り手には、＜清らかな乳房＞
　　　という、美少女のなまな肉体を目にした、＜エロス的感動＞が伴
　　　なっていたのであろうが、それとても、＜しめおん＞に対する自ら
　　　の恋情さえも固く内に秘め、女性としての情念の発露を自らに禁
　　　じた彼女の生涯であったからこそ、＜清らかな乳房＞がより眩ゆ
　　　く、エロチックになまめいて映じた筈なのだ。

　語られなかったろおれんぞの「内面」を想像し、特にしめおんへの
恋情を指摘する論は過去に多い[37]。これらの論は、抑圧されたろお
れんぞの生涯を回復しようとしている点で極めて良心的なのだが、
結局、＜清らかな乳房＞にふさわしい(と彼らが思う)「女性としての
情念」の物語を過剰に想像している点で、語り手と同様の過ちを犯
している。
　――ろおれんぞの行為は「まるちり」かどうか、「でうす」の名で「刹
那の感動」が語れるかどうか、という点で「一」の語り手は＜教会＞

に戦いを挑み、「二」の語り手はそれを封じようとした。研究者たちはそれを変奏するように、「刹那の感動」をろおれんぞと自分(を含めた観客)のものとする一方で、ろおれんぞに対しては、その行為にみあう「内面」を想像することで、「何一つ、知られなんだ」その生涯を埋めた。真の「ろおれんぞ」を競いあうかのような盛んな研究を促したものは、おそらく「清らかな二つの乳房」という言葉である。そのさまは、「手ごめ」という言葉の「求心力38)」によって膨大な「真相」探しが行われた「藪の中」研究の状況ともよく似ている。

　しかし改めて強調しておきたいのは、このような見た目の対立構造が、＜女性＞(の身体)を＜疎外＞し、それを＜領土＞のように奪い合うことで成り立っているという事実である。つまり、＜女性＞(の身体)を＜疎外＞しても構わないという共通のルールが、これらの対立の前提にあるということだ。

　＜女性＞を第三項として排除する構造は、例えば漱石「こころ」などにも見られる。「私」の手記と「先生」の遺書とは、互いに相手を攻撃する要素を持ちながら、一方では共同して＜女性＞を抑圧した39)。あるいは今回繰り返し参照した『黄金伝説』にも、この構造を見いだすことは可能であろう。女性殉教者が異教徒によって裸にされて拷問を受ける場面はこの書物に頻繁に現れるのだが、これは異教徒とキリスト教徒双方が、＜女性＞を＜疎外＞する暴力40)性を共有していた結果だと考えることもできるかもしれない。

　小説と研究におけるパラダイムを問い直す研究は、特に若い読み手にとってあまりおもしろいものではないかも知れない。しかし、こうした暴力的言説構造が古今東西にわたって共有され、日本近代小説もそれを体現するひとつのメディアであるとすれば、このたびのような論じ方にも、まだ十分な意義があるのではないかと考える次第である。

【주】

1) 塩田良一『芥川龍之介』(学燈社一九五四・三)
2) 笹淵友一「砂漠の蜃気楼(下)—芥川龍之介「奉教人の死」新釈—」(『文学』一九八一・三)
3) ヤコブス・デ・ウォラギネ(一二三〇頃—九八)集成の聖人伝説。引用は前田敬作・今村孝訳『黄金伝説』1〜4(平凡社二〇〇六・五、六、八、一〇)による。
4) 松原秀一『異教としてのキリスト教』(平凡社二〇〇一・一二)
5) ドナルド・アットウォーター、キャサリン・レイチェル・ジョン著、山岡健訳『聖人事典』(三交社一九九八・六)によれば、公式な「聖人」認定には、「少なくとも、地方の教会の承認が常に必要」で、彼らは「死者を記念して守られる宗教的な祭日や祝日が認可されることによって、列聖された」という。
6) 『黄金伝説2』所収。芥川旧蔵の斯定筌『聖人伝』(武内誠太郎刊一九〇三・二)にも類似の説話があり、「聖マリナ」と題されている。
7) 『黄金伝説』には、女性が男装して修道院に入り異性との関係を疑われるいわゆる＜修道士処女(モナコパルテノス)＞という話形の物語が複数あり、うち「七九聖女マリナ」と「八七聖女テオドラ」(『黄金伝説２』所収)「一四五聖女マルガリタ」(『同4』所収)では、死後女性としての身体が発見されて名誉を回復するようになっている。どの物語にも加害者の「贖罪」と本人の「葬礼」に言及がある。
8) 「聖マリナ」(『聖人伝』)では男装の理由が明確で、主人公が濡れ衣を否定しないという点が小説との差違として指摘されているが、より大きな差異は＜教会＞によってろおれんぞが公的に「聖」化されているかどうかだと私は考える。
9) 村橋春洋「芥川龍之介の「奉教人の死」について」(『日本近代文学』一九七四・一〇)には「＜恭しげな容子＞＜からびた頬＞と形容される伴天連は、まさにその刹那に、(中略)外の奉教人衆と同様の地平にまで低められる」とあり、また芹澤光興「乳房と情報——芥川龍之介『奉教人の死』——」(『名古屋短期大学研究紀要』一九九九・三)はそれを受けつつ、「＜乳房＞のもつ圧倒的な事実性の前には、「ろおれんぞ」の＜志＞を説明することばなど、つゆほどの迫真性も持たなかった」としている。いずれも伴天連の権威失墜を示唆している点で、参考になる。
10) 平岡敏夫はSimeon(しめおん)の「裏切り」を、「イエスがもっとも親密な弟子Simon Peterが鶏が鳴く前に三度彼を否定することによってイエスを裏切ったことに重ねる」アメリカの学生の見解を示している。(『芥川龍之介と現代』大修館書店一九九五・七)
11) 「聖女マリナ」では、「嘘をついてこの神のはしために自分の罪をなすりつけたあの娘は、その後悪霊にとりつかれて、みなのまえで罪を白状しなくてはならない羽目になった。」とある。

12) ろおれんぞに「娘の艶書」を突きつけて問い詰める場面など、しめおんからの情報提供がこの物語の成立に不可欠だとの指摘は多い。中でも井上承子「「奉教人の死」論——男装に見るろおれんぞのエゴイズム」(『論樹』二〇〇三・一二)は、石割透の論(注(13)参照)を引きつつ、「罪悪感を感ずる」「語り手の立場は「しめおん」の立場に酷似している」とする。

13) 石割透『＜芥川＞とよばれた芸術家—中期作品の展開—』(有精堂一九九二・八)

14) 伴天連による「これより益、「でうす」の御戒を身にしめ」よとの言葉や、しめおんが救助を断念したあとに「これも「でうす」万事にかなはせたまふ御計らひの一つぢゃ。詮ない事とあきらめられい」と傘張の父娘に述べた言葉は、どちらもその後の展開によって無効化されている。

15) 大貫隆ほか編『岩波キリスト教事典』(岩波書店二〇〇二・六)「殉教」の項。

16) エリザベート・ゴスマンほか編『女性の視点によるキリスト教神学事典』(日本基督教団出版局一九九八・九)「殉教者(女性)」の項。

17) 「二三聖セバスティアヌス」は『黄金伝説1』、「八五使徒聖パウロ」は『同2』所収。

18) 笹淵友一(注2参照)は、聖人であるべきろおれんぞが濡れ衣を否定する点に「煩悩心」を見、「芥川のキリスト教理解の浅さ、貧しさ」を指摘しているが、ここではあくまで語り手の認識として考える。なお「一二八聖女エウゲニア」(『黄金伝説4』所収)は、総督の前で自ら衣を脱いで密通の疑いを晴らしており、『黄金伝説』の言説においては、「否定」は必ずしも「煩悩心」の表れとは言えない。

19) 芹澤光興。注(9)参照。

20) 酒井英行『芥川龍之介　作品の迷路』(有精堂出版一九九三・七)

21) 佐藤泰正「「奉教人の死」と「おぎん」—芥川切支丹物に関する一考察—」(『梅光女学院国文学研究』一九六九・一一)には「この無償の愛(アガペエ)を描くに、猛火に照らし出された女性のあでやかな裸身という、最もエロス的な場面をからませて提示した」とある。このほかこの場面に「エロス」を読むものとして、笹淵友一(注(2)、石割透(注(13))、高橋博文『芥川文学の達成と模索—「芋粥」から「六の宮の姫君」—』(至文堂一九九七・五)などを挙げることができる。

22) 石割透。注(13)参照。

23) 橋浦洋志「横光利一——「感覚」と「宿命」」(『国文学』二〇〇一・九)

24) 花田俊典「注解」(『芥川龍之介全集第3巻』岩波書店一九九六・一)

25) ろおれんぞの物語には、『黄金伝説』にあるはずの命日が記されていない。教会で朗読できる内容のものではないから当然かもしれないが、それもまた、この書物の正当性を疑わせる一要素である。

26) 奥野政元『芥川龍之介論』(翰林書房一九九八・九)に、「「Guiad do Pecador」の刊

行は慶長四年」で「「一」の本文に、このエピグラフが元々ついていたという根拠
はあり得ない」との指摘がある。

27) 『黄金伝説2』「五三聖セクンドゥス」に拷問として「瀝青と松脂」を飲まされた信徒
が「われらの天主よ、あなたのみ言葉は、われらの口にどんなに甘いことでしょ
う。蜜にもまさって甘いのです」と唱えたとある。

28) 宮坂覚「芥川龍之介「奉教人の死」―作品論の試み・＜語り＞の視点を中心に―」
（『香椎潟』一九八二・三）

29) 日下不二雄「芥川龍之介「奉教人の死」論(上)―冒頭のエピグラムをめぐって―」
（『解釈』一九八四・七)にも、「「未来永々の楽しみ」とは殉教後の天国での楽しみ」
で「プロローグは本文の内容に根本的に合致しない」という指摘がある。

30) 拙論「排除する物語／排除された物語―もうひとつの「羅生門」―」（『国文学研究』
一九九七・一〇）

31) 竹盛天雄「地獄変」(批評と研究の会編『批評と研究　芥川龍之介』芳賀書店一九七
二・一一）。ちなみに、建田和幸「芥川龍之介「奉教人の死」―クリスト出現の当
時奇蹟ありし―」（『日本文学論集』二〇〇一・三)は「奉教人の死」にも＜陰の説
明＞(＝「事実の忠実なる記録」)＜日向の説明＞(＝奇蹟)があると仮定して「感動」
の内実を見きわめようという興味深い方法をとっている。

32) 樋口佳子「芥川龍之介「蜘蛛の糸」の「ブラブラ」を読む」（『日本文学』一九九三・
八)など。また拙稿「二項対立図式への疑問――「蜘蛛の糸」の試み――」『文芸と
批評』一九九七・五)は、罰として犍陀多の「糸が切れたという悪因悪果　の意味
づけ」が、最後は「御釈迦様の「お思い」に依拠することなく、語り手の責任にお
いて語られ」るさまを指摘したが、これは伴天連を退けた後に「刹那の感動」とい
う概念でろおれんぞを称揚する「一」の語り方にも通じるだろう。

33) 佐々木雅發『芥川龍之介文学空間』(翰林書房二〇〇三・九)に同様の指摘がある。

34) かりにろおれんぞに「信仰を証しするために死のう」という明確な意志がなかった
のにその死が「まるちり」と称えられた場合、そのことでもし称えた者が利益を被
るならば、それは、故人や遺族の意志を無視して靖国神社に合祀する行為や、
沖縄戦での強いられた「集団死」を「集団自決」と言いくるめる行為にきわめて似
通ってくるだろう。一方『黄金伝説』「聖女マリナ」でも、本人の＜殉教＞の意志
は明らかにされていないが、マリナを称える行為が加害者の回心につながってい
る点で、＜疎外＞とは一線を画するものと考えたい。

35) 三好行雄『作品論の試み』(筑摩書房一九九三・二←初刊　至文堂一九六七・六)

36) 石割透。注(13)参照

37) 酒井英行(注(18)参照)、三嶋譲「「奉教人の死」を読む―＜女＞への帰還の物語―」
（『福岡大学日本語日本文学』一九九一・九)、佐々木雅發(注(33)参照)などにそう
した指摘がある。ただし佐々木論はろおれんぞの恋情と「まるちり」との関係には

慎重で、「それまでの実人生の脈絡を完全に切った所で(中略)火中に逝った」可能性を述べており、その点では共感できる。

38) 拙稿「『藪の中』の言説分析」(『工学院大学共通課程研究論叢』一九九七・一二)

39) 拙稿「「こころ」——闘争する「書物」たち」(『日本近代文学』一九九九・五)

40) カレン・アームストロング著・高尾利数訳『キリスト教とセックス戦争—西洋における女性観念の構造—』(柏書房一九九六・九)には、「十三世紀までには、処女の殉教はしばしば性的攻撃を受ける形で物語られるようになった」「キリスト教徒の伝説のなかで、受動的な犠牲者となり、その受難が何か不快に性的なものにされたのは、女性殉教者の場合だけである」という指摘がある。たしかに『黄金伝説』も例外ではなく、とくに「三九聖女アガタ」(『黄金伝説１』所収)の場合、総督は「彼女の乳房を笞で打たせ、長いこと苦しめたあげくに乳房を切り落とさせた」。そうした記述も、長年＜消費＞されてきたに違いない。

＊注34ほか、＜殉教＞と＜疎外＞の問題については、平良愛香牧師(三・一教会)にご教　示いただきました。ここに記して感謝申し上げます。

＊また本稿は、国際芥川龍之介学会第六回北京大会(二〇一一年一〇月八日)において口　頭発表した内容に補訂を加えたものです。当学会および、席上ご意見を下さいました方　々に心より御礼申し上げます。

김동리의 「무녀도」와
아쿠타가와 류노스케의 문학
―전통 종교와 기독교의 갈등과 습합―

조사옥

1. 시작하는 말

　김동리는 근현대 한국문학을 대표하는 작가로, 인간의 존재와 운명, 신과 자연에 대하여 문학을 통해 깊이 추구해 왔다. 김동리는 대표작 「무녀도」를 쓰는 것에 그 일생을 바쳤다. 여기서 그는 '구원이란 무엇인가'라는 무거운 문제를 다루고 있다. 그의 문학을 '구원의 문학'이라고 부르는 이유이기도 하다. 또한 이는 인류와 민족의 구원을 위한 문학이기도 하다. 「무녀도」의 개작인 「을녀」는 노벨문학상 후보가 되기도 하였다.

　「무녀도」는 1936년 5월 잡지『중앙』에 초고가 발표된 이래, 47년의 창작집『무녀도』(을유문화사), 63년의 창작집『등신불』, 78년의『을화』(문학사상사)와 같이 27년에 걸쳐 3회 개작이 이루어졌다는 점에서 이 작품에 대한 김동리의 애착과 집념을 느낄 수 있다.

김동리는 1913년 11월에, 아쿠타가와 류노스케는 1892년 3월에 태어났다. 아쿠타가와가 자살한 1927년 7월에 동리는 12세였다. 한 세대를 대략 30년이라고 한다면 둘은 동시대를 살았던 작가라고 할 수 있다.

김동리의 학력은 미션스쿨인 경주제일교회 부속학교, 대구 계성중학 2년 수료, 경신중학교(고등보통학교) 3학년에 편입하여 4학년 1학기를 끝내고 중퇴한 것이 전부이다. 동리는 부산의 명문 동래고등보통학교에 편입할 생각이었지만 거절당해 공부를 단념하고, 일본의 식민지 치하에서 일어로 번역된 세계문학전집 읽기에 몰두했다. 그때 경주역에서 일하고 있던 친구의 배려로 철도 도서관을 이용할 수 있었고, 세계문학 명작은 거의 독파하였다. 이런 생활은 데뷔작 「화랑의 후예」를 발표할 때까지 수년이나 계속되었으며, 물론 이때 일본 문학과 아쿠타가와 류노스케의 문학을 숙독했을 가능성도 충분히 있다.

문학에 대한 공부는 독학이었지만, 1934년 「백로」가 『조선일보』의 신춘문예에 당선되었다. 중학교를 중퇴한 김동리는 대표적인 신문의 신춘문예 당선으로 사회적 명성과 상금 50원을 받게 된다. 1935년에는 『조선중앙일보』의 신춘문예에 소설 「화랑의 후예」가 당선된다. 그러나 박태원으로부터 이태춘의 「불우선생」을 닮았다는 비평을 받고 새로운 소재를 개발하리라 결심한다. 1936년 「산화」로 『동아일보』의 신춘문예에 당선되는 등 두드러진 활동 끝에 결국 새로운 소재를 발굴하여 「무녀도」를 쓰게 된다.

그러나 순수문학의 창작만으로는 생활할 수 없는 것이 서울의 현실이었다. 이 때문에 1937년 경상남도 사천 다솔사에 들어가 광명학원에서

교편을 잡았지만, 광명학원은 일본총독부에 의해 1942년 폐교된다. 다솔사에는 동리의 맏형 김범부(호적명 기봉)가 체재하고 있었다. 김범부는 1897년생으로, 1921년 일본으로 건너가 동양대학에서 철학을 공부했으며, 도쿄외사전문학교에서 영어와 독일어를 수학했다. 또한 도쿄대학과 교토대학에서 청강하는 등 면학에 심취했다. 칸트철학과 동양철학의 대가였던 맏형 김범부는 김동리에게 절대적인 존재였다.

1940년 일제에 의해 한국어 신문이 폐간되고, 1942년 형 김범부가 2번째 구속을 당하게 된다. 동리의 작품도 검열에 의해 삭제되고 원고 또한 돌아오지 않았다. 1939년 '조선 문인협회'가 창립되어 내선일체의 구현을 목표로 하였다. 동리는 입회 서류를 태워버리고, 「소년」(『문장』, 1941년 2월) 이후 펜을 놓고 해방 때까지 작품을 발표하지 않았다.

일본에 유학한 적도 없고, 독학으로 문학을 공부해서 독자적인 작품 세계를 구축한 김동리와 아쿠타가와 류노스케의 문학 세계를 비교하는 것은 간단한 일이 아니다. 더욱이 두 사람이 그리고 있는 샤머니즘에는 양국의 문화적 차이가 있고, 기독교 수용, 기독교와 토착 신앙의 갈등에서도 공통점과 차이점을 찾아볼 수 있다. 이미 그것을 파악하고 쓴 선행 논문으로 안노 마사히로의 「아쿠타가와 류노스케 「신들의 미소」와 김동리의 「무녀도」」[1]가 있다. 「신들의 미소」는 "토착 측에서는 기독교 세력에 대해 낙관적이라고도 할 수 있는 반응을 나타내고" 있지만, 「무녀도」는 "토착 측의 쇠망을 예감하는 듯한 일면과 동시에, 깊이 뿌리내린 토착성을 절묘하게 형상화하고 있다."고 보고 있는 선구적인 논문이다.

본고에서는 김동리의 「무녀도」와 아쿠타가와 류노스케의 「신들의 미소」에 나타난 토착 신앙과 기독교의 갈등에 대하여 고찰함으로써, 한국과 일본의 전통적인 신앙이 새로운 종교인 기독교와 갈등하는 양상을 비교하고자 한다. 또한 김동리의 「무녀도」와 아쿠타가와 류노스케의 「지옥변」을 비교함으로써, 새로운 신의 탄생과 새로운 인간상의 창조를 향한 「무녀도」와, 전 인생을 희생하고 그린 「지옥변」의 병풍의 의미를 고찰한다. 또한 아쿠타가와 류노스케의 문학을 충분히 읽었을 것으로 추정되는 김동리 문학에 있어 아쿠타가와 문학과의 영향 관계에 대해 살펴보고자 한다.

2. 샤머니즘의 문학화

샤머니즘은 인류 초기부터 존재하는 종교 현상이라고 할 수 있지만, 타민족에 비해 한국인의 의식 속에 보다 깊이 뿌리내리고 있는 민간신앙이다. 무속은 1910년대 일본 총독부의 '경찰범죄처벌규칙'(총독부령 제45호 1912년 3월)[2]의 대상이었다. 그러나 조선총독부의 신도정책에 의해 무속을 조선 고유의 신앙으로 인정하게 된다. 일본 제국주의는 무속 조사 사업을 통해 조선인들에게 '일선 동조론'을 강제로 가르쳤고, 이를 통해 '내선일체'를 노리고 있었다. 그 배경에는 '심전개발운동'이 있다. 이는 조선인의 '정신 교화'를 목적으로 한 것으로, 일본에서의 '국체명징에 따라 조선 농촌 사회 전통의 중심에 미신을 대신하여 일본의 유사 전통인 국체 관념을 심으려고 한 정책'이었다.[3]

즉, 1930년대에는 일제 총독부의 처벌 대상이었던 조선 무속과 일본 신도의 관련성을 보이며, 조선 문화의 원류로서 무속과 일본 고대 신도의 유사점을 '내선일체'화의 전략으로 이용하였다. 이에 대항하여 김동리는 민족정신의 토양이라고 할 수 있는 샤머니즘에 눈을 돌려 이를 「무녀도」의 소재로 삼았다.4) 「무녀도」에 대해서 김윤식은 "토속적 샤머니즘이라는 소재의 강점", 즉 지금까지 없었던 새로운 경지의 소재 발굴과 개척에 그 의의가 있다고 말하고 있다.5) 동리 자신도 「무녀도」 창작의 동기를 「무녀도와 나의 문학」 속에서 다음과 같이 말하고 있다.

> 우선 민족적인 것을 쓰려고 하였다. 당시는 민족정신이라든가 민족적 개성에 해당하는 모든 것이 말살되어 가던 일제 총독 치하의 암흑기였기 때문에 현실적으로 이것에 대항할 수 없는 실정이라면, 문학을 통해서라도 이것을 지키지 않으면 안 된다고 생각했다. (중략) 오늘의 무속이라는 것을 우리 민족에게 있어서는 가장 원초적인 종교적 기능이라고 볼 때 그 속에는 우리 민족 고유의 정신적 가치의 핵심이 되는 그 무언가가 내재되어 있을 것이라고 생각했다.6)

위의 글에서도 알 수 있듯이, 김동리는 일본 제국주의 말기하의 절망적인 현실을 조망하고 민족의 혼을 불러일으키기 위해서 「무녀도」를 쓴 것이다. 이는 민족 신화와도 연결되어 있었다.

한편 아쿠타가와 류노스케의 작품 속에서 무녀가 등장하는 무속 성격의 작품으로는 「요파」(1919년 9월~10월), 「아그니 신(神)」(1921년 1월~2월), 「덤불 속」(1922년 1월), 「갓파」(1927년 3월) 등이 있다.

「아그니 신(神)」에서는 상해에 살고 있는 인도인 노파가 인도의 신 아그니의 대리 신으로 점을 쳐서 돈을 벌고 있었다. 납치한 일본 여성 타에코를 무녀로 쓰며 아그니 신의 예언을 듣는 것이다. 노파는 50년간 자신의 점은 틀린 적이 없다고 자만하고 있었지만, 한번은 타에코가 노파를 곤란하게 한 적이 있었다. 글은 이 일에 대하여 쓰고 있다. 어떤 미국인이 미일전쟁이 언제 일어날지를 점치기 위해 노파를 찾아왔다. 그러나 마침 일본의 신들에게 청하여 한 번만이라도 좋으니 아버지를 만나게 해 달라고 빌고 있던 타에코를 통해 나타난 아그니 신의 말은 냉혹했다. 그때 노파는 타에코가 자신을 속이고 있다고 생각하고 칼을 들고 타에코에게 덤벼들었다. 아그니 신은 노하여, 낮지만 '천상에 타오르는 불' 같은 목소리로 자신의 명령을 따르라고 하였다. 그 명령에 의해 타에코를 죽이려던 노파는 결국 그 칼로 자신을 찔러 숨지게 된다.

또한 「덤불 속」에서는 다케시 다케히로의 죽은 영이 무녀의 입을 빌려서 고백하고 있다. 다케히로가 죽은 원인은 미궁에 빠져 있었고 그 진상을 규명하는 것은 어려운 일이었다. 「무당의 입을 빌린 혼령의 이야기」에는 "영원히 구천의 어둠 속"에 빠져버린 다케히로의 고독함이 느껴진다. 무녀의 입을 빌린 다케히로의 고백에서 진상을 보았을 가능성도 부정할 수 없다.

샤머니즘의 무녀와 같은 존재로는, 아쿠타가와의 「갓파」에 나오는 심령학협회 미디엄 홉 부인을 들 수 있다. 그녀는 유령으로 나타난 톡의 심령과 문답을 주고받는다. 급격한 몽유 상태로 들어가 톡의 심령을 불러내고, 자신의 가족이나 책의 판매를 걱정하고 있는 톡의 질문에 대답하는 대목은 매우 인간적인 느낌이 든다.

이상에서 김동리와 아쿠타가와 류노스케의 샤머니즘을 소재로 한 작품을 고찰해 보았다. 동리의 「무녀도」는 샤머니즘이라는 조선의 전통적인 종교를 소재로 하고 있고, 아쿠타가와 류노스케의 「신들의 미소」는 일본의 전통 종교인 신도를 문학화하고 있다는 점에서 공통점을 보이고 있다. 그러나 여기서 차이점을 하나 찾아보면, 동리는 샤머니즘의 현상을 있는 그대로 그리고 있는 반면, 아쿠타가와는 자신의 이성으로 생각하여도 납득이 갈 수 있도록 쓰고 있다. 동리의 「무녀도」에서 무녀인 모화는 기독교의 '목자'가 되어 돌아온 자신의 아들을 식칼로 찔러 죽였다. 주신(主神)의 영(靈)에게 부림을 받는 대리 신으로서의 모화의 행위는 모친으로서는 매우 비정하다.

아쿠타가와는 「덤불 속」, 「아그니 신(神)」, 「갓파」에 그려진 무녀와 같은 존재에게 인간적인 마음을 부여한다. 「덤불 속」에서 다케히로는 비참함을 느껴 스스로 자신의 목숨을 끊었다고 말하고 있다. 「아그니 신(神)」에서는 타에코가 일본의 신들에게 기도한 결과, 아그니 신이 타에코의 간절한 기도를 들어 준다. 또한 「갓파」에서는 톡의 영이 죽은 뒤에도 자신의 가족과 책의 판매를 걱정하는 등 인간적인 이야기를 '심령과학술'을 통해 하고 있다. 소위 샤머니즘의 문학화에 있어서 동리 쪽이 종교현상에 충실했고, 아쿠타가와는 인간의 이성으로 생각해도 부합되는 신을 만든 것이라고 할 수 있다.

3. '새로운 신'의 탄생과 습합

한국에 들어온 외래 종교인 유교, 불교, 도교는 동양 문화 속에서 생겨나 성장 과정 중에 무속과 공존, 습합, 변형되어 왔다. 한편 기독교는 동양에서 발생했지만 서구 문화를 입게 되었고, 한국에 들어올 때는 전통적인 무속과 대립하고 갈등하였다. 이 기독교와 무속의 관계를 구명하려고 하는 것이 김동리의 「무녀도」이다. 더욱이 동리는 「무녀도」를 통해서 대결과 승리로 끝나는 것이 아니라 미래의 세계를 꿈꾸어 '새로운 신'을 추구하고 있다. 그는 다음과 같이 말한다.

> 내가 「무녀도」에서 샤머니즘과 기독교의 충돌을 시험한 것은, 막연히 생각되는 동서 문화의 충돌이나 신구 정신의 대립과 같은 것이 아니라, 내 나름대로 더욱 미래적인 세계를 전제로 하는 새로운 신의 탄생을 문학적 표현으로나마 시험해 보고 싶었던 것이다.[7]

그렇다면 김동리가 꿈꾸고 있던 미래적인 세계란 무엇인가. 다음 문장에서 읽어볼 수 있다.

> 인간의 근원과 기능이 자연에 있고, 그 무대가 현세(이승)라는 것도 알게 되었다. (중략) 여기서 인간은 나에게 또 다른 문제를 제기해 왔다. 그것은 르네상스로부터 출발한 근대 인간주의라는 것이 어디까지나 신본주의에 대한 안티테제로서의 인간이기 때문에 저승(사후 세계)에 대한 보장이 없다는 점이다. 이러한 까닭에 나는 드디어 새로운 인간주의, 동양적 인간상을 찾지 않으면 안 된다는 결론에 이르게 되었다.[8]

김동리에게 있어서 샤머니즘은 산 사람과 죽은 사람을 모두 구원하는 것이다. 이승과 저승을 연결해 주는 생사일여의 종교 세계에 대한 인식이 무녀가 행하는 굿이었다. 그는 무속적 민속신앙의 세계에서 생명과 혼령의 구원 방법을 발견했다. 그리고 삶과 죽음, 신과 인간의 원리를 샤머니즘의 세계에서 보았다. 동리에게 있어서 생명은 자연이고, 운명은 신이었다. 무속의 세계에서 인생은 이승과 저승을 합한 것으로 인식된다. 이를 통해서 '새로운 신', '새로운 정신'을 찾게 된다. 무녀가 자신의 주신으로부터 받은 신통력에 의해 죽은 자와 산 자가 가지고 있는 한을 풀게 된다. 무녀의 신통력에 의해 산 자 속에 들어있는 죽은 자의 유령을 쫓아내고 혼령의 세계에서 방황하고 있는 죽은 자의 영혼을 저승으로 보낸다. 동리는 생과 사의 세계가 한눈에 보이는 샤머니즘의 세계에서 '새로운 신'을 찾고 있는 것이다.

김인회는, 무속과 기독교의 상호 관계는 환자의 치료 의식을 통해 더욱 밀접해져서, 샤머니즘적 요소가 무속 신앙으로서는 약할지 모르지만 기독교회의 이름 아래서는 꽃을 피우고 있다는 것을 알 수 있다고 말한다.9) 「무녀도」 속에서 김동리는 "여성들의 은반지, 금반지가 매일 경쟁하듯 강단에 올라왔고, 기부금도 쏟아졌다."라고 말하며, 무속 신앙과 기독교 신앙의 습합 양상을 그리고 있다.

이와 같은 1930년대의 기독교 신앙 현상에 대해서 신학자 유동식은 1919년 3월 1일 독립운동 이후 일제의 탄압으로 좌절한 민중과 교회가 30년대에 '무속적 모성적 신앙'의 형태로 급전하여, '내향적 신비주의'로 향했다고 말하고 있다.10) 한국 기독교회의 신도가 늘어감에 따라 신으로부터의 신비적인 축복만을 강조하는 사경회도 출현하여 무속 신앙과 마찰을 일으키게 된다.

아쿠타가와 류노스케는 「신들의 미소」에서 전통 종교인 신도와 새로운 종교인 기독교의 갈등을 그리고 있다. 일본에 선교사로 온 오르간티노 신부는 왠지 자신을 우울하게 하는 일본을 떠나고 싶어 한다. 또한 "이 나라에는 산에도, 숲에도, 혹은 집들이 늘어선 마을에도 무언가 이상한 힘이 깃들어" 있어서 자신의 사명을 방해한다고 생각했다. 오르간티노 신부는 "당신은 오래전 홍해 밑바닥에 이집트 군을 침몰시켰습니다. 이 나라의 영들도 강력하기로는 이집트 군세에 뒤지지 않을 것입니다. 부디 옛날 예언자와 같이 저도 이 영과의 싸움에…."라고 기도하였지만, 그는 신들의 광연 환상에 괴로워한다.

그 다음날 저녁 무렵 '이 나라 영들 중의 한 명'이라는 노인이 나타나 "우리들은 오래된 신으로, 세상의 여명을 본 신"이라고 말한다. 그 노인이 "데우스도 이 나라에 와서는 결국 분명히 패배할 것입니다."라고 말했을 때, 오르간티노 신부는 "하지만 데우스는 반드시 이깁니다." 하고 강하게 반박한다. 노인은 일본 신의 힘이 '파괴하는 힘'이 아니라 '새로이 만드는 힘(변조하는 힘)'이라는 것을 말하기 시작했다. 중국의 문자를 일본으로 가져와도 "문자가 우리를 정복하는 대신에 우리에게 정복당했다."라고 말했다. 또한 인도에서 불교가 들어와도 "그들의 꿈에 보이는 대일여래의 모습 속에는 인도 부처의 모습보다도 '오오히루메무치'가 보이지 않을까요?"라고 말하며, 일본의 종교 풍토 문제를 다루고 있다.

뿐만 아니라 새로운 종교인 기독교가 일본에서는 신도에 습합되어버리는 것에 대해서도 노인을 통해 다음과 같이 말하고 있다.

어쩌면 데우스 자신도 이 나라의 토착민으로 바뀌겠지요. 중국이나 인도도 바뀌었어요. 서양도 바뀌어야 합니다.

더욱이 2페이지 정도 삭제되기 전의 「신들의 미소」 초출에서는, 예수의 얼굴이 '오오히루메무치'의 얼굴, '아름다운 여자'의 얼굴로 변했다고 쓰여 있다. 여기서 아쿠타가와는 일본의 전통 종교인 신도와 불교가 습합된 것을 그리고 있다. '오오히루메무치'란 '아마테라스 오오미카미'를 이르는 말로, 서양에서 '부성적 종교'인 기독교가 들어와도 일본에서는 '모성적 종교'로 변해버리는 습합의 문제를 다루고 있어, 이후 일본 문학에 커다란 문제를 제기하였다. 실제로 불교와 기독교 습합의 증거라고도 할 수 있는 '마리아관음'에 흥미를 가지고 있던 아쿠타가와였기에 신도와 기독교의 습합 풍토에 대해 쓴 점은 설득력이 있다.

4. 「무녀도」와 「지옥변」에 나타난 신

김동리는 왜 소재로 샤머니즘을 택했는지에 대해 다음과 같이 말하고 있다.

> 무교가 한민족의 원시종교인 만큼, 조선 민족 고유의 신관, 즉 내세관(저승)과 현세관(이승) 등이 이 속에 포함되어 있다고 생각했다. 당시는 일본 총독정치가 우리나라를 지배하고 있었던 때인 만큼, 나는 한국 고유의 혼을 문학작품에라도 써서 영원히 보존해 가려고 생각했던 것이다.11)

예술가는 창조하는 사람으로, 상상력 속에서 절대적인 경지를 창조할 수 있다. 이런 면에서 동리는 소설가를 '창조하는 신'의 위치에 있다고 보았고, 운명이나 죽음에 도전할 때 인간적인 한계를 뛰어넘기 위해 선택한 것이 그의 문학이며 예술이었다. 김윤식은 '새로운 신이나 종교 찾기',

그 문학적 형상화로서 '새로운 인간상의 창조'라고 하는 주제로 쓰인 것이 「무녀도」라고 말하고 있다.12) 그 '새로운 인간상의 창조' 내용은 샤머니즘을 모화를 통해 형상화하는 것이다. 모화에게 있어서 자연은 그대로 신이다. 산은 산신이요, 물은 용신이다. 즉, 모화는 자연인 것이다. 여기에서 '물아일체', '사생일여'의 사상이 나타난다. 「무녀도」의 마지막 장면인 모화의 죽음은 패배가 아니라 무한으로의 통로를 왕래하고 있는 것이다.13)

또한 그는 새로운 인간상의 창조만이 문학의 영토이기 때문에, 동양적인 인간상이 아니면 안 되고 '무한으로의 통로'를 겸비한 인간이 아니면 안 되지만, 그중에서 동양적인 인간형을 한국적인 인간형으로 변화시킨 것이 낭이라고 말한다. 동리는 낭이를 화가로 설정하여, 예술로써 '무한의 통로'와 연결하였다고 한다.14)

김동리의 「무녀도」는 낭이가 그린 「무녀도」로 시작된다. 화자인 '나'는 낭이의 무녀도가 자신의 집에 있는 이유에 대해 설명한다. 그의 집은 재산과 문벌이 있는 유서 깊은 가문으로, 많은 학자들이 출입했다. 특히 서화와 골동품으로는 나라 안에서 굴지의 가문이었다. 어느 날 낭이를 당나귀에 태운 남자가 자신의 딸이 그림에 뛰어나다며 찾아왔다. 한 달 정도 머물면서 낭이는 「무녀도」를 남겼다. '나'는 조부로부터 낭이가 그린 「무녀도」의 유래에 대하여 들었다. 무녀도 전체에 낭이가 그린 「무녀도」에 대한 묘사가 다음과 같이 설명되어 있다.

> 뒤에 보이는 거무칙칙한 산, 앞에 흐르는 폭넓은 검은 물, 산과 들
> 검은 강물 위에 떨어지지 않으려는 듯 빛나는 푸른 별이 쏟아지고 있는

어두침침한 밤이었다. 강가 모래 위에 커다란 천막을 세우고 주위에 멍석을 둘렀다. 그 위에 마을의 여자들이 가득 앉아, 무녀의 굿판에 취해 있었다. 여자들의 얼굴에는 분명히 슬픈 흥분과 여명이 가까워짐에 따른 심한 피곤에 싸여 있었다. 굿은 절정에 이르러 무녀는 살도 뼈도 녹아 영혼으로 변해버린 듯, 쾌자 자락의 끝자락을 가볍게 날리며 돌고 있다.

낭이는 귀가 들리지 않고 말도 하지 못한다. 모화의 딸로, 「무녀도」를 그릴 당시 16, 7세였다. 욱이와는 이복 남매였지만 낭이는 오빠 욱이의 가슴에 스스로 안기곤 하였다. 그림 공부를 했던 것도 아니지만 선천적인 재주가 있었다. 김동리의 「무녀도」는 아쿠타가와 류노스케의 「지옥변」을 상기시킨다. 무녀 모화는 자신의 아들 욱이 속에 들어있는 기독교의 잡귀신을 쫓아내기 위해 굿을 할 때 욱이를 식칼로 찌른다. 이는 「지옥변」에서 병풍을 그리기 위해 요시히데가 사랑하는 딸이 화염 속에서 타죽는 모습을 보면서도, 굳게 팔짱을 끼고 서서 황홀한 법열의 빛을 만면에 띄우고 죽어가는 딸을 바라만 보고 있는 것과 일맥상통하는 점이 있다.

더욱 닮은 것은 근친상간에 대한 의문이다. 「무녀도」의 초출에서는 낭이와 욱이의 관계를 근친상간으로 그리고 있었지만, 개작한 「무녀도」에서는 "기독교도에게 여동생과 간음하게 할 수 없다."(『신문예』 1958년 2월)라고 생각하여 삭제하였다.

「지옥변」에서도 세키구치 야스요시는 "허둥지둥 멀리 사라지는 또 한 사람의 발자국"의 주인에 대해 오토노 대신설, 요시히데설, 제3의 남자설을 소개하고, 아쿠타가와는 그 판단을 독자에게 맡기고 있다고 이야기하고 있다.15) 만약 요시히데설을 택한다면 근친상간의 가능성을 완전히 배제할 수 없다.

「무녀도」에서 동리는 새로운 신을 찾고 있다. 그 새로운 신으로는 모화설도 있고 낭이설도 있다. 모화나 욱이는 죽어버리지만 낭이는 살아남기 때문에 그녀에게서 새로운 신의 가능성을 보고 있다는 논자도 있다. 그러나 낭이가 새로운 신이 된다고 한다면 그것은 낭이가 살아남았기 때문이 아니라 유서 있는 화자의 가문이 인정하는 걸작 「무녀도」를 그릴 정도의 화재(畫才), 즉 새로운 신의 힘을 동리가 낭이에게 심어 주었기 때문이라고 할 수 있다.

서구 시민사회를 모델로 근대를 구축한 일본은 다이쇼기에 다이쇼 데모크라시, 다이쇼 교양주의의 이념 아래 문학예술의 장을 획득한다. 문학이야말로 시민사회가 창출한 근대 이념이며 국가권력에 대립할 수 있는 것이었다. 다이쇼 교양주의에 전적으로 빠져있던 일본 유학생 김동인은 "예술은 개인 전체이고 진정한 예술가는 영혼이며 진정한 문학작품은 신의 섭리이며 성서이다."16)라고 말하며, 예술을 신의 경지와 같이 인식했던 것이다. 김동인은 소설가를 신이라 생각했다. 그것이 착각이라는 것을 알게 된 것은 1930년대 후반이었다. 여기서 김윤식은, 동인이 알지 못했던 것은 '시민사회의 성숙도에 예술의 비중이 비례한다'는 것으로, "청일전쟁 이후 자본주의로 성장한 일본은 1930년대가 되어 처음으로 문학예술이 현란하고 성스러운 레이스를 쓰게 되지만, 그 정도로 시민사회가 성숙해졌기 때문이다."라고 분석하고 있다.17)

당시 무명의 동리에게 있어서 김동인은 동경의 대상이었다. 동리도 문학을 통해 신이 되려고 하였다. 「무녀도」의 개작을 반복하면서 '새로운 신의 탄생'을 시도해 보았다. 이는 낭이가 그린 「무녀도」에 나타나고 있다. 모화가 "뼈도 피부도 없는 영혼으로 바뀐 것 같이 가볍게 음률을 타넘으며 돌고 있다.", 즉 주신과 소통하고 있는 모습을 「무녀도」로 완성한 점에서 예술가의 새로운 신을 보고 있는 것이다.

아쿠타가와는 「어느 옛 친구에게 보내는 수기」에서 "너는 그 보리수 밑에서 '에트너의 엠페드클레스'를 논하던 20년 전을 기억하고 있겠지. 나는 그때에는 스스로 신이 되고 싶었던 한 사람이었다."라고 고백하고 있다. 여기서 아쿠타가와가 '스스로 신이 되고 싶었다'고 한 말의 '신'이란 무엇일까? 아쿠타가와 연구자는 그 '신'의 성격에 대해 거의 논하고 있지 않지만 아쿠타가와가 소설가로서 창작을 할 수 있다는 것을 가리키는 말이라고 본다.

그런 면에서 「지옥변」의 병풍을 그린 화가 요시히데도 같은 맥락에서 말할 수 있다. 지옥의 병풍을 그린 요시히데에게서는 화가 낭이와 같은 모습도 볼 수 있다. 동리의 「무녀도」는 낭이가 그린 「무녀도」라는 그림에서 시작되어 그 그림이 완성될 때까지의 경위가 그려져 있고, 아쿠타가와의 「지옥변」은 천재적인 화가 요시히데에 의해 지옥의 병풍이 그려질 때까지의 과정이 묘사되어 있다.

더욱이 동리의 「무녀도」에서는 자신이 주신의 대리 신이며 기독교의 신을 악신이라고 생각하는 신앙 때문에 사랑하는 아들을 죽이고 스스로 강물 속으로 빠져버리는 비정한 모친 모화의 모습이 그려진다. 또한 아쿠타가와의 「지옥변」에서 요시히데는 지옥의 병풍을 완성하기 위해 사랑하는 딸이 타오르는 화염 속에서 괴로워하는 모습을 조용히 바라보고 있다. 비정한 아버지이기는 하지만 병풍이 완성되자 그를 비난하는 사람은 없었다. 화가로서 창작을 하는 요시히데, 그는 김동리의 말에 의하면 '새로운 신'인 것이다.

아쿠타가와와 거의 같은 시대를 살았기 때문에 아쿠타가와의 작품을 당연히 읽었을 것으로 보이는 동리의 초기 작품「무녀도」가 아쿠타가와의「지옥변」에 영향을 받았을 가능성은 충분하다고 생각된다.

5. 전통 종교와 기독교의 갈등

김동리는 기독교 신자인 어머니에게 이끌려 어려서부터 교회에 출석했다. 학교도 미션스쿨에만 다녔고 유소년기부터 기독교를 깊이 접했다. 이런 점에서 볼 때, 그의 작품에 기독교적인 의식이 흐르고 있다는 것은 분명하다.[18) 동리가 절대적으로 신뢰하여 아버지처럼 생각했으며 한편으로는 그의 스승이기도 하였던 형 김범부는 동양철학의 대가로서 불교중앙학림에서 가르치고, 다솔사에서 일본천태종 승려와 교수 40인에게 청담파의 현리사상을 강의했다. 그 후 전국의 사찰을 돌며 고승들과 교우를 쌓고, 불교철학에 정진한다. 1950년 민의원이 되었고, 1953년 계림대학장을 거쳐 1966년에 사망한다.[19) 김동리는 형 김범부가 머물고 있던 다솔사를 방문하게 되고, 형의 제자인 다솔사 주지승의 부탁으로 다솔사에서 생활하면서 해방을 맞게 된다. 그 후 5년간 광명학원에서 학생들을 가르쳤고, 결혼 후 평온한 생활 속에서 소설을 쓰게 된다. 기독교도인 동리의 작품에 불교적인 요소가 가미된 것은 이러한 경력으로 볼 때 당연한 흐름이었다.

동리의 작품 세계를 이동하는 다음과 같이 4기로 분류하고 있다. 제1기는 전통적인 한국인으로서 자신의 주체성을 유지하려는 태도가 일제에 의한 저항으로 표현되는 시기이다. 제2기는 좌익에 대한 대결 의식의 입장에서 작품을 쓰고 있지만, 그 정신적 기조는 전통적 보수주의의 입장에서 있을 때이다. 제3기는 무교(巫敎)에 대한 관심이 흐려져 기독교 소재의 작품과 일상 세계에 비중을 둔 작품이 늘어난 시기, 제4기는 또다시 무교적인 색채가 짙어지는 시기이다.[20] 「무녀도」는 이동하의 분석에 의하면 제1기에서 제4기까지 3회에 걸쳐 개작된 작품이기 때문에, 개작에 따라 종교의식의 변화가 보이고 주제도 변화하고 있다.

욱이는 15세에 절의 상좌승이 되었다. 그런데 16세 때 평양에 가서 미국 선교사 현 목사를 만나게 된다. 현 목사는 미국으로 돌아갈 때 욱이도 같이 데리고 갈 테니 그 전에 어머니를 한번 만나고 오라고 한다. 이렇게 해서 욱이는 귀향하게 되고, 모화와 이복여동생 낭이 속에 있는 악귀를 쫓아내기 위해 교회를 세워 줄 것을 현 선교사에게 부탁한다. 반대로 모화는 욱이 속에 있는 기독교의 영을 쫓아내기 위해 축문을 읽고, 욱이는 모화 속에 있는 샤머니즘의 영을 쫓기 위해 성서 마가복음 9장을 읽으면서 기도한다. 욱이의 노력으로 동네에는 교회가 세워져 동네 사람들은 교회를 찾게 되고, 모화의 생활은 위협을 받게 된다. 모화의 굿보다 교회에 금반지, 은반지를 헌납하고 병의 완치를 기원하였기 때문이다. 결국 모화는 성서를 태우고 욱이를 식칼로 찌르게 된다. 병상에서도 욱이는 무녀가 믿고 있는 고목이나 돌에는 힘이 없고, 살아있는 기독교의 신이야말로 전지전능하다고 전한다.

욱이가 죽기 3일 전 현 목사가 욱이를 찾아온다. 경주에 교회가 빨리 세워지게 된 것은 욱이의 공적이라는 것이 명백해졌다. 욱이는 모화가 성서를 태워버렸기 때문에 성서가 한 권 있으면 좋겠다고 하고, 현 목사는 그에게 자신의 성서를 준다. 욱이는 눈물을 흘리며 성서를 가슴에 안고 숨을 거두게 된다.

아들이 죽고 미쳐버린 듯이 보이던 모화가 죽은 김 씨의 혼을 구하기 위해 마지막 굿을 한다는 소리에 사람들이 모였다. 혼백을 건지지 못하고, 혼을 불렀지만 김 씨가 대답하지 않는다고 말해도 모화는 영대를 잡고 깊은 강 속으로 들어가 잠겨버린다. 결국 두 사람 모두 자신의 종교를 위해 순교한 것이다. 욱이는 기독교를 믿고 천국에서 만날 것을 기원하면서 순교했다. 모화도 무녀의 본분으로 돌아가 샤머니즘의 신앙을 위해 장엄한 최후를 마치게 된다. 동리는 종교의 승패를 가르기보다 쌍방의 종교를 병립시키고 있다.

아쿠타가와 류노스케의 「신들의 미소」에도 전통 종교인 신도와 기독교의 갈등이 그려져 있다. 오르간티노 신부는 자신을 모세에 비유하며 신에게 기도한다.

> 나는 사명을 다하기 위해 이 나라의 산천에 숨어있는 힘과, 분명 사람의 눈에는 보이지 않는 영들과 싸우지 않으면 안 됩니다. 당신은 오래전 홍해 밑바닥에 이집트 군을 침몰시켰습니다. 이 나라의 영들도 강력하기로는 이집트 군세에 뒤지지 않을 것입니다. 부디 옛날 예언자와 같이 저도 이 영과의 싸움에….

남만사의 내진을 둘러싼 벽에 "성 미카엘이 지옥의 악마와 모세의 시체를 사이에 두고 다투고" 있는 프레스코 벽화가 있다. 이것부터도 오르간티노 신부의 일본 전도는 출애굽에 비유되는 복선으로 읽을 수 있다. "하지만 용감한 대천사는 물론, 사납게 울부짖는 악마조차도, 오늘 밤은 몽롱한 빛 때문인지 묘하게 평소보다 우아하고 아름답게 보였다.”라고 하는 것에서, 결론이 결코 간단하지 않다는 것을 아쿠타가와는 말하고 싶었던 것으로 보인다.

'이 나라 영들 중의 한 명'이라고 하던 노인이 사라진 뒤, 두려움에 떨고 있는 오르간티노의 머리 위 사탑에서 아베마리아의 종소리가 울리기 시작했고, 그 노인은 유유히 “남만선 입진의 그림이 그려져 있는 3세기 이전의 오래된 병풍 속으로” 돌아갔다. 여기서 화자는 의미 있는 말로 의론을 불러일으키고 있다.

> 데우스가 이길지 오오히루메무치가 이길지, 이는 지금도 쉽게 판단할 수 없을지 모른다. 하지만 머지않아 우리들이 단정을 해야 할 문제이다. (중략) 다시 수평선에 나타난 우리 흑선의 대포 소리는 필시 예스러운 그대들의 꿈을 깨울 때가 있을 것이네.

“변화의 힘”이라고는 하지만, 근대에 흑선과 함께 선교사가 다시 들어와서 기독교가 전해질 것을 암시하고 있다고 할 수 있다. 아쿠타가와는 일본의 근대를 산 사람이다. 천주교가 처음 일본에 들어왔을 무렵, 신을 '대일여래'라고 표현하는 혼란스러운 때도 있었고, 키리시탄 박해로 '마리아관음'을 만든 때도 있었다. 그러나 '이익종교'라는 정신 풍토 속에서도 순교를 한 사람이 있고, 우치무라 간조 같이 자신이 기독교 신도라는 것을 분명히 고백하고 일생을 살아간 사람도 있다는 것에 주목했다. 따라서 끝 부분의 난해한 문장은 근대에 들어와 '변화의 힘'에 의해 습합된 신이 아닌, 새로운 종교인 기독교를 보고 그것을 그리고 있는 것이다.

6. 맺음말

이상, 근현대 한국을 대표하는 문학자 김동리의 단편 「무녀도」와 근대 일본을 대표하는 단편작가 아쿠타가와 류노스케의 문학 「신들의 미소」, 「지옥변」 등을 비교해보았다. 일본 제국주의에 저항하여 쓴 「무녀도」는 특히 조선의 전통 종교인 샤머니즘을 소재로 하여 쓴 것이다. 그러나 아쿠타가와는 「서방의 사람」 속에서, 기독교를 위해 순교한 사람들의 심리에 흥미를 느껴 키리시탄모노를 쓰게 되었다고 고백하고 있으므로, 「무녀도」와 「신들의 미소」 두 작품이 쓰인 동기는 다르다. 그러나 전통 종교의 문학 형상화라는 점에서는 공통점이 있다.

「무녀도」에서 무녀 모화는 자신의 사랑하는 아들을 칼로 찔러 죽였지만 죄의식은 찾아볼 수 없다. 섬기고 있는 주신의 대리 신으로서 기독교라는 귀신을 쫓았다고 생각하고 있기 때문이다. 기독교가 조선에 들어와 전파되었어도, 샤머니즘이 민간신앙으로 사람들에게 깊이 뿌리내리고 있어서 '무속적 모성적 신앙'으로 습합되고 있는 면도 동리는 그리고 있다. 그러나 기독교와 샤머니즘의 갈등은 결국 그 승패를 구별할 수 없고 욱이는 기독교를 위해, 모화는 샤머니즘을 위해 순교한다. 현재 한국은 기독교도가 25% 이상을 차지하고 있지만 민간신앙인 샤머니즘도 아직 끈질기게 남아 있다.

아쿠타가와의 작품에 표현되고 있는 샤머니즘의 특색은 종교성이 강하다기보다 인격적인 신으로 그려지고 있다는 점이다. 기독교 신의 사랑을 믿을 수 없다고 고백한 아쿠타가와이기에 「아그니 신(神)」에서도 아그니 신을 인간적으로 그리고 있는 장면이 많다. 또한 전통 종교와 기독교의 갈등 문제에서는 「신들의 미소」를 중심으로 생각해 봤을 때, 「무녀도」보다 습합의 문제를 깊이 다루고 있다고 느껴진다.

끝으로 김동리의 「무녀도」와 아쿠타가와 류노스케의 「지옥변」을 비교해보면, 기독교와의 갈등의 문제에서는 「신들의 미소」, 그리고 '새로운 신의 탄생'에서는 「지옥변」의 그림자를 완전히 부정할 수 없다고 생각한다.

【주】

1) 안노 마사히로(2003), 「아쿠타가와 류노스케 「신들의 미소」와 김동리 「무녀도」」, 『일본문화연구소』제9집.
2) 『조선총독부관보』(1914,2,2)제70호, pp.924~933.
3) 최석영(1999), 「일제하무속론과 식민지권력」 서경문화사, p.132.
4) 박진숙(2006.6), 『한국근대문학에서의 샤머니즘과 민족지의 형성』, 『한국현대문학연구』 19집.
5) 김윤식(1995.7.5), 『김동리와 그 시대』, 민음사, pp.106~107.
6) 김동리(1978.8), 「무속과 나의문학」『월간문학』, p.151.
7) 김동리(1978.5), 『「을화」 후기」, 『을화』 문학사상사.
8) 김동리(1985), 「밥과 사랑과 그리고 영원」 사연사, p.112.
9) 김인회(1987), 「한국무속의 종합적 고찰」 고려대학교민족문화연구소, p.114.
10) 유동식(1966), 「한국의 종교와 기독교」 한국기독교서회, p.131.
11) 김동리(1978.5), 『을화』 문학사상사, p.353.
12) 김윤식, 『김동리와 그 시대』, p.64.
13) 김윤식, 『김동리와 그 시대』, pp.360~369.
14) 김윤식, 『김동리와 그 시대』, p.357.
15) 세키구치 야스요시(2007.6.5), 『세계문학으로서의 아쿠타가와 류노스케』, p.152.
16) 김동인(1919.1), 「소설에 대한 조선 사람들의 사상」『학지광』제17호.
17) 김윤식, 『김동리와 그 시대』, p.157.
18) 이동하(1989), 「현대소설의 정신사적 연구」, p.112.
19) 김윤식, 『김동리와 그 시대』, p.191.
20) 이동하(1989), 「현대소설의 정신사적 연구」, p.112.

다자이 오사무(太宰治)
『HUMAN LOST』론
—재생의 의지와 기독교의 관련을 중심으로—

홍명희

1. 예술을 중심으로 한 작품의 방법과 내용

『HUMAN LOST』(「新潮」, 1937년(昭和12) 4월)는 다자이가 파비나르[1] 중독 때문에 1936년(昭和11) 10월 13일부터 11월 12일까지 입원했던 실생활이 소재가 된 작품으로, 그 집필은 퇴원 3일 후인 11월 15일부터 24일경까지라 한다. 작품 세계의 난해성과 전위성에 대해서는, 집필이 퇴원 직후라는 점과 관련하여 다자이의 파비나르 중독에 의한 것이라는 분석도 있었다[2]. 그러나 도고 가쓰미(東鄕克美)의 "마약중독까지 포함하여 작자 속에 있는 생활의 산란(散乱)과 혼란"을 "대상화하려는 표현 의식" 위에서 "지극히 냉정하고 의식적"으로 작품이 쓰였다는 분석[3]이나, 다구치 리쓰오(田口律男)의 "언어예술의 가능성을 탐구하는 지극히 의식적·방법적인 소설 텍스트"라는 분석과 함께 "이 텍스트는 안정된 시간의 흐름에 몸을 맡기고, 매일의 상념·심경을 조화로운 곳에 서서 대상화하고, 표상하는 제도적인 문학 스타일을 근저적(根底的)으로 상대화하여, 이야기의 코드를 따르지 않는 술어적 통합에 의한 연쇄·인용·메타포로 구성되는 나선 구조의 이야기 언설을 획득했다."라고 하는 분석4)이 있듯이, 현재 그 난해성이나 전위성은 다자이가 파비나르 중독 완치 후에 선택한 방법 의식에서 나온 것이라고 해석하는 추세이다5).

확실히 당시의 다자이는 표현 방법에 관심이 있었다. 그 단적인 증거로 작중에도 '리얼6)'과 '표현'을 둘러싼 사색이 나온다. 다자이는 "관료적 기술의 하나가 되어버린" "기록과 통계, 나아가 과학적인, 즉 임상적, 해부학적"인 기성의 '리얼' 개념을 부정하고, 지금은 "인식, 이를테면 재인식, 표현의 시기", "외침의 아침"이라 하여 새로운 '표현', '낭만파'의 주장을 전개하고 있는데, 이러한 부분에서 '진리와 표현'을 둘러싼 새로운 방법을 모색하고 있음을 알 수 있다.

이러한 다자이의 새로운 표현 방법의 시도는 1935년(昭和10) 전후의 일본 문단과 관련이 있다. 즉, 1933년(昭和8) 이후, 우익해체기의 일본 문단에 있어서 쇼와(昭和) 초기에 소개된 앙드레 지드의 『사전꾼들』에 의해 '소설 내 소설(小説内小説)'이 수용되어, 자연주의적인 방법이 아니라 실험적인 방법으로 리얼리티를 묘사하는 소설 형식이 주목을 끌게 된 것이다.

구체적으로는 이시카와 준(石川淳)의 『가인(佳人)』(「作品」, 1935년(昭和10) 5월)이 그 대표적인 작품으로, '소설을 쓸 수 없는 소설가'가 스스로 창작 방법에 대해 모색하는 모습을 그린 형식을 취한다. 거기에는

‘그리는 나’와 ‘그려지는 나’라는 대응 관계 속에서 ‘그리는 나’의 자의식 문제7)가 부각되기 때문에 문단에서는 사소설로 읽히는 경향이 있었다. 다자이도 쓰는 의식 그 자체를 대상화해 간다는, 방법상의 문제에 관심을 가지고 『만년(晩年)』 이후의 작품 『원숭이를 닮은 젊은이(猿面冠者)』 (「鷭」, 1934년(昭和9) 7월)와 『어릿광대의 꽃(道化の華)』(「일본낭만파」, 1935년(昭和10) 5월) 등에서 ‘소설 내 소설’로 작중의 ‘나’의 의식을 말한다는, 방법상의 실험 작품을 쓰고 있다. 나카무라 미하루(中村三春)는 「지드와 다자이의 “순수소설”」에서 “텍스트를 다면체적으로 복수화(複数化)해 가는 다자이의 소설 작법은 오히려 독서의 즐거움에 있어 풍성한 변주를 독자에게 제공하는 것이었다.”라고 분석8)하여, 다자이의 작가로서의 방법상 모색을 높이 평가했다.

또한 다자이의 이러한 방법상의 시도는 “인공의 극치”, “교언영색(巧言令色)”(『장님 이야기(めくら草紙)』「新潮」, 1936년(昭和11) 1월)이라는 말이 단적으로 나타내듯이 허구와 독창에 대한 강한 도전 의식 속에 있다. 쓰루야 겐조(鶴谷憲三)는 『HUMAN LOST』와 동시기에 쓰인 『20세기 기수(二十世紀旗手)』(「改造」, 1937년(昭和12) 1월)9)에 대하여 “20세기 문학의 진실”을 추구한 다자이의 “예술관”이 “‘거짓말’의 모자이크화(化)”의 방법으로서 결실을 맺고 있다고 논했으나10), 『HUMAN LOST』 또한 ‘일기’라고 하는 형식11)으로 ‘나’의 상념이나 심경을 교묘하게 통합하는 참신한 방법으로 쓰여 있어 다자이의 예술 의식이 강하게 나타난 작품이라고 그 위치를 부여할 수 있을 것이다. 이러한 다자이의 의식은 작품 내 ‘나’의 예술 의식 양상에 반영되고 있다. ‘나’는 ‘리얼’과 ‘표현’을 둘러싼 자신의 생각을 말하고 있을 뿐만 아니라, “성서 한 권에 의해 일본

의 문학사는 예전에 없던 선명함을 가지고 명확하게 양분된다."라고 하며 일본의 문학사에도 주목하고 있다.

또한 퇴원하는 '12일'의 「시안초안(試案下書)」에는 「정양(静養) 중」의 집필 계획이 있는데, 다자이는 '나'로 하여금 작품 집필이라는 예술 행위를 자신을 재건하는 수단으로 선택하게 하였다.

이상과 같이 『HUMAN LOST』는 '예술'이 하나의 큰 축을 이루고 있다고 할 수 있다. 다시 말해, 작가 다자이가 문예 역사상의 필연으로서 새로운 방법을 시도한 작품임과 동시에, 작품의 내용에 있어서도 예술가로서 살아가려는 다자이의 의식이 담긴 작품이라 생각된다.

2. 재생에 대한 시점

2장부터는 '예술'을 강하게 의식하는 다자이의 내면에 관하여, 현재까지 작품이 어떻게 해석되어 왔는지 선행 연구를 정리하고 그로부터 떠오르는 문제점을 명확히 해나가면서 작품 세계를 새롭게 논하겠다.

와타나베 요시노리(渡部芳紀)는 작품의 전개를 "입원 당초의 격심한 분노와 절망의 표백(表白)이 중간부터 차분하고 조용한 반성으로 옮겨가고 후반부는 다시 붉은 숯불처럼 타오르는 격심한 마음과 조용한 정념이 교착한다."라고 하고, 최종 부분에서는 '나'의 패배를 읽어냄으로써 작품에 대해 다자이의 '전기의 패배 선언'이었다고 분석했다[12].

그에 대하여 쓰카고시 가즈오(塚越和夫)는, 최종 부분의 '나'는 '원수'인

세상 사람들을 위해 기도하는 모습이 되어 있어, "소위 중기를 향한 선구적인 의미를 내포하고 있다는 점에서 간과할 수 없는 작품"이라고 중기적인 밝음을 주목했다[13]. 또한 우라타 요시카즈(浦田義和)는 작품의 흐름을 두고 "절망과 고독→비난→패배→기도"라고 한 후, "신의 권위를 빌려서 절망에서 부활이라는 제도를 손에 넣는 이야기"라고 기독교와 관련시켜 분석했다[14].

현재의 연구는 작품의 흐름에 대해서는 이견이 없으나 최종 부분인 침정화(沈静化)의 부분에 대해서는 패배인가 재생을 향한 기도인가로 논이 갈라져 있는 가운데 재생이라고 읽는 경향이 강하다. '재생'으로 읽어내고자 한다면 파비나르 완치 후, 입원 생활을 일기 형식으로 표현한 것이 어떠한 의도에 의한 것이었는지를 명확히 할 필요가 있다.

'재생'의 모티프와 작품의 형식 및 전개의 관계에 대해서는 성서와 기독교의 영향이 크다고 분석되었다[15]. 예를 들면, 궁지에 몰린 다자이가 "그리스도와의 동일화를 통해 위로받고 그리스도에게서 삶의 지침"을 찾았다는 다나카 요시히코(田中良彦)의 분석[16], "성서는 정신병원에서 다자이의 분노를 누그러뜨리고 그 고독을 위로하고 상심을 치유했다."라는 가사이 아키후(笠井秋生)의 분석[17]을 들 수 있다. 다자이는 "입원 중에는 바이블만 읽었다."[18]라고 말했는데, 정신병원에 강제로 입원하게 된 충격, 기댈 곳 없는 고독과 고뇌의 상황에서 성서와 기독교가 '부활'과 재생을 재촉했으리라고 추측하는 것은 어렵지 않다. 그리고 그러한 내면이 작품에서 형상화되면서, 후반부로 갈수록 입원 당초의 심한 분노나 원한은 잠잠해지고 "좋은 약이 되었습니다."(3일), "내가 나쁩니다."(10일)와 같이 자기반성을 하게 된다. 드디어 화해와 함께 원수까지도 사랑한다는 성구가 제시되고 퇴원하는 '12일'에는 집필 계획까지 세우게 되는 등, 확실히 재생을 읽어낼 수 있다.

단지 주의해야 할 점은 다음 부분이다. 선행 연구에서 침정화(沈静化)가 진행되었다고 이야기되는 '4일'에 "「배꽃 하나(梨花一枝)」/개조(改造) 11월호 소재(所載) 사토 하루오(佐藤春夫) 작 「아쿠타가와상(芥川賞)」을 읽고 너절한 작품이라 생각했습니다."라며 사토 하루오와 아쿠타가와상을 둘러싼 생생한 혐오감을 나타내고 있다. 또한 '마태 5:25, 26'을 제시하면서 마음을 가라앉히려고 노력한 뒤 "만추소야(晩秋騒夜), 나 완벽한 패배를 자각했다."라고 패배 선언을 하면서도, "나의 눈동자는 더럽혀져 있지 않았다."며 자신을 정당화하고 있다. 그리고 '10일'에는 "비웃음당하고 비웃음당해서 강해진다."라고 하는 데서 굴욕감이 나타나 있다. 다시 말해 '나'는 분노와 슬픔이 침정화되어 재생으로 향하고 있지만, 한편으로는 여전히 인간적인 갈등 및 그로 인한 부(負)의 감정을 질질 끌고 있음을 알 수 있다.

본고에서는 재생의 의지를 품게 되기까지 '나'의 심경의 변화에 대하여 고찰하고, 거기에 성서와 성구가 어떻게 영향을 끼쳐서 작품에 형상화되었는지를 밝혀 가겠다. 그리고 '나'의 재생과 성서 및 기독교의 관계가 그려진 작품 안과, 기독교를 향한 작가의 생각을 관련시켜 논하겠는데, 이때, 당시 작품을 집필하면서 다자이가 애독했던 「성서지식」과 작품을 비교 대조하겠다. 이 작업을 통해 기독교에 대한 다자이의 독특한 이해와 생각이 작품 형상화에 결부되어 있는 흔적을 찾아낼 수 있을 것이다.

3. ‘나’의 변화에 있어서 성서의 역할

우선 ‘13일’에서 ‘18일’까지의 ‘침묵기’는 말할 수 없을 정도의 절망과 고독, 끝없는 슬픔과 고뇌가 표현되어 있을 뿐, 성서 이야기는 없다.

다음의 ‘19일’에서 ‘27일’까지는 ‘분노, 공격, 욕설, 저주’의 시기이다. ‘나’는 ‘23일’, “꽃 한 송이, 배 한 개도 투입하지 않는” 처를 시작으로 ‘25일’에는 병원과 의사에 대한 비판, 나아가 주변 사람을 향한 비난과 함께 자신의 옳음을 주장하고 있는데, 여기서 이시다 다다히코(石田忠彥)는 “신뢰와 애정에 대한 절실한 희구”19)를, 가네히로 가즈키(兼弘かづき)는 동일하게 “다른 사람과의 관계성을 간절히 추구하는 심정”20)을 분석해냈다.

확실히 ‘나’는 ‘23일’의 「아내를 욕하는 글(妻をののしる文)」을 시작으로 “금붕어도 그냥 키우면 한 달 남짓도 목숨을 유지 못 한다.”라는 표현을 4회 반복하고 있으며, 또한 “진실한 사랑의 모양”, “자신감을 가지고 사랑해 주세요.”, “남편 하나도 사랑하지 못 했다.” 등의 ‘사랑’이라는 표현도 함께 쓰고 있다. 여기서, 자신이 단지 사료로 길러지는 금붕어와 같은 존재임을 자각하고, 사랑해 주기를 호소하고 있음을 알 수 있다. 이 시기는 다른 사람에게 욕을 퍼부으며 자신의 옳음을 반복해서 주장하는 시기인데, 그러한 자기 정당화의 과정에 있어서 다음과 같이 그리스도를 인용한 점은 중요하다.

・規約の槍玉にあげられた鼻のまるいキリスト。(二十三日)
규약에 따라 희생물로 매달린 코가 둥근 그리스도(23일)

・私は、「おめん!」のかけごゑのみ盛大の、里見、島崎などの姓名
によりて代表せられる老作家たちの剣術先生的硬直を避けた。
キリストの卑屈を得たく修業した。(二十六日)
나는 "오멘!"의 소리만 성대한, 사토미, 시마자키 등의 이름으로 대표
되는 노작가들의 검술선생적 경직을 피했다. 그리스도의 굴욕을 얻고
자 수업했다.(26일)

'나'는 "규약에 따라 희생물로 매달린 코가 둥근 그리스도"라 하면서,
바리새인과 율법학자들에 의해 십자가에 매달린 그리스도와 무죄임에도
불구하고 강제 입원된 자신을 중첩시키고 있다. 또한 "그리스도의 굴욕을
얻고자 수업(修業)했다."라고 했듯이, 그리스도가 받은 비참함과 굴욕을
시야에 두고 입원 생활을 "그리스도의 굴욕"을 얻기 위한 수업으로 생각함
으로써 현재 상황을 어떻게든 벗어나고자 하였다.

그리고 선행 연구에서 '나'는 '28일'부터 '침정화(沈静化)'의 단계에 들
어간다고 분석하지만, 그렇다고 해도 '29일'에는 아래와 같은 내용을 볼
수 있다.

十字架のキリスト、天を仰いでゐなかつた。たしかに。地に満つ
人の子のむれを、うらめしさうに、見おろしてゐた。
십자가의 그리스도, 하늘을 우러러보고 있지 않았다. 확실히. 땅에 가득
한 사람들의 무리를 원망스럽게 내려다보고 있었다.

이와 같이, 자신과 중첩시켰던 그리스도를, 하늘을 우러러보고 있는 성
서의 그리스도와는 달리 "땅에 가득한 사람들의 무리를 원망스럽게 내려
다보고 있었다."라고 표현한다. '나'는 아직도 아내나 친구, 선배 등을 두

고 자신을 "뇌병원에 처넣은" 사람으로 "원망스럽게" 생각하고 있는 것이다. 그러나 이렇게 복잡하게 뒤얽힌 심정이 변하여 그 후에는 "손의 패, 댕그랑 내버리고 웃어라."라며 자신의 패배를 의식하고 인정한다.

그리고 나폴레옹(31일), 사네토모(実朝)(1일), 네로(4일) 등 과거에 패배한 영웅들을 생각하면서 종국에는 "물이 불보다도 강함을 알아라. 그리스도의 부드러운 위엄이야말로 배워라."라고 하는 데서 볼 수 있듯이, 그리스도의 부드러운 위엄이야말로 참된 위엄이며, 따라서 그리스도만이 부드러운 위엄을 가진 인물이라고 말하게 된다. 나긋나긋한 약함과 부드러움, 다정함에 가치를 두려고 하는 것이다. 여기서 생각하고 싶은 것은, 다음과 같은 성구를 제시한 후 "나 완벽한 패배를 자각했다."라고 '완벽한 패배'를 고백하고 있다는 점이다.

> 「なんぢを訴ふる者とともに途に在るうちに、早く和解せよ。恐くは、訴ふる者なんぢを審判人にわたし、審判人は下役にわたし、遂になんぢは獄に入れられん。誠に、なんぢに告ぐ、一厘も残りなく償はずば、其処をいづること能はじ。」
>
> (マタイ五の二十五、六。)
>
> "너를 송사하는 자와 함께 길에 있을 때에 급히 사화하라 그 송사하는 자가 너를 재판관에게 내어주고 재판관이 관예에게 내어주어 옥에 가둘까 염려하라 진실로 네게 이르노니 네가 호리라도 남김이 없이 다 갚기 전에는 결단코 거기서 나오지 못하리라."
>
> (마태복음 5장 25, 26절)[21]

성구 제시에 관하여 가와무라 마사토시(河村政敏)는, '나'가 그리스도와 "같은 상처를 서로 어루만지고, 같은 프라이드, 같은 굴욕 가운데 사는 사람으로서” “인간세계로부터 차단되고 언제 해방될지 모르는 초조함 가운데 선천적인 자학적 신경까지 함께” 생겨났다고 하면서, 자신과 그리스도가 중첩되는 시점을 지적했다22). 지금까지 그리스도와 자신을 중첩시켜 온 ‘나’는 여기에서 그리스도의 부드러운 위엄을 배우려는 입장을 취하고 있고, 따라서 성구에 대해서도 자신이 취할 방법을 배웠을 것이다. 또한 다구치 리쓰오(田口律男)는 “‘성서’, 소위 율법에 대한 굴복”이며, “역설적으로 타인에 대한 사랑과 연대를 가능하게 하는, 그러한 성질의 신앙의 발로”를 읽어낼 수 있다고 했는데23), 이 단계에서 “타인을 향한 사랑”까지 읽어낼 수 있을지는 재고의 여지가 있다. 여기에서는 주위 사람과의 거리를 의식한 ‘나’의 가슴에 “옥에 갇혀”, “거기서 나오지 못하리라”라는 성구가 떠오른 것이다. 다시 말해, 전과 같이 사람들에게 책임 전가를 하는 것이 아니라 “급히 사화하라”가 떠오른 것이며, 소극적이지만 자신의 삶의 규범으로서 성구에 매달려 어떻게든 살아가려는 모습을 알 수 있다. 그로 인해 마지막 부분에서 ‘나’는 “제가 나쁩니다.”(10일)라고 자기반성을 하고, 마침내 “오른쪽의 두 작품, 계획이 되어 있기에 천천히 써 나갈 생각입니다.”라고 창작을 향한 결의를 말하는 것이다. 말은 이렇게 하지만 “昭和11년 10월 13일부터 한 달 동안 도쿄 시 이타바시 구(板橋区) M뇌병원에 재원(在院), 파비나루 중독 전치(全治)”, “11년 11월부터 12년(29세) 6월 말까지 요양소 생활”, “12년 7월부터 13년(30세) 10월 말까지 도쿄에서 4, 5시간 이상 걸리는 (찾아오는 손님이 적겠지) 요양소에 20엔 내외의 집을 빌려서 정양(静養)”이라고 되어 있는 것처럼 완전한 사회 복귀를 생각하는 것은 아니라고 할 수 있다.

또한 작품의 후반부에는 다음과 같이 마태복음 5장 44절에서 48절까지

의 성구가 고딕체로 기록되어 있어 작품 전체의 메시지와 같은 역할을
하고 있다.

汝らの仇を愛し、汝らを責むる者のために祈れ。天にいます汝ら
の父の子とならん為なり。天の父はその陽を悪しき者のうえに
も、善き者のうえにも昇らせ、雨を正しき者にも、正しからぬ者
にも降らせ給うなり。なんじら己を愛する者を愛すとも何の報を
か得べき、取税人も然するにあらずや。兄弟にのみ挨拶すとも何
の勝ることかある、異邦人も然するにあらずや。然らば汝らの天
の父の全きが如く、汝らもまた、全かれ。
너희 원수를 사랑하며 너희를 핍박하는 자를 위하여 기도하라 이같이
한즉 하늘에 계신 너희 아버지의 아들이 되리니 이는 하나님이 그 해를
악인과 선인에게 비취게 하시며 비를 의로운 자와 불의한 자에게 내리
우심이니라 너희가 너희를 사랑하는 자를 사랑하면 무슨 상이 있으리요
세리도 이같이 아니하느냐 또 너희가 너희 형제에게만 문안하면 남보다
더 하는 것이 무엇이냐 이방인들도 이같이 아니하느냐 그러므로 하늘에
계신 너희 아버지의 온전하심과 같이 너희도 온전하라

이것은 앞에서 말한 "옥에 갇혀" "거기서 나오지 못할" 것을 걱정하여
사람들과 화해할 것을 재촉하는 소극적인 수준의 것이 아니라 "하늘에
계신 너희 아버지의 온전하심과 같이 너희도 온전하라.", "너희 원수를
사랑하며 너희를 핍박하는 자를 위하여 기도하라."라는 구절에서 알 수
있듯이, 원수를 사랑하여 기도한다는 보다 적극적인 모습이다. '나'는 아
직 사람들을 향한 미움과 굴욕감을 품고 있지만, 이러한 성구를 제시함으
로써 그 말에 기대어 어떻게든 인간적인 갈등을 극복하려는 생각이 있음
을 알 수 있다. 다시 말해, 지푸라기라도 잡는 심정으로, 궁지에 몰린 절박

한 심정에서 극복해가고자 하는 절실함을 읽어낼 수 있는 것이다.

여기에서는 비록 나르시시즘에 빠져 자기중심적으로 성구 인용을 했다고는 하나, 말씀의 위엄에 기대어 그 힘에 의해 아직 불안정한 자기 자신을 어떻게든 재건해가려는, 일기를 쓴 '나'와 작품을 쓴 다자이의 재생을 향한 의지가 성서를 향한 동경과 중첩되어 표현되었다고 볼 수 있다.

다자이의 재생을 향한 의지로서 창작 의욕의 문제에 대해서는 작자의 행적을 말하는 것으로 뒷받침할 수 있다. 사토 하루오(佐藤春夫)의 소개로 1936년(昭和11) 2월 10일부터 23일까지 입원한 다자이는 파비나르 중독 치료에 최선을 다하지 않아 결국 완치되지 못한 채 퇴원했다[24]. 그러나 이후 11월 한 달간의 입원 후에는 완치되었고, 이로써 중독을 극복했다는 자부심과 자신감을 갖게 되었을 것이다. 또한 입원 중 금단증상이 가라앉은 이후부터는 성서와 아사히신문을 읽고 집필 의뢰도 받았다. 이를 통해 창작 의욕이 일어나고, 퇴원을 목표로 재생을 향한 희망을 확고히 품었으리라 생각된다. 작품은 한 달간의 입원을 통해 파비나르 중독을 완치했다는 다자이의 자부심과 높아진 창작 의욕에 의해, 퇴원 직후 입원 생활을 일기 형식으로 상대화하여 쓴 구성을 갖추었으며, 그러한 작품 구성에는 다자이의 의도가 담겨져 있다고 할 수 있다.

다자이에게 『HUMAN LOST』는 이제까지의 자신의 관념적 문장을 바꾸는 현상 타파를 향한 강한 각오를 읽어낼 수 있는 작품이며, 그러한 의미로 다자이의 터닝 포인트 작품이라는 위치를 부여할 수 있다.

4. 『HUMAN LOST』와
「성서지식(聖書知識)」의 관련

3장에서, 작중의 기독교에 관한 부분과 인용된 성구가 각 장면에서 중요한 역할을 하고 있음을 확인했다. 특히 지금까지 논한 '나'의 재생에 있어서, 기독교와 성구가 그것을 촉진시켰음을 밝혔다. 그런데 다자이가 인용한 성구는 어떻게 선택되었을까? 작품에 인용된 성구는 다자이의 성서 및 성구에 대한 이해와 해석을 배경으로 선택되었을 것이다. 4장에서는 다자이의 성구에 대한 이해와 해석에 영향을 준 것으로서 지금까지 언급된 적이 없는 「성서지식」에 대해 논하겠다. 다시 말해 기독교에 관한 표현은 『HUMAN LOST』에서 작품 형성의 요소 중 하나를 차지하고 있는데, 이 장에서는 성서에만 머무르지 않고 「성서지식」이 작품에 준 영향에 대해서 검토하고, 다자이의 기독교에 대한 의식을 고찰하겠다. (이하에서는 【표1】을 참조 바람)

우선 (A)에 관해서이다.

· 規約の槍玉にあげられた鼻のまるいキリスト。(二十三日)
  규약에 따라 희생물로 매달린 코가 둥근 그리스도(23일)

· 私は、「おめん!」のかけごゑのみ盛大の、里見、島崎などの姓名によりて代表せられる老作家たちの剣術先生的硬直を避けた。キリストの卑屈を得たく修業した。(二十六日)
  나는 "오멘!"의 소리만 성대한, 사토미, 시마자키 등의 이름으로 대표되는 노작가들의 검술선생적 경직을 피했다. 그리스도의 굴욕을 얻고

자 수업했다.(26일)

· 十字架のキリスト、天を仰いでゐなかつた。たしかに。地に満
つ人の子のむれを、うらめしさうに、見おろしてゐた。(二十九
日)
십자가의 그리스도, 하늘을 우러러보고 있지 않았다. 확실히. 땅에 가
득한 사람들의 무리를 원망스럽게 내려다보고 있었다.(29일)

마태복음 27(시역) 39-44절(「성서지식」 제75호, 昭和11・3)에는 십자
가에 매달려, 지나가는 사람들과 제사장들, 학자들, 장로들에게 조롱당하
고 저주받는 치욕의 그리스도상(像)이 상징적으로 그려지고 있는데, 이것
은 위의 인용 부분과 같이 작품에서 그려지는 모습과 동일하다. 또한 「예
수전 연구 제21강 - 기독교와 지상왕국 - 누가복음 4장 5-8절」(「성서지식」
제18호, 昭和6・6)의 "그러나 그것은 너무나도 비참했다. 그는 30년의
시간이 무색하게 빈손으로 아버지가 계신 곳으로 돌아가야만 했던 것이
다. 그는 아버지 되신 하나님에게 호소했을 것이다. '아버지! 저는 이제
와서 죽음을 두려워하지 않습니다. 무엇 때문에 두려워하겠습니까? 십자
가의 굴욕도 두려워하지 않습니다. 그러나 당신이 명하신 하나님 나라의
건설은 어떻게 되는 것입니까? 제자 중 한 사람은 나를 팔았습니다. 남은
열한 사람은 양처럼 도망가버렸습니다. 원수는 승리를 자랑하고 있습니
다. 아버지, 그것이 보이시면 저를 구원하소서. 저들은 '십자가에서 내려
오라, 내려오면 믿어 주겠다'고 말하고 있습니다. 하나님, 내려가면 안 됩
니까? 그리고 단번에 하나님 나라를 건설하면 안 됩니까? 하나님, 당신은
들리지 않습니까? 아아, 하나님, 나의 하나님, 아버지, 당신은 나를 버리신

것입니까!'"25)에 있어서는 십자가에 달린 비참한 그리스도상이 묘사되었다. 그리고 「예수전 연구 제89강 수난 예고 제1 - 인자의 숨은 뜻 - 마태복음 16장 21절」(「성서지식」제71호, 昭和10·11)에 있어서는 십자가상에서 "전 생애의 유일한 힘이자 목적이었던 하나님조차 잃어버리고 보기 흉하게도 엘리, 엘리를 부르짖으셨다.", "살아있어서 치욕 받고, 죽어서 치욕 받는 사람"이라고까지 적혀 있어 역시 일관되게, 작품에 보여지는 대로 굴욕과 치욕의 그리스도상이 기록되어 있다.

이와 같이 그리스도를 주목함에 있어서 십자가상의 치욕의 그리스도상을 주목한다는 것은 다자이의 독특한 그리스도 이해법이라 할 수 있으며, 여기에서 「성서지식」과 다자이의 묘사에는 관계성이 있다고 할 수 있겠다.

두 번째로 (E)에 관해서이다.

> おめん!の声のみ盛大の二、三の剣術先生を避けたにすぎぬ。水の火よりも勁きを知れ。キリストの嫋々の威厳をこそ学べ。」(四日)
> "오멘!"의 소리만 성대한 2, 3의 검술선생을 피한 것에 지나지 않는다. "물이 불보다도 강함을 알아라. 그리스도의 부드러운 위엄이야말로 배워라."(4일)

이 "그리스도의 부드러운 위엄"이라는 것은 약함의 긍정을 말하는 것이다. 「예수전 연구 제33강 - 폭풍우를 잠잠케 하시다 - 마태복음 8장 23-27절」(「성서지식」제28호, 昭和7·4)에는 기적을 행하는 예수의 모습이 정말로 이 "부드러운 위엄"과 통한다고 적혀 있다. 미친 듯이 날뛰는 바람과 바다를 대하여 "조용히 제자들을 타이르고 '어찌하여 두려워하는가, 믿음이 약한 자들아!'라고 말하면서 서서 바람과 바다를 꾸짖으시니 바람과 바다가 잠잠해지고 잔잔해졌다."라고 묘사한 부분인데, 그때의 예수의 태도에 대해서 "어찌나 조용하고", "처녀처럼 부드럽고 온화하며 섬세하다."라고 표현되었다. 또한 「우신 예수」(「성서지식」제71호, 昭和10·12) 등과 같이 「성서지식」에는 그리스도의 약함을 강조한 기술이 많은 것도 특징이어서 작중의 그리스도상과 중첩된다고 할 수 있다.

　세 번째로 (F)에 관해서이다.

　　(キリスト伝。)(十二日。)
　　一、「猶太の王。」
　　(그리스도전)(12일)
　　1. 「유다의 왕」

　지금까지 살펴본 (A), (E), (F)에서 명확히 확인되었듯이, 작품에는 예수 그리스도에 대해 '그리스도'라는 표현이 많고, 특히 "규약에 따라 희생물로 매달린 코가 둥근 그리스도", "그리스도의 굴욕", "십자가의 그리스도" 등 '십자가의 그리스도상'에 초점이 맞춰져 있다. 「성서지식」은 「우치무라(內村) 선생님의 말」(「성서지식」제28호, 昭和7·4)의 "십자가가 없는 산상수훈을 설교해서는 안 된다."는 부분과 「잡감잡록(雜感雜錄)」(「성서지식」제43호, 昭和8·7)의 "'십자가에 달리신 그리스도 외에는 아무것도 알지 않기로 작정하였다'는 바울"의 부분 등, 그리스도의 십자가의 사랑이나 그 신앙을 중심으로 설교하고 있는 것이 명확하며, 이러한 「성서지식」의 본연의 자세가 작품에 영향을 끼치고 있다고 추정할 수 있다.

　또한 3장에서 '나'는 바리새인과 율법학자들에 의해 십자가에서 처형된 그리스도와, 무죄임에도 강제 입원된 자신을 중첩시키고 있다고 서술했는데, 특히 「키리시탄·바테렌」, 「예수전 연구 제60강 사탄 대 그리스도인 - 사람의 힘인가 신의 힘인가 - 마태복음 12장 22-29절」(둘 다 「성서지식」 제47호, 昭和8·11)에 "그리스도 자신은 가족에게는 미치광이라고 여겨지고 동족에게는 귀신들린 자라고 여겨졌다."라고 되어 있는 부분은 주의해야 한다. 그리스도가 가족과 주변 사람에게 "미치광이"로 다루어졌다는 것은 정신병원에 들어와 있는 '나'에게 있어서 가장 공감을 일으키는 것이며, 그러한 "미치광이" 취급을 받은 그리스도상으로부터 '나'는 위로를 얻고 있었던 것이다.

네 번째로 (B)의 "성서 한 권에 의해 일본의 문학사는 예전에 없었던 선명함을 가지고 명확하게 양분되어 있다. 마태복음 28장, 다 읽는 데도 3년 걸렸다. 마가, 누가, 요한, 아아, 요한복음의 날개를 얻는 날은 언제인가?"에 관한 것이다.

작품의 "성서 한 권에 의해 일본의 문학사는 예전에 없었던 선명함을 가지고 명확하게 양분되어 있다."라는 표현을 잘라 보면 "성서 한 권"에 의해 "일본의 문학사"는 "양분되어 있다"라는 구조이다. 「성서지식」에는 「예수전 연구 제10강 - 예수 탄생 - 누가복음 2장 1-20절」(「성서지식」제12호, 昭和5·12)의 "실로 예수의 탄생은 세계 역사를 양분하고 우주의 역사를 양분했다.", 「예수전 연구 제10강 - 악마에게 홀려 벙어리가 된 한 사람의 마음에 둥지를 튼 최후의 악마 - 마태복음 9장 32-34절」(「성서지식」제32호, 昭和7·8)의 "즉 예수의 출현에 의해서 유대인은 양분되어, 서는 사람과 무너지는 사람이 생겼다.", 「예수전 연구 제52강 천국의 쟁탈전 - 절대 신뢰와 노력 - 마태복음 11장 12-15절」(「성서지식」제40호, 昭和8·4)의 "요한으로 인해 세계의 역사는 분명히 양분되어"라고 하는 예와 같이, "예수의 생"에 의해 "세계 역사", "우주사"가 "양분되었다"는 표현, "요한"에 의해 "세계 역사"가 "양분되었다"는 표현에 있어서 같은 구도를 가지고 있으므로 그 영향을 추측할 수 있다.

작중에는 "마태복음 28장, 다 읽는 데도 3년 걸렸다."라고 한 부분이 있다. 「성서지식」에는 쓰카모토 도라지(塚本虎二)의 「마태복음(시역(試譯)」이 제49호(昭和9년 1월)부터 제77호(昭和11년 5월)까지 게재되었으며, 그 기간은 약 3년으로, 작중의 기술과 상응하고 있다. 다자이가 성서를 읽기 시작한 시기26)에 관하여 선행 연구에서는, 명확하지는 않으나 『HUMAN LOST』의 "마태복음 28장, 다 읽는 데도 3년 걸렸다."라고 한 부분을 근거로, 입원했던 1936년(昭和11) 10월 아니면 『HUMAN LOST』의 집필 시기인 같은 해 11월에서 3년을 뺀 시점, 즉 昭和8년 또는 9년부터 다자이가 마태복음을 비롯해 성서를 읽기 시작했으리라는 설이 있다. 그러나 한편으로 『HUMAN LOST』가 입원 경험을 소재로 하여 쓴 문학작품이라는 점을 생각하면, "마태복음 28장, 다 읽는 데도 3년 걸렸다."라는 부분도 「성서지식」을 읽고 있던 다자이가 약 3년간 게재된 쓰카모토 도라지의 「마태복음(시역)」을 의식하며 문학적 감성을 살려 작품에 담은 것이라고도 생각할 수 있다. 역시 『HUMAN LOST』와 「성서지식」의 관계는 농후하다고 생각된다. 또한 다자이는 「마태복음」에 가장 깊이 영향을 받았다고 여겨지며, 작품에 있어서도 마태복음의 인용이 상당히 많다. 사실 「성서지식」에는 시역한 「마태복음」뿐만 아니라, 그 강해인 「예수전 연구」(제6호, 昭和5년 6월부터)에서도 「마태복음」이 많이 취급되고 있었다. 당시 다자이는 야마기시 가이시(山岸外史)와의 교류를 통해서 성서에 대한 생각을 굳히고 스스로 열심히 읽었으며, 또한 히레자키 준(鰭崎潤)이 가져다 준 「성서지식」을 읽음으로써 그 이해가 깊어질 수 있었기에 「마태복음」을 작품에 많이 인용하게 되었다고 생각한다.

다섯 번째로 (D)의 "구하라 구하라 절실하게 구하라, 입으로 소리 질러 구하라 (중략) 두드리라 오백 번 두드려 문 안에서 대답이 없으면 천 번 두드려라 천 번 두드려 문이 열리지 않으면 문을 기어올라라."와, (G)의 "너를 송사하는 자와 함께 길에 있을 때에 급히 사화하라 그 송사하는 자가 너를 재판관에게 내어주고 재판관이 관예에게 내어주어 옥에 가둘까 염려하라 / 진실로 네게 이르노니 네가 호리라도 남김이 없이 다 갚기 전에는 결단코 거기서 나오지 못하리라."(마태복음 5:25, 26), (H)의 "너희 원수를 사랑하며 너희를 핍박하는 자를 위하여 기도하라 이같이 한즉 하늘에 계신 너희 아버지의 아들이 되리니 이는 하나님이 그 해를 악인과 선인에게 비취게 하시며 비를 의로운 자와 불의한 자에게 내리우심이니라 너희가 너희를 사랑하는 자를 사랑하면 무슨 상이 있으리요 세리도 이같이 아니하느냐 또 너희가 너희 형제에게만 문안하면 남보다 더 하는 것이 무엇이냐 이방인들도 이같이 아니하느냐 그러므로 하늘에 계신 너희 아버지의 온전하심과 같이 너희도 온전하라."에 관해서이다.

이 세 부분은 「마태복음」 5장에서 7장까지의 '산상수훈'에 나오는 말이다. 앞에서도 언급했듯이 「성서지식」의 「마태복음 연구」에서는 '산상수훈'을 다루고 있지 않다. 그러나 「잡감잡록」(「성서지식」제 53호, 昭和 9·5)에는 "하루종일 마태복음 5장을 개역(改訳)했다. 예수의 말은 너무 평명단순(平明単純)하여 부연을 허락하지 않는다."라고 되어 있으며, 다자이가 "평명단순"한 '산상수훈'을 자신의 모토로 삼은 것은 쉽게 추측할 수 있다.

특히 작품 최종 부분(H)의 마태복음 5장 44-48절이 고딕체로 제시된 것은 여전히 사람들에 대한 미움과 굴욕감을 품고 있으면서도 이 성구를 제시함으로써 그 말에 매달려 어떻게든 인간적인 갈등을 극복하고자 하는 <나>의 생각이 내포되어 있다. 그리고 그 성구의 내용은 「성서지식」의 「예화의 연구(제3회) 예화를 푸는 법(친절한 사마리아인의 예화)」(「성서지식」제5호, 昭和5·5)에 제시된 원수도 사랑하라는 이웃 사랑의 가르침이다. 다시 말해 작품은 「성서지식」이 말하는 이웃 사랑을, '산상수훈'의 성구를 제시함으로써 보다 명확히 '나'가 매달려야 할 모토로 나타내고 있다고 생각한다.

이상과 같이 작품과 「성서지식」의 대응 개소를 대조한 결과, 작품 속 '나'의 재생 시동을 그리는 것에 있어서 「성서지식」의 에센스가 효율적으로 작용하고 있음을 알 수 있었다. 다시 말해 '나'는 그리스도에게 주목─특히 십자가상의 치욕의 그리스도상(像)과 약함을 강함으로 하는 그리스도상에 주목─하고 있는데, 이러한 독특한 다자이의 그리스도상은 「성서지식」에서 떠오르는 그리스도상이다. 교회에 출석하지 않고 개인적으로 성서를 읽기 시작한 다자이가 「성서지식」에 의지하여 성서 이해의 깊이를 더해 갔다고 한다면, 「성서지식」의 에센스 부분에 영향을 받는 것은 당연하지 않은가? 성서와의 만남 초기에 다자이가 「성서지식」으로부터 받은 영향은 에센스 부분이며, 그 「성서지식」의 에센스 부분을 문학적으로 부풀려서 『HUMAN LOST』에 반영한 것이다. 당연한 일이지만, 여기에는 당시 다자이의 기독교, 「성서지식」에 대한 관심의 일단(一端)이 강하게 반영되어 있다고 할 수 있다.

『HUMAN LOST』는 당시 작가로서 예술의 표현 방법을 모색하던 다자이의 방법론을 배경으로 파비나르 중독에 의한 입원이라는 괴로운 체험으로부터 기독교와 성구에 기대어 어떻게든 다시 서려는 재생으로의 시동이 그려진 작품이다. 그리고 그 기독교에는 「성서지식」으로부터의 영향이 있었다.

【표1】『HUMAN LOST』와 「성서지식(聖書知識)」의 대응 부분
(밑줄 인용자, 이하 동일)

	『HUMAN LOST』	「聖書知識」の対応箇所
(A)	・規約の槍玉にあげられた鼻のまるいキリスト。(二十三日) ・私は、「おめん！」のかけごゑのみ盛大の、里見、島崎などの姓名によりて代表せられる老作家たちの剣術先生的硬直を避けた。キリストの卑屈を得たく修業した。(二十六日) ・十字架のキリスト、天を仰いでゐなかつた。たしかに。地に満つ人の子のむれを、うらめしさうに、見おろしてゐた。(二十九日)	●「マタイの福音書二七(試訳)」三九—四四節 「聖書知識」第75号　昭和11・3 通りがかりの人々が頭を振り彼を譏つて言うた、「お宮を打壊して三日で建てるといふお方、若し本当に神様の子なら、一つ自分を救つて十字架から降りて来てみたらどうだ！」同じやうに祭司長達【も亦】学者達、長老達と一緒に彼を嘲弄して言うた、「あの男、他人は救つたが自分は救へないぢやないか。イスラエルの王様ださうだ！ さあ、降りられたら、今十字架から降りて来るがいい。さうしたら俺達も彼を信じよう。『彼は神に依り頼めり。[神]若し彼を悦び給へかし』だ！ 彼は『自分は神の子だ』と言うたのだから。」彼と一緒に十字架につけられた強盗共も同じやうに彼を罵つた。 ●「イエス伝研究第二十一講　基督教と地上王国　ルカ伝第四章五—八節」「聖書知識」第18号　昭和6・6 (六)最後最大の試惑は、勿論十字架の死であつた。我等は十字架上のイエスの御心に想ひ到ることは出来ない—勿論、何人にそれが出来やう！ しかし、それは余りにも悲惨であつた。彼は三十年の雄図空しく、空手にて父の

		御許に帰り給はねばならないのである。彼は父なる神に愬へ給うたであらう、「お父う様！私は今更死を恐れません。何で恐れませう。十字架の屈辱をも厭ひません。しかし、貴神に命ぜられた神の国の建設は、如何なるのです。弟子の一人は私を売りました。残る十一人は羊のやうに逃げてしまひました。敵は勝ち誇つて居ります。お父う様、あれがお見えにならば自分を救へ、十字架から降りて来い、降りて来たら信じてやらう」といつて居ります。神様、降りてはいけませんか。そして一挙に神の国を建ててはいけませんか。神様、貴神はお聞こえにならないのですか。ああ、神様、私の神様、お父う様、貴神は私をお見捨てになつたのでありますか！ しかし、神の子は勝つた。彼は、「お父う様、私の霊を御手にお任せします」と言うて、息絶え給うた。 ●「イエス伝研究第八十九講　受難予告第——人の子の奥義—　マタイ伝代十六章二一節」「聖書知識」第71号　昭和10・11 神の子を以て自ら許しながら十字架を負はされ、而もその重荷に堪へ兼ねてその下に倒れた彼、「自分を救へないのか」と罵り嘲られた彼、全生涯の唯一の力また目的であつた神をすら見失つて、見苦しくもエリ、エリを叫び給うた彼—私達は彼以上に生恥、死恥をかきし人を知らない。彼の生涯は苦しむ為、恥をかく為、死ぬる為の生涯であつたとしか思はれない。
(B)	聖書一巻によりて、日本の文学史は、かつてなき程の鮮明さをもて、はつきりと二分されてゐる。マタイ伝二十八章、読み終へるのに、三年かかつた。マルコ、ルカ、ヨハネ、	●「信州の少女より」「聖書知識」第41号　昭和8・5 塚本言ふ　彼女は信州の片田舎で、父なく母なく、ただ一巻の聖書と「聖知」とに頼りつつ、弟妹を擁して、よと戦ひ、異教と戦つてゐる。 ●「雑感雑録」「聖書知識」第48号　昭和8・12 世界を震撼させた聖書一巻がワルトブルヒ城深くなされつつあつたことを、非常時を叫ぶ現

	ああ、ヨハネ伝の翼を得るは、いつの日か。(二十六日)	下の日本において、只今先生が新町の奥深く静かに、顧みられず従事せられつつあるのではありますまいか。 ●「イエス伝研究第十講　イエス誕生　ルカ伝第二章一—二十節」「聖書知識」第12号 昭和5・12 実にイエスの誕生は世界歴史を二分し、宇宙史を二分した。 ●「イエス伝研究第十講　　悪魔に憑かれたる唖者一人の心に巣食ふ最後の悪魔—　マタイ伝第九章三二—三十四節」「聖書知識」第32号 昭和7・8 すなわちイエスの出現によつてユダヤ人は二分され、起つ人と倒るる人とが出来たのである。 ●「イエス伝研究第五十二講　天国の争奪戦—絶対信頼と努力—　マタイ伝第十一章十二—十五節」「聖書知識」第40号　昭和8・4 すなわち、ヨハネの出現と共に預言時代は終わつて、預言はその実現時代に入つたのである。換言すれば、ヨハネを以て旧約時代は終り、新約時代が始まつたのである。(中略) 然り、ヨハネを以て世界歴史は明らかに二分されたのである(本誌第十二講「洗礼者ヨハネの誕生」)。 ★「マタイ伝(試譯)」　第49号(昭和9・1)から第77号(昭和11・5月)まで
(C)	われらこそ、光の子に、なり得る、しかも、すべて、あなたへの愛のため。(二十六日)	●「ヨハネ伝講義(第五回)ロゴスと人類」「聖書知識」第5号　昭和5・5 彼は実に「世の光」であつた(八の十二、九の五)。彼を信ずる者は「光の子」であつて、光の子のみが永遠の生命を有つ(十二の三五、三六)。 ★ヨハネ伝
(D)	求めよ、求めよ、切に求めよ、口に叫んで、求めよ。(中略)たたけ、五百度たたきて門	●「マタイの福音書七(試訳)」七—十一節　「聖書知識」第55号　昭和9・7

	の内こたへなければ、千度たたかむ、千度たたきて門、ひらかざれば、すなはち、門をよぢのぼらむ(中略)(二十六日)	
(E)	おめん！の声のみ盛大の二、三の剣術先生を避けたにすぎぬ。「水の火よりも勁きを知れ。<u>キリストの嫋々の威厳をこそ学べ。</u>」(四日)	●「イエス伝研究第三十三講暴風雨を静め給ふマタイ伝第八章二三―二七節」「聖書知識」第28号　昭和7・4 ・イエスは目を覚まし給うた。そして静かに<u>弟子達</u>をたしなめて、「何故臆するのか、信仰のうすい者共よ！」と言ひながら、<u>起(マ)つて(マ)、風と海を「禁め」</u>給うたところが、<u>風止み、海静まつて、大なる凪となつた。人々は、「これは一体何人であるか、風も生みもその命令に従うといふのは！？」</u>と言うて懼れ怪しんだ。 ・イエスの態度の何と<u>静かにして乙女のごとく</u>であるか。 ・彼は福音書が示すやうに、<u>乙女の如く柔和であり、敏感</u>であつた。 ●「泣き叫び給うたイエス」「聖書知識」第71号　昭和10・12 基督教の最大特徴は、主イエスが神の子であると同時に人の子であり給ふ点にある。而も弱い弱い人間であり給ふ点にある。
(F)	一、「<u>猶太の王。</u>」(キリスト伝。)(十二日。)	●「雑感雑録」「聖書知識」第5号　昭和5・5 来月号よりは、また傍目をふらずただ聖書の研究のみに没頭したく思ふ。二回休載した譬話を続ける。また<u>新たに丸の内講演の「キリスト伝」を始める。</u>大分大仕掛である。しかし<u>キリスト伝であるならば、全生涯をかけても遺憾</u>はない。 ★「イエス伝研究」の連載(「聖書知識」第6号　昭和5・6から) ●「雑感雑録」「聖書知識」第43号　昭和8・7 ギリシヤ語の組でコリント前書第二章を勉強して、「<u>十字架につけられたキリストの外は何</u>

		も知るまいと決心した」とのパウロの言によつて、自分の無学に対する慰めと、伝道に対する安心とを与えられた。私も亦十字架の外は何も知らない。知りたくない。 ●「キリシタン・バテレン」「聖書知識」第47号　昭和8・11 見よ、キリスト自身、家族には気狂ひと思はれ、国人には鬼に憑かれた者と信ぜられたのである。弟子は師に勝らず。両来千九百年、真面目に神を信じ、正直にキリストの足跡を歩いたほどの人は、悉く変人扱ひをされ、気狂ひ扱ひをされたのである。そして我ら如き不徹底なるクリスチャンまでが、家族にも、友人にも、国人にも、変わり者と言はれ、非常識と罵られ、何々狂、何々症とまで診断される。 ●「イエス伝研究　　第六十講　　サタン対キリストー人の力か神の力かー　マタイ伝第十二章二二—二九節」「聖書知識」第47号　昭和8・11 但し、マルコ伝の冒頭にある 斯てイエス家に入り給ひしに、群集また集り来りたれば、食事する暇もなかりき。その親族の者これを聞き、イエスを取り押へんと出で来る、イエスを狂へりと謂ひてなり(二十一二一) といふ著しい記事を省略してゐる。マタイは、イエスの親族の者—多分母マリア及び兄弟たちを指すものであらう—がイエスを気狂と言つて、彼を取り押へようとした、ということを書くことを好まなかつたのであらう(本誌四五号「人の子イエス」を見よ。)兎に角、その親族の者がイエスを解し得なかつたことは事実であらう。
(G)	「なんぢを訴ふる者とともに途に在るうちに、早く和解せよ。恐くは、訴ふる者なんぢを	●「内村先生の言」「聖書知識」第28号　昭和7・4 十字架の伴はない山上の垂訓を説いてはならぬ。 ●「雑感雑録」「聖書知識」第53号　昭和9・5

	審判人にわたし、審判人は下役にわたし、遂になんぢは獄に入れられん。 　誠に、なんぢに告ぐ、一厘も残りなく償はずば、其処をいづること能はじ。」(マタイ五の二十五、六。) (四日)	一日がかりでマタイ伝第五章を改訳した。イエスの言は余りに平明単純であつて、敷衍を許さない。
(H)	汝らの仇を愛し、汝らを責むる者のために祈れ。天にいます汝らの父の子とならん為なり。天の父はその陽を悪しき者のうえにも、善き者のうえにも昇らせ、雨を正しき者にも、正しからぬ者にも降らせ給うなり。なんじら己を愛する者を愛すとも何の報をか得べき、取税人も然するにあらずや。兄弟にのみ挨拶すとも何の勝ることかある、異邦人も然するにあらずや。然らば汝らの天の父の全きが如く、汝らもまた、全かれ。	●「マタイの福音書五(試訳)略註」「聖書知識」第53号　昭和9・5 四三　隣人を愛せよーレビ記一九・十八．敵を憎めーモーセ律法中になし。学説であらう。但し申命記二五・一七－一九参照。四八　神の新約的完全はその愛にある。レビ記一九・二に於ける神の旧約的完全と対照せよ(ペテロ前一・一五―一六)。 ●「譬話の研究(第三回)譬話の解き方(親切なるサマリヤ人の譬話)」「聖書知識」第5号　昭和5・5 たとひ如何なる無学者、罪人、即はち所謂宗教家や信者に侮辱さるる者でありても、他人を愛する者、然り、敵を愛する者が永遠の生命を嗣ぐべき者である、と言ふのである。／(中略)／ 「汝の隣を愛すべし」とはユダヤ人等が子供の時より暗記せしめられ、且つ之を忘れざらん為めに腕に額に結びつけ置く聖句の一節である。而して教法師は、朝から晩まで之を研究したであらう。併し、彼にも、祭司にも、レビ人にも隣人の意味が隠れて、無学のサマリヤ人に之が解つた。大なる皮肉であり、また神の大なる智慧である。凡て神の真理は実行によりてのみ知る事がが出来る。隣人の定義を研究しても隣人の何であるかは解らない。隣人となりて始めて隣人の何であるかを知る。信じて信仰を知り、愛して愛の何である

かを知る。しかし、世に神を研究し、信仰を研究し、愛を研究する人のみ徒に多くして、信ずる人、愛する人の如何に少なきことよ。彼等は教法師の如く永遠に、「信仰とは何ぞや」と言ひて研究しつゝある。

●「愛なくば」「聖書知識」第2号　昭和5・2
およそ兄弟の憎む者は人を殺す者なり。

【주】

1) 마약의 일종인 파비나르(Pavinal, パビナール)는 진정, 진통, 진해(鎭咳)제의 상표명으로 작용이 빠르며 그 강도는 모르핀의 4배이다.

2) 河上徹太郎(「文化月報」「文学界」1937년(昭和12) 5월)의 「字義通り病的である」라는 지적, 大釜卓実(「『HUMAN LOST』考」太宰治・作品論(三)「探求」探求の会, 1974년(昭和49))의 「情緒の不安定からくる文章の散漫, 強弱が著しくそのことを証明している」라는 지적 등이 있다.

3) 東郷克美, 荻久保泰幸, 渡部芳紀「昭和8年～12年の太宰治をどう読むか」「国文学解釈と鑑賞」第50巻12号, 至文堂, 1985년(昭和60) 11월, 26쪽.

4) 田口律男「「HUMAN LOST」論―述語的統合の世界」「国文学」第36巻4号, 学燈社, 1991년(昭和66) 4월, 47, 51쪽.

5) 작품의 의식화에 관해서는 渡部芳紀(東郷克美, 荻久保泰幸, 渡部芳紀「昭和8年～12年の太宰治をどう読むか」「国文学解釈と鑑賞」第50巻12号, 至文堂, 1985년(昭和60) 11월, 26쪽)과 石田忠彦(「自己治療の文学―「HUMAN LOST」」, 山内祥史編「太宰治研究」2, 和泉書院, 1996년(平成8) 1월, 202쪽)도 지적하고 있다.

6) 본고에서 인용하는 『HUMAN LOST』의 본문은 논자의 번역에 의한다.

7) 쇼와기(昭和期)의 자의식 문제에 관해서는 安藤宏『自意識の昭和文学―現象としての「私」』(至文堂, 1994년(平成6) 3월)가 있다.

8) 中村三春「ジイドと太宰の"純粋小説"」, 山内祥史編「太宰治研究」6, 和泉書院, 1999년(平成11) 6월, 262쪽.

9) 山内祥史「「二十世紀旗手」の書誌」「日本文学」, 1970년(昭和45) 6월.

10) 鶴谷憲三「太宰治全作品事典　二十世紀旗手」, 別冊国文学「太宰治事典」学燈社, 1995년(平成7) 5월, 40쪽.

11) 越前谷宏 씨(「HUMAN LOST」『太宰治全作品研究事典』勉誠社, 1995년(平成7) 11월, 261쪽)는 "높은 비밀성과 그 비밀성에 의해 보증되는 진실성(특히 근대에 있어서는 내적 진실성)에 특징이 있으며 그러한 허구 형식의 채용이 작품의 진실성을 보강"하는 '일기'라는 틀을 중요시했다.

12) 渡部芳紀「評釈「HUMAN LOST」」「国文学解釈と鑑賞」第48巻 9 号, 至文堂, 1983년(昭和58) 6월, 123쪽.

13) 塚越和夫「太宰治　作品事典　HUMAN LOST」「国文学解釈と鑑賞」第39巻15号, 至文堂, 1974년(昭和49) 12월, 117쪽.

14) 浦田義和「自由と制度―太宰治「二十世紀旗手」「HUMAN LOST」」「日本文学」30―12, 1981년(昭和56) 12월, 66쪽. 작품의 흐름에 대하여 兼弘かづき氏(「太宰治「HUMAN LOST」論―再生への意志」「日本文芸研究」, 2001년(平成13) 6월, 108쪽)는 "침묵→요설(饒舌)→침정화(沈静化)→재생으로"라고 하여 재생을 읽어낼 수 있

다고 지적하고 있다.

15) 石田忠彦(前揭論文, 205쪽) 씨는 "세상과의 새로운 관계성 속에 자신의 위치를 점하는 데 성공한" 이야기라 하여, 재생을 보는 것은 동일하지만 "성경은 어디까지나 소설의 취향"이라며 기독교 관련에 있어서는 부정적인 입장이다.

16) 田中良彦「太宰治におけるキリストの位置(二)」「キリスト教文学研究」1989년(平成1) 10월. 인용은 「太宰のキリスト像(Ⅱ)」『太宰治と「聖書知識」』朝文社, 1994년(平成6), 36쪽.

17) 笠井秋生「太宰治とキリスト教—昭和十一年前後における聖書との関わり—」, 山内祥史編「太宰治研究」2, 和泉書院, 1996년(平成8) 1월, 27쪽.

18) 「入院中はバイブルだけ読んでゐた」(昭和11年11月26日付の鰭崎潤宛書簡). 인용은 『太宰治全集』12巻, 筑摩書房, 1999년(平成11) 4월, 127쪽.

19) 石田忠彦, 전게논문, 106쪽.

20) 兼弘かづき, 전게논문, 106쪽.

21) 본고에서 인용하는 성서는 개역한글.

22) 河村政敏「NARCISSUS HUMAN LOST」『作品論　太宰治』双文社, 1974년(昭和47) 6월, 93쪽.

23) 田口律男, 전게논문, 52쪽.

24) 山内祥史 씨의 「年譜」(『太宰治全集』13巻, 筑摩書房, 1999년(平成11) 5월, 517쪽)에는 「二月十四日因るには、壇一雄に円タクに乗せられ、下谷区中坂町四十一番地の浅見淵宅を訪れ、浅草で大酔し、二月十五日夜には、小山祐士と浅草に行き、呑み屋で出会った喜劇俳優水金一と三、四軒飲みまわるなどして、二月二十日、退院した。「全治退院セル」というが、如何わしい。」라고 적혀 있다.

25) 본고에서 인용하는 「성서지식(聖書知識)」은 논자의 번역에 의한다.

26) 다자이가 성서를 읽기 시작한 시기에 대하여 小山清(『風貌　太宰治のこと』津軽書房, 1997년(平成9) 6월, 148쪽)는 다자이가 "도쿄로 나와서부터, 그리고 비합법운동에서 탈퇴하고 나서부터" 즉 昭和 7년 7월 이후일 것이라고 추측하고 그 이유를 "비합법운동에서 탈퇴하여 그날그날이 만년(晩年)인 것 같은 상황 속에 있었기에 다자이는 성서에서 무언가를 기대했을 것이다."라고 하였다. 渡部芳紀 씨(「太宰治論—中期를中心として」「早稲田文学」1971년(昭和46) 10월. 인용은『日本文学研究資料叢書 太宰治Ⅱ』有精堂, 1985년(昭和60) 9월, 45쪽)는 『HUMAN LOST』의 "마태복음 28장, 다 읽는 데도 3년 걸렸다."라는 말을 "그대로 믿는다면 昭和8년이나 9년 초쯤에는 성경을 철저하게 읽기 시작했다."라고 하였다. 田中良彦 씨(『太宰治大事典』勉誠出版, 2005년(平成17) 1월, 203쪽)는 "현재까지도 검토해 보아야 할 문제"라고 했다.

* 본고는 「日本学報」第67輯(한국일본학회, 2006년 5월)에 발표한 「太宰治『HUMAN LOST』論—再生の意思とキリスト教との関わりを中心に—」을 한국어로 번역한 것이다.

엔도 슈사쿠의
「유리아라고 부르는 여자」론
―'유리아'의 이미지를 중심으로―

박현옥

Ⅰ. 머리말

엔도 슈사쿠(遠藤周作)의 『유리아라고 부르는 여자(ユリアとよぶ女)』
는 조선 여인인 키리시탄[1] 오타 줄리아(大田ジュリア)를 모티브로 하여
쓰인 작품이다. 작품에서 주인공으로 등장하는 유리아는 임진왜란 당시
일본에 끌려간 오타 줄리아를 모델로 하고 있다. 일본 현대문학 속에서
오타 줄리아를 모티브로 하여 쓰인 작품은 모리 레이코(森礼子)의 『삼채
의 여자(三彩の女)』, 후데우치 유키코(筆内幸子)의 『오타 줄리아의 생
애(おたあジュリアの生涯)』, 하라다 코사쿠(原田耕作)의 『오타 줄리아
(おたあ・ジュリア)』, 다니 신스케(谷真介)의 『줄리아 오타(ジュリア・
おたあ)』, 아라야마 도오루(荒山徹)의 『사랑, 슬픔을 넘어서(サラン 哀

しみを越えて)』 등이 있다. 또한 1970년도부터는 오타 줄리아의 유배지였던 고즈시마 섬(神津島)에서 '줄리아 축제(ジュリア祭)'가 시작되어 현재까지 계속되고 있다.

이러한 '줄리아 축제'로 인하여 한·일 양국에서 오타 줄리아에 대한 관심이 높아지게 되었다. 한국에서는 모리 레이코와 후데우치 유키코의 작품이 한국어로 번역되었다[2]. 또한 한국에 오타 줄리아에 대한 자료가 알려지면서 표성흠의 『오다 쥬리아(상·하)』라는 장편소설이 출판되었다[3]. 이러한 작품들은 1960년대 이후 오타 줄리아가 세간에 알려진 뒤 쓰인 것들이다. 그러나 1968년도에 쓰인 『유리아라고 부르는 여자』는 엔도가 그 이전의 사료를 토대로 하여 집필하였으므로 오타 줄리아에 대한 사료가 발굴되기 이전이라고 할 수 있다.

엔도는 키리시탄이라는 소재를 통하여, 일본에 있어서 신의 문제, 동서양의 대립과 문화 충돌 등의 문제를 작품에서 표면화하고 있다. 키리시탄을 모티브로 한 작품 중에서 대표작은 엔도 문학 안에서 수작으로 꼽는 『침묵(沈黙)』을 들 수 있다. 엔도가 오타 줄리아에 대한 자료를 접하게 된 계기는 『침묵』을 집필하기 위한 자료 조사 과정이었다고 할 수 있을 것이다. 작가는 『침묵』을 집필하기 위하여 키리시탄에 대한 문헌을 폭넓게 조사하였기 때문이다. 이러한 사실은 『엔도 슈사쿠『침묵』 초고번각』의 부록에 실린 구장서 목록을 통하여 확인이 가능하다[4]. 엔도는 키리시탄을 소재로 한 작품을 쓰기 위하여 문헌 자료 조사뿐만 아니라 키리시탄 전문가를 찾아가 조언을 구하기도 하고, 키리시탄 유적지 등을 탐방하기도 하였다. 그리고 이러한 역사 탐방 기행은 『일본기행(日本紀行)』, 『주마등(走馬燈)』, 『키리시탄시대의 지식인(切支丹時代の知識人)』 등에 수록되어 있다. 특히『주마등』은 「그 사람들의 인생」이라는 부제목에서 알 수 있듯이 순교자에서 배교자까지 키리시탄 인물들이 소개되어 있으며 오타 줄리아에 대한 내용도 포함되어 있다[5]. 여기서는 오타 줄리아가 역사 속의 인물로 소개되는 데 그치지 않고『유리아라고 부르는 여자』라는 작품의 모티브로 사용된 것에 주목하고자 한다. 작품에 대한 선행 연구는 한국에서는 전무하며, 일본에서는 후에키 미카(笛木美佳)의 '왜 줄리아가 아닌 유리아인가'라는 이름에 대한 선행 연구가 있을 뿐이다[6].

　본 논문에서는 일본 현대문학 안에서 모티브가 된 오타 줄리아의 자료 형성 과정에 대하여 살펴보고자 한다. 그리고 작품 속에서 오타 줄리아라는 조선 여인을 유리아의 이미지를 통하여 어떻게 그려내고 있는지 분석한다. 또한 이러한 분석을 토대로 하여 오타 줄리아라는 모티브가 작품 속에서 어떠한 의미를 지니고 있고, 엔도 문학 속에서 어떠한 역할을 하고 있는지에 대하여 고찰하고자 한다.

Ⅱ. '유리아'의 모티브 - 키리시탄 '오타 줄리아'

　먼저,『유리아라고 부르는 여자』의 모티브인 오타 줄리아에 관한 자료 형성 과정에 대하여 소개하고자 한다. 한국에는 오타 줄리아에 대한 역사적인 자료가 전무하다고 할 수 있다. 왜냐하면 '오타 줄리아'는 임진왜란 당시 고니시 유키나가(小西行長)군에 의해 어린 나이에 일본에 끌려가 1596년 '줄리아'라는 영명으로 세례를 받고 그곳에서 생을 마감하였기 때문이다. 임진왜란 후 포로 송환이 진행되어 강항, 정희득, 노인(魯忍) 등은[7) 귀환하였으나 오타 줄리아는 고국으로 귀환하지 못한 경우라고 할 수 있다. 피로(被虜)인 중 귀환하지 못한 도공 이삼평(일본명: 가나가에 산베이(金ケ三兵衛))과 서예가 홍호연 등은 기술과 문화 전파로 역사 속에 기록되었지만, 키리시탄인 오타 줄리아는 삶으로써 서양의 종교를 전파한 경우에 해당하므로 그 당시 일본에서 선교 활동을 한 선교사들의 기록에 의해 밝혀지고 있다. 한국에 오타 줄리아에 대한 자료가 폭넓게 알려진 것은 일본 고즈시마 섬에서 매년 이루어지고 있는 '줄리아 축제'가 그 시발점이라고 할 수 있다. 일본에서 오타 줄리아에 대한 문헌은 임진왜란 당시 일본에서 선교 활동을 한 선교사의 서간과 일본을 방문한 스페인 대사 세바스찬 비스카이노 등의 기록이 있다. 근대 초기에 오타 줄리아의 행적이 문헌을 통해서 알려지게 된 것은 1880년 태정관에서 프랑스 예수회 선교사 장·크라세(Jean Crasset)의 『일본교회사(Histoire de l'eglise du Japon)』가 『일본서교사(日本西敎史)』라는 제목으로 번역, 출판된 것이 그 계기였다. 『일본서교사』에 소개된 줄리아 관련 내용을 정리해보면, 그녀는 조선 양반가의 자녀로, 임진왜란 당시 고니시 유키나가에게 잡혀 일본에 끌려 왔으며, 고니시가 사망한 후 도쿠가와 이에야스의 궁에서 시녀로 있게 되었다. 그러나 키리시탄 박해로 인하여 그녀가 신자라는 것이 발각되자, 주위에서는 그녀에게 속으로만 그리스도교를 믿고 겉으로는 믿지 않은 것처럼 하라며 배교를 권유하지만 끝까지 거절하여 유배를 가게 된다. 슨푸(駿府)(현 시즈오카(静岡))에서 출발하여 아타미(熱海)의 아지로(網代), 오시마 섬(大島)에서 30일, 니지마 섬(新島)(15일)을 거쳐 고즈시마 섬에 유배되었다. 이러한 줄리아의 신앙을 나타내기 위하여 그녀가 오시마 섬에서 출발하기 전에 프란시스코 파시오(Francisco Pasio) 신부에게 쓴 서간문을 소개하고 있다. 『일본서교사』에 수록된 줄리아의 서간문 내용은 다음과 같다.

> 존경하는 신부님께 올립니다. 저는 전에 공방(이에야스)의 궁에서 고난을 겪었으나 굴복하지 않고, 마침내는 하느님의 은혜를 입어 궁중에서 쫓겨나 오시마 섬에 추방되었습니다. 이제껏 하느님을 향한 저의 마음이 아직 부족한데도 이렇게 사랑의 은혜를 입어 추방형을 받게 된 것은 하느님의 정의에 의한 것으로, 참으로 감사드리며 감격에 넘칠 뿐입니다. 천하의 재화를 모아 즐거움을 얻는다 해도 결코 이 은혜보다 더할 수 없습니다. 설사 큰 어려움을 당한다 해도 저는 이를 걱정하지 않고 도리어 기쁨으로 감수하겠습니다. 저의 존경하는 신부님, 절실하게 간청하는 것은 절대로 저의 힘이 약해짐과 형편이 달라짐에 가슴 아파하지 마시고 하느님께 정성으로 기도드려 저로 하여금 하느님의 일부가 되도록 하여 주시고, 많은 교회 서적을 보내 주셔서 저를 격려하여 주십시오 지금 호위병들이 승선을 매우 재촉하므로 서신으로 할 말을 다 맺지 못하고 겨우 영원하신 존위를 위해 공손히 시녀됨을 증언합니다[8].
>
> 3월 26일

그 후 선교사 로드리게스, 무뇨스 등의 보고 자료가 번역되어 소개되면서 오타 줄리아에 대한 기록이 더욱 알려지게 된다. 일본에서 찾아볼 수 있는 오타 줄리아에 대한 역사적 고찰은 최서면의 「7년 전쟁의 볼모 - 오다아 줄리아에 대하여」를 들 수 있다. 최서면의 오타 줄리아에 대한 고찰은 일본 근대 초기부터 1970년대까지 간행된 그녀에 대한 문헌 자료와 선교사들의 고문헌 자료를 소개한 것이자 피로인의 삶을 분석한 매우 가치 있는 논문이라고 할 수 있겠다[9].

이렇게 부분적으로 소개된 오타 줄리아에 대한 문헌 자료를 통시적으로 볼 수 있는 자료가 1986년 후앙 루이스 데 메디나에 의해 로마에서 스페인어로 간행되었다. 제목은 『한국 가톨릭 교회의 기원 -1566~1784(ORIGENES DE LAIGLLESIA CATOLICA COREA NA-1566~1784)』이며, 내용은 일본 내 한국 가톨릭 역사에 관한 고찰과 그 당시 쓰여진 서간문을 연도별로 정리한 것이다. 오타 줄리아의 서간과 그녀의 행적을 자세하게 살펴볼 수 있다. 일본에서는 1988년도에 『遙かなる高麗-十六世紀韓国開教と日本イエスス会-』, 한국에서는 1989년도에 『한국천주교 전래의 기원』이라는 제목으로 출판되었다[10]. 이러한 선교사들의 보고 자료를 토대로 하여 가타오카 야키치(片岡弥吉)가 쓴 『신앙을 빛낸 일본 부인들(信仰に輝く日本夫人達)[11]』과 『일본키리시탄 순교사(日本キリシタン殉教史)[12]』 속에 오타 줄리아가 소개되어 있다. 아울러 키리시탄 전승과 민간신앙화된 오타 줄리아에 대한 기록은 『키리시탄 풍토기(切支丹風土記)[13]』, 『키리시탄 전승(切支丹伝承)[14]』, 『순교자 줄리아(殉教者ジュリア)[15]』 등을 통하여 엿볼 수 있다. 키리시탄 전승에 관한 문헌은 역사적 문헌에 의한 기록보다는 지역 주민의 민간신앙에 의해 형성된 전설이 토대가 되었다고 할 수 있다. 이렇게 오타 줄리아에 대한 문헌은 선교사의 기록을 토대로 하여 쓰였으며, 이를 기반으로 일본 키리시탄 역사 속에 계승되었다. 그리고 키리시탄 전승과 전설은 민간신앙에 의해 형성되었으며 '병의 치유'라는 공통적인 의미가 내포되어 있음을 알 수 있다. 이러한 문헌 자료가 토대가 되어 현대문학 속에서 오타 줄리아를 모티브로 한 작품이 쓰인 것이다.

이렇게 오타 줄리아에 대한 자료 형성 과정을 구체적으로 소개하는 이

유는 머리말에서 언급하였듯이 엔도의 작품 이후에도 그녀를 모티브로
한 작품들이 두드러지게 쓰였기 때문이다. 본고는 엔도의 『유리아라고
부르는 여자』를 필두로 하여 그 외의 작품들을 분석하는 출발점이라고
할 수 있겠다. 엔도의 작품은 현대 작품 중에서 초기 작품이다. 그러므로
엔도가 참고한 오타 줄리아에 대한 문헌 자료는 1968년 이전의 자료이다.
작품을 구성하는 자료로서 『일본서교사』, 『신앙을 빛낸 일본 부인들』,
『키리시탄 풍토기』 등이 오타 줄리아에 대한 기본 구상을 만들어내는
중심 자료가 되었을 것이다.

Ⅲ. '유리아'를 통해서 본 오타 줄리아의 이미지

1. 엔도 문학 속에 사용된 오타 줄리아에 대한 기록

조선 출병 때 다수의 한인 포로가 일본군에 의해 끌려왔는데, 그중에
영명 줄리아라고 부르는, 그리스도 신자인 아가씨가 있었다. 그녀는 같
은 키리시탄 다이묘인 고니시 유키나가의 보호를 잠시 받았지만, 후에
도쿠가와 이에야스의 시녀 중 한 사람이 되었다. <u>이에야스는 그 미모에
마음이 끌려 권력자의 당연한 권리를 사용하여, 자신의 측실로 두려 하
였지만 줄리아는 거절하였다. 때문에 그녀는 이즈시치도(伊豆七島)의
고즈시마(神津島) 섬으로 유배되어, 그곳에서 깨끗한 생활을 보내고 죽
었다고 한다.</u>[16]

위의 인용문은 엔도가 오타 줄리아의 일생에 대하여 「역사독본」에 소

개한 내용이다. 임진왜란 때부터 현재까지 일본 내에서 조선인 키리시탄으로 전승되어 온 그녀에 대한 내용을 간략하게 담고 있다. 그러나 인용문에 나타나 있는 오타 줄리아에 대해서는 두 가지 오류가 있다. 방선을 그어 놓은 부분이 해당 부분으로, 첫 번째는 도쿠가와 이에야스(德川家康)가 오타 줄리아의 미모에 끌려 '자신의 측실'로 두려 하였으나 거절하여 이 때문에 고즈시마 섬에 유배되었다는 내용이다. 두 번째는 고즈시마 섬에서 '죽었다'고 하는 것이다. 이러한 내용은 『키리시탄 풍토기』에 기록된 것을 토대로 하고 있다고 할 수 있다.

> 며칠 후 고즈시마 섬으로 옮겼다. 거기에는 소수의 어부가 살고 있을 뿐이었다. 그렇지만 줄리아의 신앙은 조금도 흔들리지 않았다. 쓸쓸한 고도(孤島)에서도 신의 은총 아래 깨끗하게 40년을 보내고 마침내 그곳에서 죽었다. 그녀의 죽음을 들은 오시마의 시민은 하부항의 가까운 곳에 사당을 세워 '오타네 다이묘진'이라고 모시고, 그녀의 영을 위로했다[17].

그러나 오타 줄리아가 섬으로 유배를 가게 된 것은 측실을 거절했기 때문이 아니라 오카모토 다이하치(岡本大八)사건[18]으로 인하여 성에도 키리시탄 신자가 있다는 것이 발각되었기 때문이다. 『일본서교사』를 통해서도 알 수 있듯이 주위에서는 줄리아에게 배교할 것을 권하였지만 끝까지 거절하여 고즈시마 섬으로 유배를 가게 된 것이다. 그리고 그곳에서 생을 마감하였다고 전해지지만, 줄리아에 대한 선교사의 자료가 발굴되면서 이 같은 사실(史實)에 의문이 제기되고 있다.

신앙을 위해 추방당한 고려인 오타 줄리아는 지금 오사카에 있다. 나는 벌써 그녀에게 원조하였고 가능한 방법으로 도움을 주고 있다[19].

오타 줄리아가 생을 마감한 장소와 시기에 대한 문헌은 아직 발견되지 않았으므로 그녀가 어디에서 생을 마감하였는지는 현재까지도 확실히 알 수 없다. 이러한 오타 줄리아에 대한 다양한 자료를 통시적으로 볼 수 있는 곳은 앞부분에서 언급한 1986년 후앙 루이스 데 메디나 신부의 『한국천주교 전래의 기원』의 부록 편에 정리되어 있는 선교사들의 기록이다. 엔도가 사용한 자료는 1970년도 이전의 자료이므로, 이후 이러한 메디나 신부의 사료 발굴로 인하여 사실(史實)이 밝혀졌다.

오타 줄리아의 정확한 행적은 다음과 같다. 1596년 구마모토(熊本)의 우토(宇土)에서 모레혼 신부에게 세례를 받았다(세례명: 줄리아). 1600년 고니시 유키나가의 죽음으로 도쿠가와 이에야스의 시녀가 되었다. 1608년 슨푸에 체재하고, 1611년 슨푸에서 스페인 대사 세바스찬 비스카이노를 방문한다. 1612년 고즈시마 섬으로 유배당했다. 1622년 전에 나가사키(長崎)를 떠난 오타 줄리아는 오사카(大阪)에서 가난한 생활을 하였고, 관구장 프란시스코 파체코가 경제적인 원조를 해주었다고 한다[20]. 엔도 문학 속에서 오타 줄리아에 대한 이러한 내용은 『철의 항쇄(鐵の首枷)[21]』와 『유리아라고 부르는 여자』라는 작품 속에 나타나 있다. 『유리아라고 부르는 여자』 속 유리아의 이미지는 임진왜란에 대한 비판과 등장인물의 내면을 투사하는 매개체로 설정되어 있다.

2. 일본인에게 있어서 유리아의 이미지

그러면 『유리아라고 부르는 여자』에 있어서 유리아의 모티브인 오타 줄리아의 이미지가 작품 속에서 어떻게 나타나 있는지 살펴보도록 하자. 엔도가 작품 속에서 창조해 낸 유리아는 임진왜란으로 인하여 고아가 된 조선인 소녀로, 고니시 유키나가에 의해 일본으로 끌려와 유리아라는 세례명으로 세례를 받고 키리시탄이 되었다. 도쿠가와 이에야스는 유리아를 측실로 두려 하였지만 유리아는 키리시탄 신자라서 그럴 수 없다고 단호히 거절하였다. 그리하여 슨푸에서 이즈시치도(伊豆七島) 섬인 고즈시마 섬(神津島)까지 유배되어 그곳에서 생을 마감한다. 또한 유리아의 생애를 전개해 감과 동시에 일본의 키리시탄 박해와 역사 속의 실존 인물이었던 고니시 유키나가, 다카야마 우곤(高山右近), 나이토 조안(内藤如安) 등을 폭넓게 소개하고 있다. 작품 속에서 그려진 유리아의 이미지는 보여지는 존재로 부각되어 있다.

그러나 단지 보여지는 조선인 소녀의 이미지에만 그치는 것이 아니라 일본인의 심층을 비추어 내는 존재로서의 역할도 하고 있다. 예를 들면 작품의 서두에서 임진왜란을 배경으로 고니시 유키나가(小西行長)와 다나카 요자에몬(田中与佐衛門)은 유리아의 모습을 통하여 도요토미 히데요시가 주도한 전쟁에 대한 비판과 자신들의 내면을 투사하고 있다. 먼저 고니시에 대하여 살펴보자.

실제로 고니시 유키나가는 진주성 공격 전부터 이 의미 없고 쓸데없는 전쟁을 끝내기 위하여 필사적으로 동분서주하였다. 전쟁을 오래 끌면

끝수록 모든 것은 일본군에 불리해질 것을 잘 알고 있었다. (중략) "슬픈 일이다."라고 고니시는 말했다. "이 전화(戰禍)로 인해 부모를 잃고 형제로부터 떨어진 것이로구나."22)

이렇게 고니시는 임진왜란에 대하여 "의미 없고 쓸데없는 전쟁"이라고 언급하면서, 어린 소녀인 유리아의 모습을 통하여 전쟁에 대한 비판적인 관점을 나타내고 있다. 그리고 이러한 전쟁에 참가할 수밖에 없는 자신의 처지를 유리아가 가지고 있는 '목각인형'에 비유하면서 "나 자신도 이 나라 이 작은 소녀와 같은 것, 간파쿠의 인형 중 하나에 지나지 않는다."라고 중얼거린다. 이후 그는 그녀를 자신의 딸 소마리아의 하녀로 들인다. 고니시가 자신을 인형에 비유한 것은 모든 것이 히데요시에 의해 정해지고 자신은 그 명령을 선택의 여지없이 따라야만 했기 때문이다.

그러나 고니시는 '자신의 정해진 숙명'에 대해 실패하더라도 도전해 보기로 결정한다. 이러한 결정을 하게 된 것은 임진왜란 당시 조선과의 화의가 실패로 끝난 것을 보며 자신의 한계를 자각하였고 세키가하라 전투도 패배할 것이라고 느꼈기 때문이다. 게다가 자신이 최고의 권력자 이에야스에게 목숨을 구걸하여 살아간다고 해도 지금까지 "작은 원숭이 같은 남자(도요토미 히데요시를 가리킴)에 의해 인생을 지배당해"왔듯이 결국은 똑같이 인형처럼 살아가야 한다는 것을 알아차린 것이다. 그래서 최초로 자신의 '숙명'에 대하여 도전을 하기로 결심한 것이다. 이것은 고니시에게 있어서 최후의 도전이기도 하였다.

"이제 모든 속박에서 해방되었다."라고 고니시는 구로다 나가마사를 향해 슬픈 듯이 웃었다. "지금은 우토의 영주 고니시가 아니다. 나 자신으로 돌아온 키리시탄 아우구스팅 고니시다.” 이러한 고니시의 말을 나가마사는 이해할 수 없었다. (중략) 고니시는 관리에게 부탁해 자신 앞에 그림을 두고 그것을 계속 응시하였다. 그것은 스페인의 카타리나 황후가 옛날 선교사를 통하여 그에게 보내준 것으로, 오랫동안 몸에 지니고 있던 것이었다. 처형 직전 그는 일본풍으로 그 그림에 3번 인사를 하고, 목을 내밀었다. 칼. 삼격(三擊), 그 목은 피를 뿜어내며 떨어졌다[23].

고니시는 세키가하라 전투에서 패하였지만 삶과 죽음을 선택할 수 있었다. 하지만 그는 죽음을 ‘선택’했다. 그 죽음은 우토의 영주가 아닌, 키리시탄 ‘아우구스팅 고니시’로서의 죽음이었다. 고니시의 ‘숙명’에 대한 도전은 ‘선택’이라는 커다란 의미를 내포하고 있다. 왜냐하면 다이묘 고니시는 자신이 일본의 최고 권력자를 따라야 할 운명임을 알고 있으며, 이것을 따르지 않았을 때 어떠한 처벌을 받을 것인지에 대해서도 명확히 알고 자신의 행동(＝죽음)을 선택하였기 때문이다. 고니시가 비참한 모습으로 형장에 끌려갈 때 그를 보는 유리아의 얼굴은 “하얗다. 차가운 돌 같이 공허”하였음을 히비노를 통해서 나타내고 있다. 고니시와 유리아의 공통점은 ‘인형’이라는 매체와 같이 수동적인 모습을 보이지만 결정적인 순간에 ‘선택’이라는 중요한 결단을 내렸다는 것이다. 유리아에 대한 부분은 다음 절에서 구체적으로 다루고자 한다.

엔도가 작품 속에서 그려낸, 고니시(＝동양인)의 운명에 대한 ‘선택’은 자신이 스스로 선택한 그리스도교의 수용을 상징한다고 할 수 있다. 이것은 엔도가 같은 시기에 집필한 『침묵』 속에서 “서양의 그리스도는 동양 내에 뿌리를 내리지 못하고 썩어버렸으며 뿌리를 내렸다고 해도 그것은 변형된 그리스도의 모습”이라고 한 것과는 대조적이다. 즉, 고니시를 통해 나타낸 것은 인형처럼 모든 것을 받아들이는 일방적인 수용이 아닌, '선택'에 의한 수용이라고 할 수 있다.

　다음은 다이묘가 아닌, 하급 무사인 다나카 요자에몬(田中与佐衛門)의 시선을 통해서 임진왜란에 대한 일반인의 고충을 그려낸 것이다.

> 　하급 무사들은 (중략) 일본에서의 생활도 결코 편한 것은 아니지만, 이 끝없는 황량한 섬과 수목마저 없는 민둥산에 비하면 그래도 훨씬 좋기 때문이다. 오래 떨어져 있던 터라 일본은 어느새 그들의 마음 안에서 미화되어 옛날에는 괴롭다고 생각했던 경작도, 빈약한 식사도, 노동도 지금 이것에 비하면 즐거웠던 생활로 여겨졌기 때문이다.[24]

　인용을 통해서 알 수 있듯이, 일본에서의 생활도 편한 것은 아니었으나 전쟁에 의한 고통 때문에 일본에서의 힘들었던 생활이 즐거웠던 생활로 미화된 것이다. 다나카 요자에몬은 조선에서 유리아에게 목각인형을 만들어 준 하급 무사이다. 그는 유리아와 함께 자신의 고향인 오무라로 돌아가 같이 살며 밭을 경작하고 평화로운 하루하루를 보내는 공상을 하기도 한다. 다나카의 공상은, 가난하고 힘든 생활이지만 그 일상 속에서 평화를 느끼며 살아온 하급 무사들의 삶을 투사해 낸 것이라고 할 수 있겠다. 이렇듯 다이묘인 고니시 유키나가의 입장과 함께, 하급 무사의 시선을 통하여 전쟁에 참가한 평민의 고충까지 그려냄으로써 작가는 임진왜란에 대해 비판하고 있다. 즉, 역사에 대한 엔도의 비판 의식이 나타났다고 할 수 있다. 또한 엔도는 『유리아라고 부르는 여자』를 통하여, 일본 역사 속에서 말살된 고니시 유키나가를 문학작품 속에서 부각시키고 있다.

3. 일본 키리시탄 속 유리아의 이미지

조선에서 소녀 유리아를 통해 나타나는 이미지는 임진왜란과 관련된 것이며, 일본 안에서 나타나는 유리아의 이미지는 일본 내 키리시탄인 조선 여인의 모습이다. 작품 속에 그려진 유리아는 자신의 인생에 대한 고통이나 불만을 전혀 표출하지 않는 존재이다. 엔도가 말하는 "기구한 운명을 살다 간" 일본 내 키리시탄 조선 여인의 삶을 부각시키고 있는 것은 공간 이동을 통해서이다. 예를 들면, 유리아가 조선의 부산에서 출발하여, 쓰시마, 우토, 사카이, 슨푸(현 시즈오카), 아타미의 아지로, 오시마 섬, 니지마 섬, 그리고 마지막 유형지인 고즈시마 섬으로 이동하는 과정을 통해 그녀의 삶을 조명해 내고 있다. 즉, 지리학적인 이동 경로를 통하여 삶의 변화 과정을 드러내고 있는 것이다.

그러면 유리아가 소녀에서 여인으로 성장해 가는 삶의 변화 과정을 통하여 어떠한 이미지가 형성되었는지 살펴보도록 하자. 작품 속에서 처음 다나카의 눈을 통해 비치는 소녀 유리아는 진흙투성이에 머리도 흐트러져 있지만 얼굴에는 알 수 없는 '기품'이 있는 모습이다. 그리고 다나카가 보는 유리아의 "흰 돌 같은 얼굴"과 감정 없는 "인형" 같은 표정은 작품 속에서 그녀의 이미지를 나타내는 중요한 키워드 역할을 한다. 작품 속에서 '인형'은 두 가지 형태로 등장한다. 첫 번째는 다나카가 유리아에게 만들어 준 '목각인형'이다. '목각인형'이라는 코드는 앞 절에서 언급하였듯이, 자신이 도요토미의 인형에 지나지 않는다는 고니시의 심층을 비추어 내고 있다. 그러나 유리아에게 있어서 '목각인형'은 괴로움과 슬픔을 달래

주는 도구라고 할 수 있다. 그녀는 부산에서 적군의 하급 무사인 다나카가 만들어 준 '목각인형'을 버리지 않고 일본으로 온 후에도 계속 간직했다. 그리고 후에 유배를 가는 도중, 이 '목각인형'으로 인하여 다나카와 잠시 재회하게 되는데, 지금까지 항상 차가운 '흰 돌 같은 얼굴'을 하고 있었지만 이때 단 한 번 그를 향해 웃어준다.

두 번째 '인형'은 유리아를 나타내는 이미지이다. 조선에서 '목각인형'을 들고 있던 유리아는 감정이 없는 인형 같은 표정의 소녀였다. 일본에 피로인으로 끌려온 후 소마리아의 시녀로 일하게 되는데 동료들에게 심하게 괴롭힘을 당하자 쓰시마에서 구마모토의 우토로 보내졌다. 그러나 그곳에서도 괴롭힘을 당하여, 신부가 사카이(境)에 있는 히비노(日比野)에게 그녀를 부탁해 그곳에 있게 된다. 그 후 키리시탄 박해로 히비노는 유리아를 돌볼 수 없다고 생각하고, 슨푸(현 시즈오카)에서 도쿠가와의 부하로 있는 슈젠(主膳)에게 그녀를 부탁한다. 이러한 시간의 흐름 속에서 더 이상 작은 소녀가 아닌, '아름다운' 여인으로 성장한 유리아의 모습을, 히비노의 시선을 통하여 묘사하고 있다.

그러나 그 얼굴은 항상 인형 같은, 감정 없는 표정이었다. 예를 들면 고니시가 비참한 모습으로 형장에 끌려갈 때도 그를 바라보는 유리아의 표정은 "차가운 돌 같은 얼굴"이었고, 슈젠이 사카이에서 슨푸로 데려 왔을 때에도 그녀는 울지 않았으며, 감정 없는 표정으로 명령 받은 일을 수행했다. 이러한 유리아의 모습을 보며 히비노는 유리아가 '인형처럼 어떠한 운명도 받아들일 것'이라고 생각하였고, 슈젠도 유리아가 그러할 것이라고 생각한다. 그리고 그것이 유리아의 '운명'이라면 '감정 없는 얼굴로 잠자코 이에야스의 침상에 들어갈지도 모른다'고 생각한다. 이러한 슈젠의 예측대로, 이에야스의 시녀가 된 유리아는 그의 침상에 불려가게 된다. 이때 유리아의 모습은 같은 동양인이지만 이국적인 아름다움이 흐르는 여성으로 그려진다. 즉, 유리아는 조선 여인으로, 일본인과 같은 동양인이지만 타자화된 아름다운 존재로 그려지고 있다. 타자화된 유리아는 결국 '아름다운 동양인'을 나타내는 표상적인 존재로서의 의미를 나타내고 있다고 할 수 있다. 인용문을 통하여 이러한 유리아의 이미지를 살펴보자.

> 여자들은 절로 한숨을 쉬며 숨을 죽였다. 일본인 여성에게서는 본 적이 없는 이국의 아름다움이, 지금까지 누구도 뒤돌아보지 않았던 하녀의 얼굴에서 보였기 때문이다. 그리고 유리아는 저 인형처럼 무감동한 눈으로 나란히 앉아 있는 여자들을 바라보며 정중하게 머리를 숙였다.[25]

이렇게 유리아가 이에야스에게 불려가는 것을, 주위의 일본 여성들은 질투 어린 눈으로 쳐다보았다. 최고 권력자인 이에야스에게 불려가는 것은 그녀들이 바라는 최대의 출세였기 때문이다. 또한 이에야스에게 총애를 받는 것은 그녀들에게 있어서 가장 큰 기쁨과 행복이라고 여겨졌기 때문이다. 그럼에도 불구하고 유리아는 기쁨도, 행복도 나타나지 않는 인형처럼 무감동한 눈을 하고 있었으며, 모든 것을 있는 그대로 받아들이는 자세였다.

그러나 유리아가 처음으로 입을 열어 자신의 의사를 강하게 표명하였다. 어떠한 '운명'에도 표정 하나 변하지 않고 인형처럼 받아들인 그녀가 일본의 최고 권력자인 이에야스에게 저항한 것이다.

　　“싫습니다.” 유리아의 작은 입술에서 돌연 튀어나온 말이었다. 낮지만
분명한 목소리로 말했다. “싫습니다.” 사람들은 귀를 의심하였다. 이 같
은 대답을 들을 거라고는 생각지도 못했기 때문이다. (중략) 유리아는
돌처럼 계속 침묵을 지킨 채 꼼짝 않고 앉아 있었다.[26]

　유리아는 지금까지 자신의 모든 '운명'을 인형처럼 그대로 받아들였지
만, 오직 한 번 최고 권력자인 도쿠가와 이에야스에게 강하게 반항했다.
이것은 죽음을 전제로 한 반항이기에 작품 속에서 강한 이미지로 부각된
다. 도쿠가와 이에야스는 천하를 평정하고 최고 권력자가 되었지만 신을
섬기는 유리아라는 조선 여인을 가질 수는 없었던 것이다. 도쿠가와와
유리아의 대립적인 관계는 일본 최고 권력자와 서양 신의 대립을 의미한
다고도 할 수 있다. 작품의 마지막에 엔도는 “유리아가 죽음으로써 도쿠
가와가 일본의 유일한 최고 권력자가 되었다.”라고 표현한다. 표면적으로
는 일본의 유일한 최고 권력자라고 하지만 심층적으로는 죽음을 선택한
유리아를 '동양인에 의한 그리스도의 수용'이라는 상징적인 의미로 나타
내고 있다고 할 수 있다.

IV. 맺음말

　본 논문에서는 오타 줄리아에 대한 자료 형성 과정과 오타 줄리아를
모티브로 한 작품 소개 및 그중에서 엔도의 『유리아라고 부르는 여자』에
나타난 그녀의 이미지에 대하여 고찰하였다.

일본 현대문학 속에서 모티브가 되고 있는 오타 줄리아에 대한 기록은 그 당시 일본에서 선교 활동을 한 선교사들의 기록과 스페인 대사 등의 서간문이 그 토대가 된다. 이것을 기반으로 그녀에 대한 기록은 일본 키리시탄 역사 속에서 계승되었다. 현대에 들어서면서 키리시탄 전승과 전설이 민간신앙에 의해 형성되었고 여기에는 '병의 치유'라는 공통적인 의미가 내포되어 있다. 이러한 역사적인 배경과 민간신앙이 토대가 되어 오타 줄리아의 마지막 유배지인 고즈시마 섬에서는 매년 5월 '줄리아 축제'가 열리고 있다.

그리고 이러한 역사적 문헌 자료와 키리시탄 전승을 기초로 하여 오타 줄리아를 모티브로 한 문학작품이 다수 출판되었다. 그중 엔도의『유리아라고 부르는 여자』는 현대 작품 중에서 초기 작품이며, 엔도 문학 내에서도 초기 작품에 속한다. 작품 속에 묘사된, 오타 줄리아를 모티브로 한 유리아의 이미지는 다이묘인 고니시와 하급 무사인 다나카의 입장에서 매개체가 되어 임진왜란에 대한 비판적인 관점을 나타내고 있다. 또한 일본의 키리시탄 역사를 전개하면서 고니시와 일본 내 키리시탄인 조선 여인 유리아(=오타 줄리아)를 통하여 동양의 그리스도교 수용 모습을 그려내고 있다. 엔도는 작품 속에서 같은 동양인인 유리아의 이미지를 "일본인 여성에게서는 본 적이 없는 이국적인 아름다움"을 가진 여성으로 타자화시킴으로써, 동양 속에 수용된 서양의 그리스도교를 조선 여인인 오타 줄리아의 모티브를 통하여 형상화하였다. 엔도의 초기 작품에 있어서『황색사람』,『흰색사람』,『바다와 독약』,『침묵』등은 신의 존재를 의식하는 서양인, 신의 존재를 알지 못해 죄의식을 느끼지 못하는 동양인의 모습과 함께 일본에 수용된 그리스도교가 과연 뿌리를 내렸을까 혹은

변형된 그리스도교의 모습은 아닌가 하는 문제 제기가 기저를 이루고 있
다27). 이러한 작품 가운데『유리아라고 부르는 여자』는 엔도 문학에 있어
서 서양의 시점에서 본 종교 문화 수용이 아닌, 동양의 시점에서 본 종교
문화 수용을 그린 작품이라고 할 수 있겠다.

【주】

1) 키리시탄(切支丹 : キリシタン)은 포르투갈어로 그리스도교 신자를 뜻하는 말이다. 일본에서 전국시대부터 메이지 시대 초기까지 사용된 말로, 좀 더 구체적으로 설명하면 가톨릭 신자를 가리킨다. 본 논문에서는 작품 속의 등장인물과 사건을 기술할 때는 키리시탄이라는 용어를 그대로 사용하고자 한다. 왜냐하면 용어가 가진 역사적 의미가 작품 이해에 도움이 된다고 생각하기 때문이다.

2) 모리 레이코의 작품 『삼채의 여자』는 1983년 『성녀 줄리아』라는 제목으로, 후데우치 유키코의 『오타 줄리아의 생애』는 1996년 『오타 줄리아』라는 제목으로 번역되어 한국 독자에게 소개되었다.

3) 표성흠 『오다 쥬리아(상.하)』, 문지사, 2007.

4) 『침묵』의 초고에 수록된 구장서 목록은 작가가 『침묵』의 집필을 시작했다고 추정되는 1964년 12월 이전에 간행된 그리스도교 및 나가사키 키리시탄 관련 연구서에서 추출했다고 한다.(pp.338~345). 이 구장서 목록 안에 오타 줄리아에 대하여 소개된 『키리시탄 풍토기(東日本編)』도 들어있다. p.341. 藤田尚子 『遠藤周作「沈黙」草稿飜刻』, 長崎文献社, 2004.

5) 遠藤周作 『走馬燈-その人たちの人生』, 每日新聞社, 1977, pp.129-133.

6) 笛木美佳 「遠藤周作「ユリアとよぶ女」論-ユリアの謎をめぐって』『學苑・日本文学紀要』, 昭和女子大学近代文化研究所, 2005.

7) 김문자 「임진왜란과 포로」『임진왜란 조선인 포로의 기억(Imjin War Episode : The Memory of Korean Captives)』국립진주박물관, (주)지앤에이커뮤니케이션, 2011. p.128.

8) 我カ師父尊位に呈す我レ前ニ公方ノ宮中ニ在テ苦責ニ遇フモ泰然トシテ之レニ服セス遂ニ上帝ノ厚恵ヲ被リ宮中ヲ退ケラレ大島ニ追放セラル我ノ従来上帝ノ為メニ盡ス所ハ猶ホ足ラザルニ此ノ如クノ愛恵ヲ被リ刑ニ処セラル、ハ上帝正裁ノ為ス所ニシテ實ニ謝恩ノ辞ナク感激ニ堪ヘス凡ソ天下ノ財寶ヲ聚メ娛樂ヲ得ルモ決シテ此恩惠ニ優ルコナシ我又假如何ナル大難ニ遇フモ宰ニ之レヲ患ヘザルノミナラス却テ欣然トシ之ヲ甘心ス我師父尊位切ニ願クハ決シテ我カ衰替ヲ以テ痛心スルナク懇ニ上帝ニ祈リ我ヲシテ聖神ノ身ト成ラシメ而シテ數〜書ヲ寄セ以テ我レヲ慰メヨ今護兵等頻リニ乗船ヲ促スヲ以テ書中ニ言ヲ盡ス能ハス聊カ我カ永久尊位ノ為メニ恭順ノ侍女タルヲ證ス.クラセ著・大政官本局課訳『日本西教会史 下巻』博聞社, 1880, pp.199~200.

9) 崔書勉 「七年戦役ーおたあ・ジュリアについて-』『韓』韓国研究院, 1973. 본 논문은 동년에 한국에서도 「임진왜란의 볼모-오다아줄리아에 관한 사적 고찰-」이라는 제목으로 한국어로 번역되어 『민족문화논총』에 실려 있다.

10) 메디나 신부 지음. 박철 역 『한국천주교 전래의 기원(1566~1784)』서강학술총서19, 서강대학교 출판부, 1989.

11) 片岡弥吉 『信仰に輝く日本夫人達』, 大空社, 1995. 본서는 1941년 키리시탄문화연구소(きりしたん文化硏究所)에서 발행한 것을 재발행한 것임.

12) 片岡弥吉 『日本キリシタン殉教史』, 智書房, 2010.

13) 今村義孝 『切支丹風土記-東日本編-』, 宝文館, 1960.

14) 三田元鍾 『切支丹伝承』, 宝文館, 1975.

15) 海老名雄二 『殉教者ジュリア)』, 三誠印刷株式会社, 1970.

16) 朝鮮出兵の折、多数の韓人の捕虜が日本軍によって連れられたのだが、そのなかに霊名ジュリアとよぶ基督教信者の娘がいた。彼女は同じく切支丹大名小西行長保護をしばらく受けていたが、後に徳川家康の侍女の一人となった。家康はその美貌に心ひかれ、権力者の当然の権利を使って、自分の側室にしようとしたが、ジュリアは首を縦にはふらなかった。ために彼女は伊豆七島の神津島にながされ、そこで清らかに生活を送って死んだという。엔도가 1975년 7월호의 『歴史読本』에 소개한 내용이며, 한국의 여류 작가로부터 줄리아에 대한 자료 요청을 받은 적도 있다고 한다. 이 시기는 '줄리아 축제'로 인하여 한국과 일본의 종교 문화 교류가 가장 활발했던 때이다. 遠藤周作 『春は馬車に乗って』-「ジュリア様」-, 文藝春秋, 1992, p.328.

17) わずか数日後、さらに神津島に移した。そこには少数の魚夫が住んでいるのみであった。けれどもジュリアの信仰は少しもゆるがず、淋しい孤島の在っても、神の恵みの下で清らかな四十年を送り、ついてそこで歿した。彼女の死を聞いた大島の島民は、波浮の港の近くに　祠を建て「お滝姉大明神」と祀り、彼女の靈をなぐさめた。今村義孝 『切支丹風土記-東日本編-』, 宝石館, 1960, p.17.

18) 이 사건은 오카모토 다이하치가 아리마 하루노부에게 이에야스로부터 아리마의 옛 영토 3곳을 돌려받을 수 있도록 해주겠다며 거액의 금품을 받은 사건이다. 오카모토는 이에야스의 주인장까지 위조하여 아리마에게 금품을 받았으나 영토 회복 활동에는 사용하지 않고 전부 자신의 것으로 하였다. 이러한 사건이 이에야스에게 발각되고 두 사람이 키리시탄이라는 것이 알려지면서 그 여파가 성에 살고 있는 오타 줄리아에게까지 미친 것이다.

19) 『信仰のために追放された高麗人の大田ジュリアは、今大阪にいる。私は既に援助したし、出来る術で施している。메디나에 의하면 이 글은 '일본발신' 1622년 2월 15일의 프란시스코 파체코 신부의 서간이라고 한다. J.G 루이즈데메디나 『遥かなる高麗ー16世紀韓国開教と日本イエスス会-』, 近藤出版社, 1989, p.271.

20) 오타 줄리아의 행적은 루이스 데 메디나의 『遥かなる高麗ー16世紀韓国開教と日本イエスス会-』의 제2부에 수록되어 있는 미간 사료를 토대로 하여 정리하였다. J.G루이즈데메디나 『遥かなる高麗ー16世紀韓国開教と日本イエスス会-』, 近藤出版

社, 1988.

21) 『철의 항쇄』는 고니시 유키나가의 생애를 사료(史料)를 중심으로 하여 쓴 작품이다. 작품은 일본의 사료뿐만 아니라 유성룡의 『징비록』도 참고 자료로 사용하여 고니시 유키나가에 대한 역사적 배경에 폭넓게 접근한 작품이라 할 수 있겠다. 오타 줄리아에 대한 묘사는, 그녀가 일본에 오게 된 경위와 일본에서 세례를 받고 도쿠가와 이에야스의 키리시탄 박해로 인하여 고즈시마 섬에 유배되어 그곳에서 생을 마쳤다고 되어 있다. 이 내용에서 한 가지 오류는 그녀가 고즈시마 섬에서 생을 마쳤다는 것이다. 1968년 엔도가 작품을 쓸 당시 위의 내용은 정설로 되어 있었다. 그러나 1988년 루이스 데 메디나에 의한 추가 발굴 자료에서 '그녀가 오사카에서 살고 있다'는 서간문이 소개되면서, 현재는 그녀가 고즈시마 섬에서 사망했다는 사실에 대하여 의문이 제기되고 있다. 遠藤周作 『鐵の首枷』中央公論社, 1979.

22) 実際、小西行長は晋州蔵攻撃の前から必死でこの意味のない無駄な戦争を終えるために東奔西走を続けていた。戦争が長引くほど、すべては日本軍に不利になっていくことはよくわかっていた。(中略)「憐れなことだ」と行長は言った「いずれこの戦火のため、親を失い兄弟にはぐれたのであろうが」遠藤周作「ユリアとよぶ女」『最後の殉教者・母なるもの』講談社, 1968, pp.162〜164.(졸역, 이하 서명은 생략)

23) 「もはや、すべての束縛より解き放たれ申した」と行長は黒田長政に哀しそうに笑った。「今は宇土の領主、行長ではござらぬ。自らに戻った切支丹アウグスチーヌ行長でござる」そうした行長の言葉を長政はわからなかった。(中略)行長は役人にたのみ、自分の前に画像をおかせて、それをじっと見つめていた。それはイスパニアのカタリーナ皇后から彼が昔、宣教師を通じて送られたものであり、長い間、肌身離さずもっていたものである。処刑の直前、彼は日本風にその画像を三度、頭を押しいただき、首を差し伸べた。刀、三撃、その首は血を噴いて落ちた。遠藤周作 前掲書, pp.176〜177.

24) 下級武士たちは(中略)日本での生活も決して楽なものではなかったが、しかし、この荒れ果てた島や樹木さえない禿山に比べれば、まだはるかに良かったかれである。長く離れた日本はいつも間に彼等の心のなかで美化され、昔は辛いと思った耕作も貧しい食事も労働も今はこれに比べればたのしかった生活のように思われてきたのである。遠藤周作 前掲書, p.154.

25) 女たちは思わず溜息をつき息を呑んだ。日本人の女性には見たことのない異國の美しさが, 今までの誰にもふりかえられなかったこの婢の顔にあらわれいたからである。そしてユリアはあの人形のように無感動な眼で並みいる女たちを眺め、丁寧に頭をさげた。遠藤周作 前掲書, p.188.

26) 「嫌でございます」ユリアは小さな唇から、突然、低い、しかし、はっきりした声でこの言葉が出た。「嫌でございます」人々は耳を疑った。このような答えを聞く

とは思ってもいなかったからである。(中略)ユリアは石のような沈黙を守り続け
たまま、じっと座っていた。遠藤周作前掲書, p.188.
27) 박현옥(2008)『遠藤周作文學硏究－受容から照射される遠藤文學－』나고야대학
교 박사 논문. 졸저 박사학위 논문의 내용을 참조하였음.

* 이 논문은 2010년도 정부재원(교육인적자원부 학술연구 조성사업비)으로 한국연구재단
의 지원을 받아 연구되었음(NRF-2010-327-A00412).

遠藤周作『王의 挽歌』論
—키리시탄 문학의 가능성—

나가하마 타쿠마(長濱拓磨)

처음에

『王의 挽歌』는, 1990년 2월호에서 1992년 2월호까지 약 2년에 걸쳐 「小説新潮」에 25회 연재된 후, 1992년 5월에 신쬬오사에서 상권·하권으로 간행되었다. 이 책은 키리시탄 영주·오오토모 소린(大友宗麟)을 주인공으로 한 역사소설이다. 엔도 슈사쿠(遠藤周作)는 이 시기 역사소설을 집중해서 썼으며『遠藤周作歷史小説集』 전 7권(講談社)[1]으로 그 결실을 맺었다. 『王의 挽歌』는 그러한 엔도 역사소설의 성숙을 나타내는 작품이라고 할 수 있다. 이것은 「마지막 순교자」(「별책 문예춘추」, 1959년 2월) 이래 계속 써내려간 엔도의 역사소설에서 하나의 도달점을 나타낼 뿐만 아니라, 아쿠타가와 류노스케(芥川龍之介)에서 엔도로 계승하게 된 키리시탄 문학의 가능성을 연 것이라고도 볼 수 있다. 그래서 본고는 키리시탄 문학의 측면에서 『王의挽歌』를 고찰해 나가고자 한다.

1. 엔도 슈사쿠의 키리시탄 문학

먼저 키리시탄 문학의 정의부터 정리해 보고자 한다. 일반적인 키리시탄 문학의 정의는 "무로마치 말기부터 에도 초기에 걸쳐 키리시탄이 일본 문장으로 쓰거나 유럽어를 번역한 종교문학. 넓게는 키리시탄의 일본어 학습을 위한 이야기류를 포함한다. '伊曾保物語', '日葡辞書' 등 남만 문학."[2]이지만, 근대문학에서 '무로마치 말기부터 메이지 초기에 걸친, 키리시탄을 소재로 한 작품'이라는 광의로 파악하도록 하자. 이 정의는 엔도의 역사소설에 그대로 들어맞는다.

졸고[3]로 정리를 시도했지만, 엔도의 역사소설은 3개의 시기로 나눌 수 있다. 즉, 『침묵(沈黙)』(신쵸오사, 1966년 3월)을 대표로 하는 제1기(1959~1969) '키리시탄물', 『侍』(신쵸오사, 1980년 4월)를 대표로 하는 제2기(1970~1980) '평전', 그리고 『遠藤周作歷史小説集』 전 7권(코단사)을 대표로 하는 제3기(1980~1996) '역사 군상'이다.

이러한 세 시기는 아쿠타가와의 '키리시탄물'을 엔도가 어떻게 수용하여 전개해 갔는지를 나타내는 과정으로도 볼 수 있다. 제1기(1959~1969) '키리시탄물'에서는 아쿠타가와의 '키리시탄물'을 수용해 순교나 일본의 정신 풍토 문제 등 아쿠타가와와 공통된 과제에 임했고, 제2기(1970~1980) '평전'은 키리시탄 시대를 배경으로 해외에 용약한 일본인을 주인공으로 내세워 개인의 내면을 그린 것으로, '일본인에게 맞는 그리스도교'를 추구했다. 제3기(1980~1996) '역사 군상'에서는 주인공뿐만 아니라 많은 '시점 인물'을 배치해, 복수의 시점을 교착시키면서 '역사'를 이야기해 나간다. 즉, 엔도는 제1기 '키리시탄물'로 아쿠타가와의 '키리시탄물'을 수용하고, 제2기 '평전', 제3기 '역사 군상'으로 키리시탄 문학을 전개해 나갔던 것이다.

이상을 나타내는 예로서 '일본 수렁설'을 채택하고 싶다. '일본 수렁설'이란, 『침묵』의 다음 부분에 등장한다. 페레이라가 로드리고에게 일본의 현상을 말하는 장면이다.

"<u>이 나라는 늪지대요</u>. 머지않아 그대도 알게 될 터이지만, 이 나라는 생각보다 훨씬 무서운 늪지대였소. 어떠한 묘목도 그 늪지대에 심으면 뿌리가 썩기 시작하오. 잎이 누래지고 시들어버리오. 우리들은 이 늪지대에 그리스도교라는 묘목을 심었소."

"그대는 아무것도 모르오. 마카오나 고어의 수도원에서 이 나라의 포교를 구경하고 있는 사람들은 아무것도 이해할 수 없소. <u>신과 오히(大日)를 혼동한 사람들은 그때부터 우리들의 신을 그들 식으로 굴절・변화시키고 전혀 딴것을 만들기 시작했소</u>. 말의 혼란이 사라진 뒤에도 이런 굴절과 변화는 내면에서 계속되어, 그대가 아까 말한 포교가 가장 화려했던 시기에도 그들은 그리스도교의 신이 아닌, 그들이 굴절시킨 것을 믿고 있었던 것이오."

(하선 인용자／『침묵』)

페레이라는 오랜 세월 일본 선교에 종사한 끝에 내린 결론으로 기독교를 "굴절・변화시킨" 일본의 정신 풍토를 "늪지대"라고 부르고 있다. 아쿠타가와의 「신들의 미소(神神の微笑)」에서 "바꾸어버리는 힘(변조하는

힘)"과 상통하는 생각이다. 다만 「신들의 미소」에서는 어디까지나 오오히루메무치(大日霎貴)에서 비롯된 일본 고대의 신들이 가지는 힘을 "만들어 바꾸는(변조) 힘"이라고 부르고 있는 데 반해, 『침묵』에서는 일본인이 "굴절·변화시키는 것"이라고 말하고 있다. 바로 여기에 엔도의 아쿠타가와 수용의 문제가 내재되어 있다.

이러한 「신들의 미소」와 『침묵』의 유사성은 사코 준이치로(佐古純一郎)[4]를 시작으로 이미 많은 연구자가 주목해 왔지만, 문제는 『王의 挽歌』에서도 '일본 수렁설'이 등장하는 데 있다. 게다가 여기서는 페레이라도 아니고 일본에 최초로 기독교를 전한 성 프란체스코 사베리오가 말하고 있다.

> "이 나라는 내가 고어에서 상상한 그런 나라는 아니었습니다. 이 나라에는 우리가 미처 상상하지 못한 수렁이 있을 것이란 생각마저 듭니다. 우리가 심는 모종의 뿌리를 언젠가 썩혀버릴 늪이…"/그리고 그는 말을 잇지 못하다가 괴로운 듯,/"혹은 본래의 모종과는 전혀 닮지 않은 다른 식물로 바꾸어버릴……."
>
> "때때로 나는 생각합니다만……혹시 우리들의 유일신을 어느샌가 <u>大日如来</u>로 살짝 바꾸고 천국을 정토(淨土)로 바꾸는 어떤 기분 나쁜 힘이 이 일본인들의 마음속에 숨어 있는 것은 아닐까. 일본인의 그런 굴절력은 천주교 포교에 큰 장애가 된다고 생각합니다."
>
> (하선 인용자／「야카타와 바아도래」『王의 挽歌』)

성 프란체스코 사베리오가 2년 3개월의 일본 체류를 끝내고 인도로 떠날 즈음해서 일본 선교의 문제에 대해 말하는 장면이다. 『침묵』 속 일본 선교에 몇십 년이나 헌신해 온 페레이라가 말하는 '일본 수렁설'에 비하면,

일본어도 거의 모르는 사베리오가 일본인이나 일본의 정신 풍토를 어디까지 이해하고 있었는지도 모르고, 이에 따라 설득력이 부족한 것도부정할 수 없다. 그러나 여기서 주목해볼 수 있는 것은 「신들의 미소」나 『침묵』과 다른 것은 '만들어 바꾸는 힘(변조하는 힘)'이 '일본인의 마음속에 숨어 있다'라고 하는, 마음의 문제로 언급되고 있다는 점이다. 엔도는 『스캔들』(신쵸오사, 1986년 3월) 이래로 무의식의 문제를 추구하고 있어, 『王의 挽歌』에서 주인공인 오오토모 소린의 내면의 변화를 극명하게 그리고 있고, 여기 사베리오의 '일본 수렁설'에도 반영했다고 볼 수 있다. 즉, 아쿠타가와의 「신들의 미소」에 등장하는 일본 정신 풍토의 문제를 수용해, 『침묵』에서 『王의 挽歌』로 전개한 엔도의 궤적을 찾아볼 수 있다.

2. 『王의 挽歌』 성립을 둘러싼 문제

반복하지만 『王의 挽歌』의 주인공은 오오토모 소린(大友宗麟)이다. 하지만 오오토모 소린을 그린 역사소설[5]은 의외로 적고, 엔도가 언제쯤부터 오오토모 소린에게 관심을 가졌는지는 잘 모른다. 엔도의 아버지 엔도 츠네히사(遠藤常久)가 시라미즈 코우지(白水甲二)라는 펜네임으로 쓴 『키리시탄 영주 오오토모 소린』(춘추사, 1970년 9월)[6] 등도 오오토모 소린에게 관심을 가진 하나의 계기가 되었을 것이다. 그러나 집필 시기가 너무 차이가 나서 확정은 할 수 없다. 어쩌면 '덴쇼 소년 사절(天正少年使節)'의 한 사람이었던 페드로 키베(ペドロ岐部)에 먼저 관심이 있었다가,

출신지인 구니사키 반도나 '덴쇼 소년 사절'을 파견한 한 명으로 여겨지는 오오토모 소린을 조사하는 사이에 흥미가 생겼다고 할 수도 있을 것이다. 페드로 키베를 주인공으로 한 『銃과 十字架』(초출 : 「中央公論」, 1978년 1월호~12월호)의 「후서」에 의하면, 엔도가 페드로 키베에 흥미가 생긴 첫 계기는, "수십 년 전에 무심코 읽은 치스릭크 교수의 논문"7)이라고 한다. 이 말을 그대로 믿는다면, 치스릭크 교수의 논문이 발표된 1962년 또는 엔도가 치스릭크 교수에게서 사사한 1965년경부터 페드로 키베에 관심을 가지기 시작한 것이 된다. 그로부터 10년 이상을 들여 현지 취재8) 등을 거쳐 『銃과 十字架』를 썼던 것이다. 또한 『銃과 十字架』 발표 이후 다시 10년 이상에 걸쳐 현지 취재9)나 역사 연구10)를 거듭해 『王의 挽歌』를 완성해낸 것이 된다.

이상과 같은 과정을 거쳐 『王의 挽歌』가 완성되었지만, 「小説新潮」에 연재된 초출과 신쵸오사에서 간행된 초판 책에는 다른 점이 있으므로 하나만 지적해 두고 싶다. 초출과 신쵸오사 책을 비교하면, 소린의 의형 타하라 쇼오닌(田原紹忍)을 타하라 치카카타(田原親賢)라고 하는 등, 읽기 쉽게 하기 위한 퇴고는 더러 있지만, 본문 중에서 크게 변경된 곳은 없다. 문제가 되는 것은 '2층 붕괴의 변'이라고 불리는 사건을 그렸다는 것에 있다. 초출의 「小説新潮」에서는 「제2회 아버지 살인(一)」, 「제3회 아버지 살인(二)」이라는 제목이었지만, 신쵸오사판에서는 「아버지의 피에 의해서」로 변경되고 있다. 이 이유에 대해 생각해보고 싶다.

'2층 붕괴의 변'은 이른바 가독 소동이다. 아버지 여시카내(義鑑)가 소린을 폐적하고 소린의 이복동생인 시오이치마루(塩市丸)로 가독을 잇게 하려 한 것이 원인이 되어, 소린의 아버지 여시카내(義鑑)와 의붓어머니

코소오조오(小少将), 시오이치마루가 가신에게 살해당하고, 또 모반자로서 소린의 상담역이었던 이리타 치카자내(入田親誠)도 살해당해 결과적으로 소린이 상속자가 된 사건이다. 다만 '2층 붕괴의 변'의 원인에 대해서는 여러 설이 있다. 소토야마 미키오(外山幹夫)는『大友宗麟 人物叢書』(吉川弘文館, 1975년 2월)에서, 의문의 여지없이 시오이치마루의 친어머니가 이리타 치카자내와 모의하여, 여시카내가 시오이치마루에게 호주를 승계하도록 했다고 말하고 있다. 또 아쿠타가와 타츠오(芥川龍男)11)는 시오이치마루 옹립 배경으로 소린 어머니의 출자인 오오우치의 세력을 배제하려는 여시카내의 배려와 여시카내의 충신 이리타 치카자내의 음모라고 하는 근년의 2개의 설을 소개하고 있다.『王의 挽歌』에서는 소린 어머니의 출자인 오오우치의 세력을 배제하려는 움직임과 소린의 숙부 키쿠치 요시타케(菊池義武)의 음모에 이리타 치카자내가 협력했다고 하는 점에서도 미루어 볼 때 대체로 아쿠타가와 타츠오가 소개한 근년의 설을 답습한 것이라고 말할 수 있다. 한편, 사건의 결과 제일 이득을 본 인물, 즉 소린이 '아버지 살인'의 주모자는 아닐까 하는 의혹도 있다. 카이온지 초고로(海音寺潮五郎)12)나 와타나베 스미오(渡辺澄夫)13) 등은 소린의 사건 처리가 너무 흐지부지하여, 오히려 이상한 억측이 나돌고 있다고 했다. 엔도도 당연히 이 소린 흑막설을 알고 있었기에,「小説新潮」연재 시에는「제2회 아버지 살인(一)」이라고 하는 제목을 붙이고 제목의 왼쪽에 아버지를 죽인 오이디푸스에 대한 그리스비극의 말을 인용했을 것이다. 2회에서는 사건의 전제인, 오오우치의 피를 부르는 소린 폐적의 움직임과 시오이치마루의 친어머니가 꾸민 음모가 암시되는 것까지 그려져 있다. 그리고 다음의「제3회 아버지 살인(二)」으로 '2층 붕괴의 변'이 이루어지는 것이지만, 여기에 도달해 이제껏 '약자'[14]로 그려져 온 소린과 '아버지 살인'을 범할 정도로 난폭한 소린 사이에는 괴리감이 크기에 이를 통해 소린 흑막설을 배제한 것은 아닐까. 요컨대, 「제2회 아버지 살인(一)」 과 「제3회 아버지 살인(二)」 사이의 내용 변경에 수반해, 신쵸오사판의 제 목이 「아버지의 피에 의해서」로 변경되었다고 생각할 수 있는 것이다.

3. 죽음을 둘러싼 문제

『王의 挽歌』는 제목이 나타내는 대로, 인간의 죽는 모습이 통저음으로 서 작품 전체에 영향을 주고 있다. 전반(초출에서는 제1부, 신쵸오사 책에 서는 상권)에서는 오오토모 소린이 다양한 사람의 죽음을 직면하면서 죽 음에 대한 공포나 죽음을 맞이하는 심경에 대해 고민하지만, 후반(초출에 서는 제2부, 신쵸오사 책에서는 하권)에서는 기독교의 신앙 아래에서 조 용히 죽음을 맞이한다.

소린이 맞닥뜨린 최초의 큰 충격은 어릴 적 어머니의 죽음이다. 어머니 는 바다의 기억과도 연결되는, 소린에게 있어서 행복을 느낄 수 있는 유 일한 상대였다. 하지만 어머니의 죽음으로 모든 것이 바뀌어버린다. 그리 고 '2층 붕괴의 변'에 의해 아버지와 상담역 이리타 치카자네가 죽는다. 특히 자신을 가르쳐 준 이리타 치카자네의 배신에 충격을 받아 소린은 인간 불신에 빠진다. 이 세 명의 죽음은 소린의 인격 형성에 큰 영향을 주어 그 내면에 어둠이 자리 잡게 된다.

아버지의 죽음으로 인해, 오오토모가(家)의 '야카타(영주)'가 된 소린 앞으로 전국 무장들의 수많은 죽음이 보고된다. 최초로 알게 된 것은 오오우치 요시타카(大内義隆)의 죽음이다. 소린은 숙부이며 자신과 같이 문아(文雅)를 사랑해 다양한 재능을 갖춘 오오우치 요시타카에게 동질감을 느끼고 있었지만, 그는 가신의 모반에 의해 죽었다. 오오우치 요시타카가 임종 시 한 말은, "임종 동안에는 무념무상으로 있는 것이 가장 중요하다."였다. 다음으로 그 숙부를 죽인 스에 하루카타(陶晴賢)의 죽음을 알게 되어 세상의 무상함을 깨닫는다.

> (패자는 차례차례로 죽어 간다. 이 하극상의 세상, 나도 언젠가······.)
> <u>소린은 스에 하루카타가 죽음의 순간에 무엇을 생각했는지, 그것을 알고 싶었다.</u>
> 확실히 자결 천도하는 하루카타의 마음을 자신의 마음과 겹쳐 보면서, 가을 하늘 속에서 그는 가만히 앉아 있었다.
> (하선부 인용자/「소린 대 모토나리」『王의 挽歌』)

소린은 여기에서도 죽음을 맞이하는 순간에 대해 고뇌하고 있다. 계속해서 그는 진짜 남동생인 오오우치 요시나가(大内義長)의 죽음을 알게 된다. 모리 모토나리(毛利元就)와의 술책을 위해 소린이 버렸기 때문에 죽었다. 이 두 명의 죽음의 구는 「陰徳太平記」에서 인용되고 있다. 확실히 만가이다.

또 소린의 정부인 야노(矢乃)에 의해 첩 핫토리 우쿄노스케(服部右京亮) 부인이 살해당한다. 핫토리를 질투한 야노가 가신에게 불을 붙이게 했던 것이다. 핫토리 우쿄노스케 부인은 불 속에서 다음과 같이 말한다.

　　"이것으로…수치 많은 생애를 끝내, 죽은 우쿄노스케님에게…사과 드
　린다."

(「여자의 죽음」『王의 挽歌』)

　　남편을 죽인 소린의 첩이 되어 살아야 했던 그녀의 괴로움을 읽어낼
수 있는 부분이다. 핫토리 우쿄노스케 부인을 죽인 야노도 소린과 이별하
고 고독 속에 죽어간다. 두 사람 모두 소린으로 인한 괴로움으로 죽은
것이다. 소린은 두 명의 사후에 마음이 쓰였지만 라그나 신부는 다음과
같이 대답한다.

　　"하나님 밑에 가는 자는 모두 사랑의 빛에 싸입니다. 그 여성도 지금
　은 영주님을 용서하고 있습니다."
　　소린의 마른 뺨에 눈물이 천천히 흘러 떨어졌다. 그 괴로워했던 여자
　가 지금, 사랑의 빛에 싸이고 있다.
　　"파드레, 죽은 야노도 그 사랑의 빛에 싸일까?"
　　라그나 신부는
　　"저 혼자 생각입니다만…그렇게 생각하고 있습니다."

(「임종의 무렵」『王의 挽歌』)

　　라그나 신부가 말하는, 소린을 원망해 죽은 두 사람 모두 하나님의 밑
에 가서 "사랑의 빛에 싸여" 소린을 용서하고 있다는 것은 가톨릭 교의에
서 빗나간 특이한 사생관이다. 성도가 아닌 핫토리 우쿄노스케 부인과
야노가 과연 하나님의 밑으로 갈 수 있을지도 의문이다. 하지만 이 이야
기를 들은 소린이 위로를 받은 것은 확실하다.
　　이렇게 해서 소린은 조용한 죽음을 맞이할 수 있었지만, 『王의 挽歌』
는 한걸음 더 나아가 소린의 장남 오오토모 요시무네(大友吉統)의 죽음

까지 그린다. 요시무네는 그리스도교의 금교령이나 조선 침공 등에서 히데요시(秀吉)에 의해 계속 휘둘린 끝에, 세키가하라 전투에서 패군의 장수가 되어 결국 아키타에 유폐되어 죽지만, 마지막에 신앙이 부활해 "의지할 것은 하나님밖에 이 세상에 없다."라고 하는 아버지의 말을 이해한다. 즉, 소린이 죽음을 맞이하는 심경을 요시무네의 시점에서 그리고 있는 것이다.

4. 영혼의 드라마

먼저 말한 것처럼, 『王의 挽歌』에는 『스캔들』 이래로 이어지는 무의식의 문제가 추구되고 있다. 말하자면 심리소설로서의 측면이 있다. 그것은 소린과 히데요시의 최초 알현 장면만을 봐도 알 수 있다. 소린, 히데요시, 센노리큐우(千利休) 각각의 마음의 움직임이 극명하게 그려져 있기 때문이다. 그중에서도 소린은 직감이 날카로워, 갑자기 출세하자 히데요시에게 어떻게 맞추면 좋을지 곧바로 이해하고, 센노리큐우의 엷은 웃음의 의미를 즉시 깨닫는다. 이 소린의 예민함은 타인뿐 아니라 자기 자신에게도 적용된다. 그리고 이를 통해 '마음속 깊은 곳'에 들어간다.

소린은 '어두운 추억'을 안고 있다. '2층 붕괴의 변'으로 자신을 교육시켜 준 이리타 치카자내의 배반을 안 것과 속으로는 아버지의 죽음에 안심하면서 가신 앞에서는 침통한 표정을 가장하고 있는 자신의 거짓된 모습이 그것이다. 타인뿐만 아니라 자신마저도 믿을 수 없게 된 체험인 것이다.

‘아무도 믿을 수 없다’라고 하는 인간 불신은 소린의 마음에 어둠을 형성한
다. 그러한 마음의 어둠을 상징하는 장면이 ‘무명의 어둠’이다.

> (나도…내가…모르겠다)/우스키의 어둠은 후다이의 그것보다 깊고 진
> 하다. 먼 곳에서 바닷소리가 난다. 해명을 들으면서 ‘내 마음이 어둠 그
> 자체라면’ 하고 소린은 생각한다. 마음의 어둠, 무명의 어둠, 단 하나의
> 등불도 보이지 않는 길을 그는 종자와 함께 말을 타고 성으로 돌아온다.
> (하선부 인용자/「무명의 어둠」『王의 挽歌』)

소린은 이 어둠을 모반 우쿄노스케를 죽이고 그 부인을 농락한 것으로
보지만 ‘무명의 어둠’에 ‘마음의 어둠’이 중첩되어 있다는 점만은 분명하
다.

그러나 소린의 ‘마음의 어둠’에 다른 의견을 제시하는 인물이 있었다.
사베리오 신부이다. 사베리오 신부는 “비참한 알몸의 모습으로 책형을 받
았던” 예수의 모습이 겹쳐질 만큼 야위고 초라한 모습을 하고 있었지만,
‘아무도 믿을 수 없는’ 소린에게 있어서 유일하게 믿을 수 있는 인물이었
다. 게다가 사베리오 신부는 소린의 어머니와 함께 마음의 동반자로서
항상 소린 옆에 있었다. 그것을 상징하는 것이 ‘눈빛’이다.

> 청년 때, 장년 때, 그는 자신이 누구인지 스스로도 모르고, 한때 육욕
> 에 빠져 냉혹한 처사를 실행했지만 그런 때, 멀리서 사베리오의 눈이
> 끊임없이 그를 보고 있는 것 같았다. 그것은 그를 탓하는 것이 아니라,
> 오히려 소린의 괴로움을 모두 받아들이고자 하는 눈빛이었다. 그 눈빛은
> 어머니의 그것과 닮았고, 현재의 아내 츠유(露)에게서도 그것을 찾아냈
> 다. 그 눈빛과 같은 것을 바리냐노 신부도 가지고 있었다.
> (하선부 인용자/「바리냐노 신부의 야망」『王의 挽歌』)

이 '눈빛'에 의해서 사베리오 신부, 소린의 어머니, 현재 부인 츠유, 바리냐노 신부가 연결되어, 소린의 '마음의 동반자'가 밝혀진다. 게다가 이 연결 고리 끝에는 하나님의 '눈빛'이 있는 것이 확실하다. 여기에서 소린의 신앙도 간파할 수 있다. 이상과 같이 『王의 挽歌』에는 소린의 '마음의 어둠'이 하나님으로 향하는 영혼의 드라마가 있어, 소린의 마음의 궤적이 보기 좋게 그려진 작품이 되고 있다. 이를 통해 키리시탄 문학으로서의 신국면을 간파할 수 있다.

【주】

1) 『遠藤周作歷史小説集1 女의一生 키쿠의 경우』(講談社, 1996년 1월)
   『遠藤周作歷史小説集2 宿敵』(講談社, 1995년 11월)
   『遠藤周作歷史小説集3 反逆』(講談社, 1995년 9월)
   『遠藤周作歷史小説集4 決戦の時』(講談社, 1996년 3월)
   『遠藤周作歷史小説集5 男의一生』(講談社, 1996년 5월)
   『遠藤周作歷史小説集6 王の挽歌』(講談社, 1996년 7월)
   『遠藤周作歷史小説集7 女』(講談社, 1995년 5월)
2) 『日本国語大辞典 第2版』(小学館, 2001년 4월)
3) 長濱拓磨「遠藤周作「歷史小説」의一側面」(「遠藤周作研究」第 4 号, 2011年 9月)
4) 『침묵』(김윤성 옮김 바오로딸 1973년 7월)
5) 佐古純一郎「芥川竜之介의『神神의微笑』와 遠藤周作의『沈黙』」(「聖心女子大学論叢」, 1966년 12월)
6) 『王의 挽歌』 이전에 오오토모 소린을 주인공으로 한 작품은 다음의 5권뿐이다.
   1. 白石一郎『火炎城』(講談社, 1974년)
   2. 赤瀬川隼『王国燃 小説 大友宗麟』(講談社, 1987년 8월)
   3. 御手洗一而『大友宗麟 二階崩』(新人物往来社, 1989년 8월)
   4. 高山由紀子『国東物語 돈・푸란시즈코・大友宗麟』(八重岳書房, 1989년 9월)
   5. 風早恵介『大友宗麟』(青樹社, 1989년 10월)
7) 『王의 挽歌』와 『키리시탄 영주 오오토모 소린』에 대해서는, 山田都与「遠藤周作『王의 挽歌』와 白水甲二『키리시탄 영주 오오토모 소린』」(「金城日本語日本文化」, 2008년 3월)으로 논하고 있다
8) H・치스릭크「세계를 걸은 伴天連—岐部神父의生涯」(「上智史学」, 1962년 6월)
9) 취재 일기라고도 할 수 있는 에세이 중 하나로「石仏의里 国東」(초출「太陽」, 1977년 7월호)이 있다. 이 안에서는, 구니사키 반도의 연구서로서 和歌森太郎編『쿠니사키 西日本民俗・文化에 있어서 地位』(吉川弘文館, 1960년)와 中野幡能『古代国東文化의 謎 宇佐神道와 国東文化』(新人物往来社, 1974년)의 2권을 들고 있다.
10) 『王의 挽歌』의 취재 일기로서 오오토모 소린이 천주교의 이상 왕국 건설을 꿈꾼 땅을 조사하는 회사원의 이야기인 단편소설「無鹿」(「別冊文芸春秋」, 1981년 봄호)이 있다. 또 수많은 고성을 방문한 것은 『王의 挽歌』 본문 중에서도 많이 언급되고 있다.
11) 『王의 挽歌』와 관련된 역사 자료는 다음과 같은 것이 있다.
   1. 지안 크랏새『日本西教史』(太陽堂書店, 1931년 5월)
   2. 松田毅一『키리시탄 영주 大友宗麟』(中央出版社, 1947년 8월)

3. 미카에루 슈타인, 吉田小五郎訳 『키리시탄 영주』(乾元社, 1953년 5월)

4. 和歌森太郎編『쿠니사키 西日本民俗・文化에 있어서 地位』(吉川弘文館, 1960년)

5. 래언 파재스, 吉田小五郎訳『日本切支丹宗門史(上)(中)(下)』(岩波書店, 1960〜1962년)

6. 松田毅一 『天正少年使節』(角川新書, 1965년 8월)

7. 海音寺潮五郎 「大友宗麟」/『武将列伝　中』(文芸春秋, 1966년 11월)

8. 白水甲二(遠藤常久) 『키리시탄 영주　大友宗麟』(春秋社, 1970년 9월)

9. 中野幡能『古代国東文化의謎　宇佐神道과国東文化』(新人物往来社, 1974년)

10. 中村真一郎 「大友宗麟」/『日本史探訪　第十一集』(角川書店, 1974년 7월)

11. 田中千禾夫「大友宗麟」/『人物日本의歴史9　戦国의群雄』(小学館, 1975년 1월)

12. 外山幹夫 『大友宗麟　人物叢書』(吉川弘文館, 1975년 2월)

13. 渡辺澄夫 『大分의歴史第四巻　키리시탄 영주　大友宗麟』(大分合同新聞社, 1978년 8월)

14. 루이스 푸로이스著 松田毅一・川崎桃太訳『日本史 6：豊後篇 1』(中央公論社, 1978년 8월)

15. 루이스 푸로이스著 松田毅一・川崎桃太訳『日本史 7：豊後篇 2』(中央公論社, 1978년 10월)

16. 루이스 푸로이스著 松田毅一・川崎桃太訳『日本史 8：豊後篇 3』(中央公論社, 1978년 12월)

17. 芥川龍男編 『大友宗麟의 모든 것』(新人物往来社, 1986년 4월)

18. 『武功夜話　前野家文書　全四巻・補巻』(新人物往来社, 1987년〜1988년)

19. 外山幹夫 『大友宗麟　人物叢書新装版』(吉川弘文館, 1988년 12월)

20. 桑田忠親 「大友宗麟」/『新編日本武将列伝 5』(秋田書店, 1989년 10월)

12) 「宗麟의 生涯—그転機—」/芥川龍男編 『大友宗麟의 모든 것』(新人物往来社, 1986년 4월)所収

13) 海音寺潮五郎 「大友宗麟」/『武将列伝　中』(文芸春秋, 1966년 11월)

14) 『大分의歴史 第四巻 키리시탄 영주 大友宗麟』(大分合同新聞社, 1978년 8월)

15) 소린이 소년 시절부터 폭력과 행패를 일삼았다고 하는 설은 많다. 전출의 아쿠타가와 타츠오 씨(⑪과 같다)에 의하면, 『大友興廃記』에서 함부로 손댈 수 없는 난폭한 젊은 이로 그려져 있어, 『信長公記』에 기술되어 있는 젊은 날의 오다 노부나가와 꼭 닮았다고 말하고 있다.

엔도 슈사쿠(遠藤周作)의 『깊은 강(深い河)』론

이평춘

1. 서론

엔도 슈사쿠(遠藤周作)의 『깊은 강(深い河)』은 1993년 6월 순문학 특별 작품으로, 고단사(講談社)에서 발간되었다. 이 작품은 엔도의 나이 70세 때 발표된 것으로, 투병을 하면서 집필한 마지막 순문학이다. 그의 투병 과정을 알 수 있는 『「깊은 강」창작일기』에는 당시의 모습이 상세히 쓰여 있다.

70세의 몸으로 이러한 소설을 쓰는 작업은 너무나 힘든 노동이다. 그러나 완성시키지 않으면 안 된다. (중략) 이 일기를 다시 읽어보면, 두꺼운 벽에 부딪힐 때마다 그것을 극복하게 한 것은 내 무의식 속에 떠오르는 스토리였음을 알 수 있다. 그 스토리에는 오랜 시간, 내 소설의 본질이 있었다는 느낌을 금할 수 없다. 그 본질이 어쩌면 나의 인생관, 인간관인지도 모르

겠다.[1]

엔도는 초기 작품부터 마지막 작품에 이르기까지, 일생에 걸쳐 일관되게 관철시켜 온 문학의 주제를 『깊은 강』에서 명백히 하였다. 그의 문학적 주제인 '신(神)'의 문제는 『깊은 강』의 '신(神)'으로 귀결하게 되는데, 어떻게 『깊은 강』의 '신(神)'으로 결실을 맺게 되었는지를 논증하는 것이 본 논문의 목적이다.

『깊은 강』에는 여러 등장인물이 존재한다. 암으로 아내를 잃은 이소베 오사무(磯辺オサム), 이소베의 아내를 간병하던 자원봉사자 나루세 미츠코(成瀬美津子), 동화 작가인 누마다(沼田), 전쟁의 처참한 기억을 지닌 기구치(木口), 신혼여행을 온 산죠 부부(三條夫婦), 여행 안내원인 에나미(江波), 그리고 미츠코의 회상을 통해 등장하고 갠지스 강에서 만나게 되는 오츠(大津) 등이다.

이 인물들은 이제껏 한 번도 서로 만난 적 없는 초면이지만, 인도 여행을 통해서 서로의 인생에 개입하고 영향을 주는 인물들이다. 그리고 여행 장소가 '인도의 갠지스 강'이라는 점과 각자가 살아온 인생들이 결부되어 관계 맺기를 하게 된다. 그들은 각자 과거를 지니고 있고, 그 과거에 속박된 채 단체 여행에 참가하고 있다. 그들의 심경은 다음과 같은 내용에서 드러난다.

> "어떤 것을 찾으러 갑니다. 정말로 보물찾기 같은 여행입니다."
> "여러분 모두 각기 다른 심정으로 인도에 가시는 거군요."[2]

서로에게 타인이었던 그들은 여행이라는 짧은 기간 동안 서로가 서로에게 동행자가 되어 간다.

엔도는 인간의 고통을 외면하지 않고 늘 인간 곁에 함께하는 동반자 예수를 작품 속에 형상화시켰다.[3] 그리고『깊은 강』에서, 여행이라는 형식을 통해 고통을 안고 있는 인간이 또 다른 고통을 안고 있는 인간들 곁에서 함께 여행을 하면서 서로가 서로의 고통에 공감하는 동반자로 형상화시킨다. 지금까지 자신의 인생에 흔적을 남긴 동반자를 잊지 못하는, 혹은 그 동반자를 찾아 인도 여행에 참가하는 이들로 그리고 있다.

2. 등장인물

작품의 중심인물은 유언을 남기고 죽은 아내를 생각하는 이소베, 대학 시절 그저 장난으로 잠시 사귀었지만, 지금은 신부가 된 오츠에 대한 기억을 잊지 못하고 그가 인도에 있다는 소문을 듣고 찾아가는 미츠코, 가톨릭 신부이지만 죽음을 준비하기 위한 사람들이 인도의 갠지스 강에 도달할 수 있도록 도와주는 오츠 등이다.

작품의 등장인물들은 저마다 각각의 이유로 인도 여행에 참가하는데, 그 점에 대해 엔도는『깊은 강』의 주제가 '인간의 영혼이 찾고 있는 사랑'에 있다고 하며, 그것을 위한 방법으로서 등장인물들에게 "인도 여행이라는 투어 형식을 취하게 했다."[4]라고 말하고 있다.

특히 등장인물은 현재를 언급하면서 과거를 회상하는 형식을 취하고 있다. 이 형식은 엔도 소설에서 많이 사용되는 방법이라고 해도 좋을 것이다. 그러면 이제 저마다 과거를 갖고 있는 등장인물들을 각각 구체적으로 열거해 보겠다.

2-1. 이소베 오사무(磯辺オサム)와 그의 아내

회사원인 이소베(磯辺)에게는 병에 걸린 아내가 있다. 의사로부터, 암으로 인해 남은 생명이 3개월밖에 안 된다는 선고를 받았다. 그러나 그 사실을 아내에게 전할 용기가 없어 거짓말을 해버렸다. 자원봉사자인 미츠코(美津子)가 입원한 아내를 간병한다. 아내는 나날이 쇠약해지고 드디어 죽음을 맞는다. 임종 때 아내는 "나…꼭…다시 태어날 테니, 이 세상 어딘가에 다시 태어날 테니…찾아요…나를 찾아줘요…약속이에요, 약속이에요."라고 유언을 남겼다. 장례식을 마치고 아무도 없는 집으로 돌아온 이소베는 아내의 빈자리를 느낀다. 그리고 여행 도중에도 내내 아내에 대한 그리움을 떨쳐버리지 못한다. 그에게 있어 아내는 어떤 존재였던가. 아내가 옆에 있을 때는 느끼지 못했던 무게를 아내가 죽고 난 후에 느끼게 되었다. 그 심경을 다음과 같이 설명한다.

> 결혼 생활이란 그에게 있어, 서로 보살펴주거나 도와주거나 하는, 남녀가 분업하여 서로 돕는 관계였다. 같은 지붕 아래서 함께 생활하며, 애정이 급속히 소멸되어 버린 뒤에는 서로가 서로에게 어떤 도움이 될 것인가, 편한가, 이것이 문제가 되는 것이다. (중략) 남편이 매일 지쳐 회사에서 돌아왔을 때 어느 정도 멋대로 행동하는 것을 눈감아주고, 쉴 수 있게 해주는 것, 이것이 아내의 최대 임무라고 그는 생각했다. (중략) "아내는 남편에게 있어 공기와 같은 존재가 되면 됩니다."

"공기가 없으면 곤란합니다. 그러나 공기는 눈에 보이지 않습니다."[5]

　이소베에게 있어 아내는 공기와 같은 존재이자 자신을 도와주면서 함께하는 동반자였다. 그 동반자가 있을 때는 고마움을 느끼지 못했는데 아내가 죽고 난 후에야 그 고마움이 가슴 깊이 스며드는 것이었다. 그 아내가 죽음을 맞기 전 남긴 유언을 떠올린다. 이소베는 "나를 찾아줘요."라는 아내의 유언을 생각한다. 그러한 이소베의 심정은 다음과 같다.

　　하지만 이소베는 그런 불가능한 일이 있을 거라고는 생각지 않았다. 거의 대부분의 일본인과 마찬가지로 무종교인 그에게 죽음이란 모든 것이 소멸되는 것이었다. 다만 그녀가 생전에 사용했던 일상의 물건들이 아직도 이 집안에 남아 있었다.[6]

　이소베에게 있어 "죽음이란 모든 것이 소멸되는 것"이었다. 아내가 남긴 유언은 죽은 사람이 다시 살아난다는 것을 의미하고 있었다. 그 때문에 이소베의 마음에 한 가닥 의문이 남는다.

　미국에 있는 조카딸을 방문했을 때 그는 스티븐슨 교수의 『前生을 기억하는 아이들』이라는 책을 읽고 아내도 이 세상 어딘가에 다시 태어날지 모른다는 생각을 하게 된다. 이소베는 연구 단체에 편지를 보내, 전생에 일본인이었다는 인물의 수사를 의뢰한다. 인도의 캄로지에 그런 소녀가 있다는 답신을 받은 이소베는 소녀를 만나기 위해 인도에 가고자 결심한다. 아내가 유언으로 남긴 환생(還生)이라는 과제를 안고 인도로 향한 것이다. 그 여행설명회에서 아내를 간병해준 자원봉사자 미츠코를 만난다.

2-2. 나루세 미츠코(成瀨美津子)

나루세 미츠코(成瀨美津子)는 병원의 자원봉사자로, 이소베의 아내를 간병해 주었는데, 인도 여행설명회에서 이소베와 재회한다. 미츠코가 인도 여행을 계획한 이유는 다음과 같다.

> 그녀가 인도에서 무엇을 보고 싶은지 사실은 자신도 알 수 없었다. 어쩌면 선과 악, 잔혹함과 사랑이 혼재된 여신(女神)들의 상(像)과 자신을 비교하고 싶었는지도 모르겠다. 아니, 그것만이 아니라 또 하나, 그녀에게는 찾고 싶은 것이 있었다.[7]

택시의 유리창으로 내다보이는 대학교를 보며, 자신의 학창 시절과 오츠를 떠올린다. 미츠코는 가톨릭계 대학에 재학하는 동안, 어린 시절부터 크리스찬인 오츠를 타락시키기 위해 그를 유혹한 일이 있었다. 오츠는 미츠코를 사랑하여 '신(神)'을 버렸다. 그런데 미츠코에게 버림받은 그는 다시 신앙의 세계로 돌아가, 프랑스의 수도원, 인도의 아슈람 등, 유럽의 그리스도교 신앙에 몰입하고 있다.

수년 후, 미츠코는 돈 많고 평범한 남자와 결혼하지만 미츠코의 이상과는 맞지 않았다. 신혼여행지에서조차도 남편과 따로 행동한다. 혼자서 여행하면서 미츠코는 '정말 무엇을 원하는가, 왜 혼자 이런 곳에 온 것인가.' 하고 생각하게 된다. 그녀의 심경은 다음과 같이 표현되어 있다.

> 미츠코는 자신이 다른 여성들과 달리 누군가를 진실로 사랑할 수 없는 듯 생각되었다. 모래땅처럼 바짝 말라 고갈된 여자. 사랑이 다 타버

린 여자.8)

그녀는 프랑수아 모리악의 작품 「테레즈 데케루」의 무대인 랑드 지방을 돌아다녔지만, 여전히 이 여행을 통해서 자신이 무엇을 찾고 있는지 알 수 없었다. 그런 그녀는 "마음속에는 무언가 파괴적인 것이 숨죽이고 있다", "옛날에는 모이라, 지금은 테레즈"와 같은 여성으로 묘사되어 있다. 그녀가 느끼고 있는 허무는 어디에서부터 시작된 것일까.

이러한 여성은 '나루세'라는 같은 이름으로 엔도 소설에 자주 등장한다. 대표적인 소설이 『스캔들』인데, 『깊은 강』의 나루세 미츠코는 『스캔들』과 이어지는 인물로 생각된다. 이와 같이 엔도 소설에는 허무를 느끼고 자기 자신을 자학하며 사랑조차도 구하지 않는 니힐리스트가 이따금 등장한다. 그 원형이 프랑수아 모리악의 「테레즈 데케루」라고 생각된다. 그리고 「테레즈 데케루」의 무대를 방문한 미츠코에 대해 화자는 다음과 같이 이야기하고 있다.

> 미츠코는, 테레즈를 어둠의 숲 속으로 이끄는 소설 속의 기차가 모리악의 창작이라는 것을 알았다. 그렇게 본다면, 테레즈는 현실이라는 어둠의 숲을 지나쳤던 것이 아니라 마음 깊은 곳 어둠의 정체를 보기 위함이었다. 그랬던 것인가.
> 그랬던 것인가 하고 정신이 든 미츠코는 자신이 파리에 남편을 남겨두고 이런 시골에 이르게 된 것도 실은 자신의 마음속 어둠을 알기 위해서였다고 깨닫게 되었다.9)

그녀는 자신의 허무의 시작이, 다름 아닌 마음을 충만하게 하는 대상이 존재하지 않았기 때문이라는 사실을 알게 된 것이다. 그리고 "파리에 남편을 남겨두고 이런 시골에 이르게 된 것도 실은 자신의 마음속 어둠을 알기 위해서였다고 깨닫게" 되었다. 그녀의 방황은 바로 그것을 추구하기 때문이었는지 모른다. 하지만 그녀는 그것이 무엇인지 알지 못한다.

그녀는 신혼여행지인 프랑스 파리에서 혼자 리용으로 간다. 그리고 묵고 있던 호텔에서 연락해 오츠와 만난다. 오츠는 프랑스 리용의 신학교에 다니고 있었다. 소느 강가를 거닐면서 미츠코가 오츠에게서 느낀 것은 다음과 같은 것이었다.

> 신(神) 따위는 믿지 않는 미츠코로서는 그가 한 말이 궤변으로밖에 생각되지 않았다. 다만 이해할 수 있었던 것은 이 초라한 남자가 지금의 미츠코와 옛 친구, 그리고 미츠코의 남편의 세계와는 아주 동떨어진 차원의 세계에 들어갔다는 사실이었다.[10]

오츠로부터 양파(예수)에 관한 이야기를 들으면서 미츠코는 '지긋지긋해. 아무 쓸모도 없는 환영(幻影) 때문에 인생을 망치고 있는 남자. 나로서는 너무도 거리가 먼 세계'라고 생각한다.

그리고 오츠와 헤어져 파리로 돌아와 남편을 만난다. 그러면서도 미츠코는 신혼여행 동안 내내 '나는 도대체 무엇을 원하고 있는 건가'라는 생각을 떨칠 수 없다. 그런 생각을 하던 미츠코는 결국 남편과 헤어지게 되고, 자원봉사를 하면서 살아간다.

2-3. 누마다(沼田)

누마다(沼田)는 유년 시절부터 초등학교 4학년 봄까지 중국의 다롄에서 살았다. 그가 다롄에서 살고 있을 때, 그의 어머니는 심부름시킬 중국인 소년을 고용했고, 15살의 '이'라는 그 소년은 가사를 도우며 누마다를 보살펴주었다. 어느 날, 학교에서 돌아오는 길에 누마다는 눈곱이 많이 끼고 흙투성이인 개를 발견했다. 너무 더러워서 어머니는 버리라고 했지만, '이'가 깨끗이 씻겨주고 나무 상자에 넣어 집에 두었다. 하지만 아버지 역시 시끄럽다며 버리라고 야단을 쳤고, 이 사실을 안 '이'는 누마다 대신 강아지 구로를 숨겨주었다. 그리고 이후 그럭저럭 기운을 차린 개를 부모에게 데리고 가서 키우게 해달라고 사정해 결국 허락을 받는다. 그러나 '이'는 석탄을 훔쳤다는 혐의로 쫓겨나게 된다.

초등학교 3학년 가을, 누마다 양친의 이혼 이야기가 나왔다. 누마다는 그 시기 학교에서 집으로 돌아오는 것이 고통스러웠다고 회상하고 있다. 구로에게만 "집에 가고 싶지 않아."라고 말을 건넸다. 그러자 구로가 "어쩔 수 없잖아. 산다는 건 그런 거야."라고 대답하는 듯했다. 그 시기의 일을 두고 화자는 이렇게 말하고 있다.

> 구로는 그때 유일하게 그의 슬픔을 이해해주고 그의 말을 들어주는 존재였고, 그의 동반자이기도 했다.[11]

누마다가 회상하는 유년 시절은 엔도의 유년 시절과 중첩된다. 그 어두운 시간의 끝에서, 어머니는 누마다를 데리고 일본으로 돌아오게 되었다. 아버지는 그들을 배웅하지 않았다. 그들을 배웅한 것은 구로뿐이었다.

> 누마다는 마차가 움직이기 시작하자 돌아보며 자신을 쫓아오는 구로를 바라보았다. 울지 않으려 해도 눈이 젖고, 그 모습을 어머니에게 들키

지 않으려고 고개를 숙였다. 구로는 한길을 돌아서도 계속 달려오고 있
었다. 마치 이것이 누마다와 자신의 이별이라는 것을 알고 있는 듯했다.
그러나 이윽고 지친 구로는 발을 멈추고 사라져가는 누마다를 체념 가
득한 눈으로 바라보면서 서서히 작아져 갔다. 누마다는 어른이 되어서도
그 구로의 눈을 기억하고 있다. 그가 이별의 의미를 처음으로 알게 된
것은 바로 '이'와 구로에 의해서였다.12)

누마다는 이렇게 구로라는 개에 대한 애착을 밝히고 있다. 그 애착의
이유는 "구로는 동물이 인간과 이야기를 나눌 수 있다는 것을 그에게 처
음으로 가르쳐준 개였다. 아니, 이야기를 나눌 뿐만 아니라 슬픔을 이해해
주는 동반자라는 점을 알게 해주었"기 때문이다.

그리고 대학 시절부터 동화를 쓰는 것을 평생의 직업으로 선택했다.
이 동화 속에서 그는 아이들의 슬픔을 이해하는 개와 산양, 그리고 새끼
새에 대해 썼다.

동화 작가가 된 누마다는 한 마리의 코뿔새를 기르며 피에로라고 이름
붙였다. 그러나 그 새의 울음소리는 귀엽지도 않았고, 새장에서 나는 냄새
도 지독했기 때문에 풀어주려고 새장 문을 열어놓은 채 바깥에 내놓았다.
그런데 그날 밤, 일을 하고 있던 그는 코뿔새가 우는 소리를 듣는다.

그때였다. 형언할 수 없는 슬픈 소리가 들려왔다. 마치 촛불이 확 타올
랐다가 꺼지듯 모든 슬픔을 담은 애절한 소리였다. 코뿔새가 울고 있었
던 것이다. 누마다는 피에로가 수많은 감정을 담아 "외로워요."라고 소
리친 것처럼 생각되었다. 그는 그때 비로소 이 우스꽝스런 피에로에게
연대감 같은 것을 느꼈다.13)

새의 울음소리를 "외로워요."라고 느끼고, 새의 울음소리를 마치 자신

의 고독을 반영한 것으로 느낀 누마다는 피에로와 이제까지와는 다른 관계를 맺기 시작한다. 이후 누마다는 결핵이 재발하여 입원하게 되는데, 입원하기 전날 그는 코뿔새를 풀어주었다.

누마다는 2년 동안 입원 생활을 하게 되었다. 지치고 외로운 병실에 있는 누마다에게 아내는 구관조를 한 마리 가져다 주었다. 누마다는 "아내는 꺼림칙했다. 소년 시절부터 누마다는 언제나 마음의 비밀을 사람에게가 아니라 개와 새에게 털어놓았다. 이번 경우에도 거듭되는 수술 실패로 우울해진 기분을 코뿔새와 같은 새들에게 고백하고 싶은 마음이었지만, 아내는 그것을 간과하고 있었다."라고 자신의 고독을 이해해줄 동반자를 찾는 심정을 이야기하고 있다. 누마다의 경우, 그 대상은 사람이 아니라 개나 새와 같은 동물이었다.

> 살아오면서 진심으로 대화를 나눈 것은 결국 개와 새뿐이었다는 느낌이 들었다. 신(神)이 무엇인지 알 수 없었지만, 만일 인간이 진심으로 이야기할 수 있는 대상이 신(神)이라고 한다면, 누마다에게 있어서 그것은 구로이기도 했고, 코뿔새이기도 했고, 구관조이기도 했다.[14]

누마다는 자신의 여러 생각과 고통을 구관조에게 털어놓는다. 게다가 어른이 된 지금에 와서도 한 마리의 개와 코뿔새가 자신의 외로움을 나누고, 자신의 고독을 함께해주는 동반자가 되고 있다고 생각한다.

누마다는 수술을 받는 동안 죽음의 문턱까지 갔다가 '생(生)'으로 돌아온다. 의식을 회복한 누마다는 구관조가 죽었다는 것을 알게 된다. 수술 전 "어떻게 하지?"라는 자신의 고통이 담긴 말을 들은 구관조가 자기 대신에 죽었다고 생각한다.

누마다가 인도 여행에 참가한 이유는 자기 대신에 죽었다고 생각하는 구관조와 닮은 새를 인도에서 사 숲 속에 풀어줌으로써 그 은혜에 보답하고 싶었기 때문이다.

2-4. 기구치(木口)

기구치(木口)는, 인도행 비행기 속에서 여행 안내원인 에나미(江波)와 식사에 대한 이야기를 나누던 도중 자신이 청년 시절에 경험한 전쟁에 대해 이야기한다. 그는 "전쟁 중 미얀마의 정글에서 싸웠습니다."라고 말하면서, 전쟁 경험이 없는 젊은 에나미에게 전쟁터에서의 기아와 절망, 피로 등을 털어놓으며 공허함을 느낀다.

1945년 5월 어느 날, 그들은 전쟁터에서 영양실조에 걸리고, 반 이상은 말라리아에 걸렸다. 보우칸 평지는 콜레라가 유행하고 있었기 때문에 절대로 물을 마시지 말라는 명령을 받고 있었다. 음식물을 먹은 것은 3일 전이었다. 병사들은 어느 마을에서 발견한 망고를 마구 먹은 결과, 복통을 앓고 설사를 했다. 걷지 못하게 된 병사들은 "걸을 수 없습니다. 여기서 죽게 해 주십시오."라고 하소연했다. 병사들 가운데는 자결하는 자도 나왔다. 그 하소연을 들으면서도 몽유병자처럼 걷고 있는 병사들의 표정은 변함이 없었다.

'죽음의 길', 절체절명의 상황 속에서 부상당한 기구치를 전우인 츠카다(塚田)가 부축해주었다. 츠카다는 "밤에 이 골짜기를 내려가 마을을 찾았어. 아무도 없었지만, 소 한 마리가 죽어 있었어. 아직 먹을 수 있어서

구워 왔으니까 걱정할 필요 없어."라고 하면서 썩은 고기를 입에 넣어주었다. 이렇게 츠카다는 기구치를 버리지 않고 생사를 함께했다.

전쟁이 끝나고 3년이 지나서야 기구치는 가까스로 도쿄로 돌아와 작은 운송 가게를 시작했다. 그리고 전우였던 츠카다를 만난다. 그러나 츠카다는 인육(人肉)을 먹고 그것을 기구치에게도 먹게 한 끔찍한 기억에서 벗어나기 위해 전쟁 이후 계속 술을 마셨고, 그로 인해 식도 정맥 파열이 되어 있었다. 그리고 츠카다의 입을 통해 기구치도 그 사실을 알게 된다. 그런 츠카다를 간호해 준 사람은 외국인 자원봉사자 가스통이었다. 가스통에 대해 화자는 이렇게 묘사하고 있다.

> 바보 취급을 받기도 하고, 비웃음거리도 되면서 가스통이 조금이나마 환자들을 위로하고 있다는 것을 기구치는 느꼈다. (중략) 가스통은 매일 고통스러워하는 많은 환자들에게 잠시나마 기분 전환거리가 되었다. 이 병원에서 가스통은 서커스의 광대 역할을 자처하고 있었다.[15]

여기에 등장하는 '가스통'은 『바보 씨』[16]에 등장하는 프랑스 청년 가스통과 같은 인물로 생각된다.[17]

가스통에 대해서 기구치는 다음과 같이 설명한다.

> 전우가 죽은 후, 그 사람은 병원에서 모습을 감추었다고 합니다. 나로서는, 그 사람이 나의 전우를 위해서 나타났다가 전우가 죽자 사라졌다는 생각마저 듭니다. 전우가 인간으로서 해서는 안 되는 끔찍한 일을 저지르고 자포자기한 채 죽음에 이르렀을 때, 그 사람이 곁에 와 주었던 것입니다. 그 사람은……나의 전우에게 있어서 같은 순례에 동행하는 또 한 사람의 순례자였습니다[18]

기구치가 인도 여행에 참가한 것은 전쟁의 끔찍한 기억 때문에 고통스러워하다 죽은 츠카다의 죽음이 계기가 되어, 전쟁터였던 미얀마 근처까지 가서 죽은 전우의 명복을 빌기 위해서이다.

2-5. 에나미(江波)

인도 여행의 안내원인 에나미(江波)는 4년 정도 인도에서 유학한 경험이 있고, 현재는 아르바이트로 코스모스사(社)의 가이드를 하고 있다. 에나미의 역할은 자신의 경험을 살려 여행객이 현지에 위화감을 느끼지 않고 즐거운 시간을 보낼 수 있도록 안내하는 것이다. 인도 여행에서 그의 역할 중 하나는 처음으로 만난 여행객들과 함께하는 동반자로서의 역할이다. 단독 여행이라면 안내원이 굳이 필요하지 않겠지만, 단체 여행이라는 형식을 취함으로써 안내원이 동반자로 동행하게 된다. 그 안내 역이 에나미이다.

에나미는 인도에 대해 "인도는 한번 오면, 철저하게 싫어하게 되는 손님과 몇 번이고 오고 싶어지는 손님으로 나뉘는 듯합니다. 저 같은 사람은 후자"라고 말한다. 때문에 그는 경박하게 인도를 조소하는 산죠와 같은 사람에게 불쾌함을 표시한다.

에나미의 내면은 다음과 같이 표현된다.

솔직히 그는 의식주를 해결하기 위해 코스모스사의 의뢰를 받아 자신이 안내해야 하는 일본인 관광객들을 경멸하고 있었다. 경건한 마음으로 불교 유적지를 순례하는 노인들, 히피 흉내를 내며 방랑을 즐기는 여대

생들, 그리고 누마다처럼 인도의 자연 속에서 잃어버린 것을 찾으려 하
는 남자……. 그들이 일본에 가지고 돌아가는 토산품은 언제나 정해져
있다. (중략) 에나미는 가게 입구에 서서 경멸의 눈으로 보고 있었다.

그런 그가 정해진 코스가 아니라 "제가 좋아하는 여신상(女神像)을 보
십시오."라며 안내한 곳은 '챠문다'가 있는 장소였다. 그 챠문다 앞에서
그는 다음과 같이 말한다.

> 그녀의 젖가슴은 노파의 그것처럼 쪼글쪼글합니다. 그런데도 그 쪼글
> 쪼글한 젖가슴에서 젖을 짜 줄지어 있는 아이들에게 주고 있습니다. 그
> 녀의 오른발은 나병 때문에 짓무른 상태인데, 보이십니까? 배도 굶주려
> 움푹 들어가 있고, 게다가 거기에 전갈이 달라붙어 있는 게 보이시죠?
> 그녀는 그런 고통과 아픔을 견디면서도 메마른 젖가슴으로 인간에게 젖
> 을 먹이고 있는 것입니다.[19]

'챠문다'는 인도의 모든 고통을 나타내고 있다고 에나미는 말한다. "고
통과 아픔을 견디면서도 메마른 젖가슴으로 인간에게 젖을 먹이고 있는",
정말로 인도인의 고통을 함께 나누고 있는 인도의 모성적(母性的) 신(神)
으로 묘사되어 있다.

그러나 그는 "자신의 감정이 부끄러운 듯 더러워진 커다란 손수건으로
땀에 젖은 얼굴을 힘주어 훔쳤다. 그는 인도에 빗대어 이 수난의 여신을
설명해 왔지만, 사실은 자신의 개인사, 남편에게 버림받으면서도 수많은
고통을 견디며 그를 키워준 어머니를 떠올리고 있었"던 것이다.

챠문다를 본 어떤 사람은 "이 지하에 내려와……나는 비로소 왜 이 나라
에서 석가가 태어났는지……알 듯한 기분이 든다."라고 말한다. 이와 같이

에나미는 관광객들에게 인도의 모습을 보여주려고 하는 안내원이다.

2-6. 산죠 부부(三條夫婦)

여행에 참가하는 사람들 가운데 유일하게 동반자와 함께 참가한 이들이 산죠 부부(三條夫婦)이다. 카메라맨을 지망하는 남편의 희망으로 신혼여행을 겸해 인도 여행에 참가했지만, 아내는 출발 때부터 신혼여행지로 인도를 선택한 남편에게 불만을 털어놓는다. 동행하는 사람들로부터는, 나쁜 사람은 아니지만 무신경한 젊은이로 비춰진다.

이와 같이 타인의 일에 무신경한 산죠는 죽음을 맞이하기 위해 갠지스강에 도달한 사람들은 물론, 죽은 시체를 촬영해서도 안 된다는 말을 들었으나 그럼에도 시체를 촬영해버린다. 그 자리에 시체를 운반하던 오츠가 사건에 휘말려 큰 부상을 당한다. 병원으로 이송된 오츠는 생명이 위태롭게 된다.

2-7. 오츠(大津)

일본인인 오츠(大津)는 가톨릭계 대학을 졸업하고, 신부가 되기 위해 프랑스의 신학교에서 유학하고 있다. 그러나 프랑스 신학교에 온 지 이미 3년이 되지만, 프랑스인의 기질에도 익숙해지지 못하고, 교회로부터는 이단적이라는 말을 듣는다.

오츠는 리용의 신학교에서 신부가 되기에는 부적합하다고 여겨져 서품식을 연기당하고, 프랑스 남쪽 아르뎃슈의 수도원으로 보내져 농업과 그 외의 육체노동을 하게 되었다. 오츠는 선배인 프랑스인 수사와 논쟁할 때면 늘 그들의 스콜라(Schola)철학적인 명석한 논리 앞에 굴복당했다. 그러나 몇 번이고 설복당하면서도 오츠는 신학교의 시험을 치를 때면 답안지에 "유럽식의 그리스도교만이 절대적인 것이라고는 생각하지 않는다."라고 써버리곤 했다. 몇 번이나 신부 시험에 낙제를 거듭하는 사이 오츠는 오히려 자신의 신념을 굳혀가고, 자신의 범신론적인 과오를 지적당할 때마다 이렇게 응수하게 되었다. "하지만 그리스도교 안에도 범신론적인 요소가 내포되어 있지 않습니까?"라고. 오츠는 각자 자신이 자라난 곳의 신앙에 뿌리내린 종교에 귀의해야 한다고 말한다. 이에 대해 프랑스의 신학교 교장은 다음과 같이 말한다.

> 자네가 그렇게도 강하게 자신이 자라난 곳의 신앙에 뿌리내린 종교에 귀의해야 한다고 말한다면, 왜 불교 신자로 돌아가지 않나? 그쪽이 자네 생각에 자연스런 복귀가 아닌가?[20]

신학교 교장과 오츠의 이야기는 근본적인 차이가 있다. 거기에는 서양의 문화, 종교 등의 환경에서 자라난 사람과, 동양의 나라인 일본에서 태어나 일본이라는 고유의 문화에서 성장한 일본인 오츠라는 이질감이 자리하고 있다. 이 문제는 엔도 문학의 출발점부터 제기된 문제이자 그의 일생 동안 품어온 문제였는데, 그것이 오츠에 의해서 구체적으로 표현되고 있다. 오츠는 가톨릭 신자이지만, 인도의 갠지스 강가에서 사랑을 필요로 하는 매춘부와 죽음을 맞이하는 사람들을 위해 예수가 한 행위를 하면서 예수가 걸어간 길을 걷는 인물이다.

3. 오츠의 문제의식

오츠는 프랑스에서 미츠코를 만나, 이 나라에 와서 뭔가 위화감을 느끼지 않았느냐고 물었다. 프랑스에 온 지 불과 20일밖에 안 된 그녀는 오츠가 말하는 위화감을 느낄 틈도 없었다. 이에 오츠는 다음과 같이 말한다.

나는 말이죠, 3년째입니다. 3년 동안 여기에서 살면서 나는 이 나라의 사고방식에 지쳤습니다. 그들의 손으로 빚어 그들 심성에 맞게 만든 사고방식이……동양인인 내게는 버거운 것입니다. 녹아들 수 없는 겁니다. 그래서……매일 힘이 듭니다. 프랑스인 상급생과 선생들에게 털어놓으면, "진리에는 유럽도, 동양도 없다."라며 훈계를 합니다. 모든 것이 내 노이로제나 콤플렉스일 거라고. 양파에 대한 사고방식도…….21)

이와 같은 문제를 평생 품어온 오츠는 이제 지칠 대로 지쳤다. 자신의 질문에 답을 찾기는커녕 오히려 이단시되고 있을 뿐이다. 그러한 오츠는 자신이 생각하고 있는 신(神)을 다음과 같이 설명하고 있다.

나는 이곳 사람들처럼 선과 악을 분명하게 구별할 수가 없습니다. 선 안에도 악이 내재되어 있고, 악 속에도 선한 것이 잠재되어 있다고 생각합니다. 때문에 신(神)은 마술을 부리고 있는 것입니다. 나의 죄까지도 활용해서 구원으로 향하게 해주셨지요.
하지만 나의 생각은 교회에서는 이단적입니다. 나는 질타를 받습니다. "자네는 도대체 분별력이 없어.", "신(神)은 그런 존재가 아니야.", "양파는 그런 존재가 아니다."라고 말입니다.22)

오츠의 이 말에서 그가 직면하고 있는 문제가 명백해지고 있다. 이 문제는 엔도 문학에서 줄곧 제기되어 온 문제였다. 이 문제가 『그리스도의 탄생』에서는 '이방인 문제'23)로 나타났다.

엔도는 『예수의 생애』24) 이후 『그리스도의 탄생』25)에서 '사랑의 신(神)'을 자신의 신(神)으로서 묘사하고 있다. 즉, 예수의 사랑을 통해서 '신(神)의 사랑'을 재인식한 엔도는 자신이 믿는 신(神)에 대해서 확신을 갖고 있었다. 그리고 '너에게 신(神)이란 무엇인가?'라는 수도원 선배의 물음에 대해 오츠로 하여금 다음과 같이 말하게 한다.

> 신(神)이란 당신들처럼 인간 밖에 있어 우러러보는 대상이 아니라고 생각합니다. 그것은 인간 안에 있고, 게다가 인간을 품고, 나무를 품고, 화초를 품는 커다란 생명입니다. (중략)
> 신(神)은 인간의 선행뿐만 아니라 우리의 죄마저도 구원을 위해 활용하십니다.26)

엔도가 오츠의 입을 빌려 말하고 있는, 신(神)은 인간 밖에 존재하는 것이 아니라 인간 안에 존재한다는 말을 통해서, 엔도에게 있어서의 신(神)의 본질을 엿보게 한다. 이 신(神)은 인간 밖에 존재하고 있어 인간과 거리를 지닌 대상이 아니라 인간과의 화해를 바라며 인간 안에서 살고, 인간 안에서 작용하고 있는 것이다. 엔도는 1983년에 발표한 『내게 있어서 신(神)이란』에서 다음과 같이 이야기한다.

> 악 안에도, 죄 안에도 신(神)이 작용한다는 것을 말해두지 않으면 안 됩니다. 어떤 것에도 신(神)이 작용한다는 사실입니다. 병에도, 물욕에도, 여자를 안는 일에도 신(神)이 작용하고 있다는 사실을, 소설을 쓰고 있는 동안 나는 점점 느끼게 되었습니다. 신(神)은 존재가 아니라 작용

(섭리)입니다.[27]

1955년에 발표한 『백색인』[28]에서는 쟈크의 말을 통해 '신(神)의 작용'
이 다음과 같이 나타나 있었다.

> 섭리라는 말이 있다. 인간의 예측불허한 운명에 대한 그리스도교의
> 사고이다. (중략) 확실히 말하면, 나는 그 성 베르나르 교회에서 그들이
> 기도하는 모습을 본 해질녘부터 이 두 사람의 운명과는 결별할 생각이
> 었다. 그들을 떨쳐버린 듯한 느낌이 들었다. 하지만 그들은 또다시 나의
> 운명 속으로 돌아왔다. 누가 나의 의지를 뛰어넘어 이렇게 했는지는 모
> 른다. (중략) 이와 같이 우리 세 사람을 핀셋으로 실험대에 올려놓고
> 꼭두각시처럼 내기를 강요한 것은 내가 아니다. 결코 나는 아니다. 내가
> 아니라고 한다면, 그것은……[29]

1955년 『백색인』에서는 '신(神)의 작용(섭리)'을 의식하면서도 "나의
의지를 뛰어넘어 누가 그렇게 했는지 모른다."라고 말했다. 그러나 1983
년 「내게 있어서 신(神)이란」에서는 "악 안에도, 죄 안에도 신(神)이 작용
한다."라고 확실히 말하게 된다. 이것이 엔도에게 있어서 '신상(神像)의
변화'가 이루어진 결과라고 할 수 있다. 게다가 엔도는 자신의 인생 속에
서 발견해낸 신(神)에 대해 다음과 같이 이야기하고 있다.

> '저기에 신(神)이 있다'라는 식으로 신(神)의 존재를 발견하는 것은 아
> 니라는 사실을 점점 알게 되었습니다. 뒤편에서, 여러 사람을 통해서,
> 눈에 보이지 않는 힘으로 나의 인생을 받쳐주었기에 오늘의 내가 있다
> 는 사실을 알게 되었습니다. 뒤편에서 등을 받쳐주고 있는 것이 신(神)
> 입니다.[30]

엔도가 이야기하고 있듯이, 신(神)의 작용은 각각의 인생 안에서, 각각의 일과 사건을 통해서, 각각의 형태로 나타나는 것이다.

이처럼 인간 안에, 인간을 통해서 나타나는 '신(神)의 작용'을 『깊은 강』의 오츠의 입을 빌려 구체적으로 표현하고 있다.

> 소년 시절부터 어머니를 통해 내가 단 하나 믿을 수 있었던 것은 어머니의 따스함이었습니 다. 어머니가 잡아주는 손의 따스함, 안아줄 때의 몸의 온기, 사랑의 따스함, 형과 누나에 비해 우직한 나를 저버리지 않았던 따스함. 어머니는 내게도 당신이 말씀하시는 양파의 이야기를 늘 들려 주셨는데 그때, 양파란 이보다 더 따스하고 따스한 덩어리-즉, 사랑 그 자체라고 가르쳐주셨습니다.
>
> 성장하여 어머니를 잃었지만, 그때 어머니의 따스함의 근원은 양파의 일부분이었다는 생각이 들었습니다. 그래서 결국, 내가 추구한 것도 양파의 사랑뿐이지 소위 교회가 말하는 많은 교의가 아닙니다. (물론 그런 생각도 내가 이단적이라고 여겨졌던 원인입니다) 이 세상의 중심은 사랑이며, 양파는 오랜 역사 속에서 그것만을 우리 인간들에게 알려준 것이라고 생각합니다.[31]

오츠의 이야기에는 엔도가 희구하고 있는 '모성적(母性的)인 신(神)'의 모습이 드러나 있다. 에나미에게 있어서의 '모성적 신'은 인도의 챠문다이고, 누마다는 인간이 진심으로 소통하는 대상이 신(神)이라고 한다면 자신에게 있어서 그 대상은 '새'와 '개'라고 말한다. 그들이 말하는 '신(神)'은, 두 사람 모두 '모성적인 신'에 대해 말하고는 있지만, 이 부분에서 말하는 오츠의 '신(神)'과 일치하는 것은 아니다. 오츠, 에나미, 그리고 누마다 사이에는 차이가 있는데, 그 차이는 '우리의 삶에 작용하는 신(神)'에 있다. 오츠가 말하는 '신(神)'은 "인간의 죄마저도 구원을 위해서 활용하고 포용하는" 존재이다.

오츠는 "내 옆에 늘 양파가 계시듯, 양파는 나루세 씨 안에, 나루세 씨 곁에 있습니다. 나루세 씨의 고통도, 고독도 이해할 수 있는 존재는 양파뿐입니다."라는 이야기를 통해서 '동반자'로서의 예수는 물론, "키니네를 먹으면 건강할 때는 고열을 일으키지만, 말라리아 환자에게는 없어서는 안 되는 약이 됩니다. 죄란 이런 키니네와 같은 것이라고 나는 생각합니다."라고 이야기한다.

여기에서 오츠가 이야기하는 "죄란 이런 키니네와 같은 것"이라는 것은 엔도 문학의 핵심이라고도 할 '인간의 죄의 문제'를 제기하고 있으며, 더 나아가 그 인간의 죄에 대해 용서를 베푸는, 유다이기 때문에 용서하시는 '사랑의 신(神)'을 보여주고 있다.

4. '부활(復活)'과 '환생(還生)'

인간은 누구나 죽음에 대한 불안과 공포를 지니고 있다. 젊을 때는 거의 관심을 갖지 않더라도 살아가는 동안 반드시 죽음에 직면한다. 혹은 죽음을 생각지 않을 수 없는 순간에 직면하게 된다. 모든 종교는 사후의 세계에 대해서 이야기한다.

'부활'은 예수가 유다에 의해 팔려가 십자가에 달려 죽은 후, 3일째 되는 날 죽음으로부터 부활한 사건이다. 신약성서의 원시 그리스도교는 예수가 부활했다는 신앙을 토대로 성립했다. 이 신앙의 성립 배후에는 사형

당한 예수가 제자들에게 나타난 사건이 있었다.(「마태오」 28장 9~20절, 「마르코」 16장 9~13절, 「루가」 24장 13~49절, 「요한」 20장 11~21절)

그리고 엔도는, 예수를 배신한 제자들의 후회와 심리적 고통, 자신들이 예수를 배신했음에도 불구하고 제자들의 죄를 묻지 않고 사랑하는 예수에 대한 재인식이 예수 부활의 근거라고 이야기한다.[32] 예수는 죽었지만, 새로운 모습으로 그들 앞에 나타나, 그들 가운데 살기 시작한 것이다. 그것은 바꿔 말하면, 다름 아닌 그들의 마음속에 예수가 부활한 것이다. 실로 부활의 본질적인 의미 중 하나는 제자들의 예수 재발견이다.

'환생'은 산스크리트어로 '흐르는 것'을 의미하며, 생명체가 생사를 반복하는 것을 가리키기 때문에 '생사(生死)'라고도 번역되고, 또한 '윤회환생(輪廻還生)'이라고도 일컬어진다. 이는 인도에 널리 퍼진 사고이며, 불교에서는 해탈하지 못한 생명체는 미혹(迷惑)의 세계인 삼계육도(三界六道)를 윤회하지 않으면 안 되는 것으로 여겨지고 있다.[33] 그런데 엔도는 '부활'과 '환생'을 연결 짓고 있다. 『깊은 강』에서 '부활'과 '환생'은 다음과 같이 연결되어 있다. 미츠코는 백인 수녀에게 다음과 같은 이야기를 건넨다.

> "무엇 때문에 그런 일을 하고 계시는 겁니까?"
> "예?!"
> 수녀는 놀란 듯 파란 눈을 크게 뜨고 미츠코를 바라보았다.
> "무엇 때문에 그런 일을 하시나요?"
> "그것밖에……이 세상에서 믿을 수 있는 것이 없는걸요."
> '그것밖에'라고 한 것인지, '그 사람밖에'라고 한 것인지, 미츠코로서는 잘 알아들을 수 없었다. 그 사람이라고 말했다면, 그것은 오츠의 '양파'

일 것이다. 양파는 먼 옛날에 죽었지만, 그는 다른 사람 속에서 환생했다. 2천 년 가까운 세월이 흐른 후에도 지금의 수녀들 안에 환생했고, 오츠 안에 환생한 것이다. 들것에 실려 병원으로 옮겨진 그처럼 수녀들도 인간의 강 속으로 사라져갔다.

이처럼, 엔도는 왜 '부활'과 '환생'을 연결시킨 것일까? 이 대답은 『깊은 강』이 발표되기 15년 전, 1978년에 발표된 『그리스도의 탄생』에 이미 존재하고 있다. 그 내용은 다음과 같다.

> 동방 종교가 갖고 있는 죽음, 재생의 감각과 유대 종교에 있는 죽음과 부활의 기대가 뒤섞여 하나가 되어 있었다는 사실이다. 그 잡다한 요소가 참혹한 예수의 죽음에 의해 비로소 촉발되어 무엇인가를 생성하려고 한 것이다. 제자들은 예수의 가르침과 유대교의 예언서 속에서, 무지한 갈릴래아 서민들은 의식 밑에 숨겨진 죽음과 재생의 감각에 의해서, 즉 엄격한 일신교인 유대교적인 요소에 유대교가 아닌 범신론적인 요소가 뒤섞여, 지금 예수가 되살아나기를 함께 기대했던 것이다.[34]

"엄격한 일신교인 유대교적인 요소에 유대교가 아닌 범신론적인 요소가 뒤섞여, 지금 예수가 되살아나기를 함께 기대했던 것이다."라는 표현 방식으로 본다면, 제자들의 의식의 배후에는 동방 종교가 지니고 있는 죽음, 재생의 감각과, 유대교에 있는 죽음과 부활의 기대가 뒤섞여 있었다는 것을 알 수 있다. 즉, 유대교를 믿는 갈릴래아 지방의 서민들 사이에 존재하고 있었다고 생각되는 범신론적인 요소와 죽음, 재생의 감각이, 일신교인 유대교적 죽음, 부활과 뒤섞여 있었다는 것이다.

엔도는 이와 같은 견해를 지니고 있었기 때문에 『깊은 강』에서 '부활'과 '환생'을 연결시킬 수 있었던 것이리라.

또한 '부활'이라는 의미는 죽은 사람이 살아 있는 사람의 마음속에서 지워지지 않고 되살아나는 것이며, '환생'도 그 사람이 마음속에 되살아나는 것이다. 그런 의미에서 '부활'과 '환생'은 연결될 수 있었다. 그 결과로서, 오츠를 통해서 "신(神)은 다양한 얼굴을 갖고 계십니다. 유럽의 교회뿐만 아니라 유대교에도, 불교 신자 가운데도, 힌두교 신자 가운데도 신(神)은 계신다고 생각합니다."라고 이야기하고 있다. 이 인식과 말을 통하여 비로소 '동양의 신(神)'과 '서양의 신(神)'의 구별도, '유일신'과 '일본의 범신론적 풍토'의 갈등도 사라져버릴 수 있었던 것이다.

이러한 과정을 거치면서 엔도의 초기 문학인 '백색인'과 '황색인', '동양'과 '서양'의 대립으로 인한 오랜 고민은 해결되었던 것이다. 왜냐하면 유일신론과 범신론의 구별조차 초월하게 되고, 따라서 갈등도 존재하지 않기 때문이다.

때문에, 『깊은 강』에서 미츠코로부터 "당신은 힌두교도가 아닌데"라는 말을 듣고 오츠는 "그런 차이는 중요하지 않아요. 만일 양파(그리스도)가 지금 이 마을에 계신다면, 행로병자를 업고 화장터로 가셨을 거라고 생각합니다.", "나는 환생도, 부활도 구분하지 않습니다. 같은 것이라고 생각합니다. 양파는 내 마음속에 다시 살아나 내 인생을 이와 같은 것으로 만들었습니다. 확실히 그는 내 안에 살아 있습니다."라고 대답할 수 있었다.

엔도에게 있어, "모든 것이 섞여 흐르는" '깊은 강'에서는 '부활'과 '환생'을 구별할 필요성이 없게 되었고, '부활'과 '환생'은 대립 관계가 아니게 된 것이다. 그리고 문학의 시작부터 태동하여 평생 지고 다닌 갈등이 자신 안에서 정리되었기 때문에 '부활'과 '환생'을 같은 의미로 볼 수 있었던 것이다.

그러므로 이소베 부인의 "나…꼭…다시 태어날 테니, 이 세상 어딘가에 다시 태어날 테니…찾아요…나를 찾아줘요…약속이에요, 약속이에요."라는 말대로 이소베는 자신의 혼(魂) 속에 부활하는, 다시 살아나는, '그저 곁에 있어주는 동반자'로서의 부인을 발견할 수 있었던 것이다. 그리고 오츠의 죽음을 눈앞에 둔 미츠코는 다음과 같이 이야기한다.

> 양파는 먼 옛날에 죽었지만, 그는 다른 사람 속에서 환생했다. 2천 년 가까운 세월이 흐른 후에도 지금의 수녀들 안에 환생했고, 오츠 안에 환생한 것이다.35)

이 점에 대해 가와무라 미나토(川村湊)는 다음과 같이 이야기하고 있다.

> 이제까지 비그리스도교적인 신앙으로서 의식적·무의식적으로 배제되어온 '환생'의 개념과 '범신론'적인 신앙, 그리고 불교, 힌두교, 이슬람교 같은 다른 종교와의 적극적인 싱글레티즘(諸宗混合)적인 것에 대한 긍정적인 모습이 이 작품 세계 속에서는 엿보인다.36)

엔도가 이해하고 있는 부활의 의미가 작중인물을 통해서 표현되고 있기 때문이다.

나루세 미츠코의 마음의 변화를 통해서 부활은 다음과 같이 나타난다. 미츠코는 인간을 사랑할 수 없는 여자였다. 자원봉사자로 환자 곁에 있으며 동반자 역할을 했지만, 마음은 늘 냉랭한 상태였다. 그런 미츠코가 신앙의 세계로 돌아가 신부가 되어 있는 오츠를 잊지 못하고 늘 마음에 걸려 하며 결국 오츠가 인도에 있다는 소문을 듣고 인도를 방문한다.

그리고 갠지스 강에서 죽음을 맞이하는 사람들을 위해 사랑의 행위를 하고 있는 오츠를 의식하게 되고, 그를 만남으로써 조금씩 변화되기 시작한다. 신혼여행 때 오츠에게서 들은 '양파'에 대한 이야기를 '지겹다'고 생각했던 그녀가 이번에는 다음과 같이 말하게 된다.

> 저녁 안개가 도시를 감싸고, 그녀는 갑자기 자신의 인생 모든 것이 무의미하고 아무 소용없는 것처럼 느꼈다. 이 인도 여행뿐만 아니라 이제까지의 그녀 자신 모든 것이, 학창 시절도, 짧았던 결혼 생활도, 위선적으로 자원봉사를 흉내 내던 일도. 이렇게 처음 방문한 도시 속에서 오츠를 찾아다니던 일도. 하지만 그런 어리석은 행동 속에서 그녀가 X를 필요로 하고 있다는 사실만은 막연하게 느꼈다. 틀림없이 자신을 채워줄 그 X를.[37]

이 내용부터 어느 사이엔가 "X"를 필요로 하는 그녀가 등장하고, 자신을 채워줄 "X"를 찾게 된다. 이 변화는 단지 위선적으로 병자를 간호했던 그녀가 진정으로 환자를 걱정하며 전화로 기구치의 상태를 문의하는 행동의 변화로 나타나게 된다.

이와 같이 '신(神)'과 아무 관계도 없고, '양파' 따위 '지겹다'고 생각하고 있던 미츠코의 마음이 오츠의 세계와 'X'를 받아들이게끔 변화하는 것이야말로 부활이고, '일본인의 심성에 맞는 그리스도교'에 접근해 가는 길이 아닐까. 그리고 그 'X'는 『그리스도의 탄생』의 끝 부분에 쓰여 있는 'X'와 겹쳐진다. 이 'X'는 '그리스도'를 의미하고 있으며, 또 한편으로는 미지수인 'X'를 의미하는데, 엔도는 이에 대해 확실하게 밝히지 않고 있다.

엔도는 그저 그것을 'X'라고, '양파'라고 이야기한다. 거기에는 언어로 표현할 수 없는 보편적인 '깊은 강의 신(神)'이 함축되어 있다. 무엇인가에 한정되지 않고, 어떤 언어에 구속되지 않는 보편적인 신(神)으로서 존재하고 있는 것이다. 그 '신(神)'은 이질성(異質性)을 따지지 않고 받아들이며, 어울려 함께 흐르는 '사랑의 신(神)'이다.

5. 결론

'부활'과 '환생'은 인간의 마음속에서 다시 태어나는 것이다. 그리고 '살아 있는 자신이 어떤 방식으로 새롭게 되는가' 하는 문제, '이제까지의 자신이 어떤 식으로 새롭게 다시 태어나는가'라는 의미로서의 환생이며 부활이다. 때문에 엔도는 각각의 인물이 자신의 삶 속에서 새롭게 발견하는 '생명', '사랑'을 환생과 부활로 표현하려고 시도한 것이다.

엔도는 1972년 6월에 발표한 「갠지스 강과 유다 광야」 속에서 다음과 같이 이야기하고 있다.

아마도 내가 이때 생각한 것은 인도인과 힌두교도의 종교 개념과는 조금 거리가 있었을 것이다. 하지만 풍요로운 갠지스 강을 모성적(母性的)인 이미지로 바꾸어, 어머니로부터 태어난 것이 모성적인 것으로 되돌아간다는 감각만은 동양인인 나에게는 나름대로 알 수 있을 것 같은 생각이 들었다.

모성적인 것의 이미지를 자연의 무언가에 연결시키는 것은 범신론의 한 현상이긴 하지만, 동시에 나로서는 동양인의 종교 심리의 특징인 것처럼 생각된다. 모성적인 이상, 그 이미지를 부여하는 자연은 혹독하

고 거친 것이어서는 안 된다. 그것은 온화하고 포용력으로 충만한 것이어야 한다.[38)]

엔도에게 있어서 '깊은 강'은 어머니처럼 모든 것을 받아들이는 강이었다. 모든 종교, 인류, 문화를 초월하여 흐르는, 포용력으로 충만한, 깊고도 너른 강이었다.

> 그것은 또한 배신한 제자들을 미워하기는커녕 그래도 필사적으로 사랑하려 한 어머니와 같은 예수의 이미지에서 생겨났던 것이다. 배신한 자식을 사랑해준 어머니와의 관계. 거기에서 인간의 모든 죄를 짊어지는 예수의 이미지가 탄생했다. 그리고 인간의 나약함, 슬픔을 이해해 주는 동반자 예수의 이미지가 생겨났다.[39)]

그리고 위에서 이야기하듯이 "인간의 나약함, 슬픔을 이해해주는" 동반자로서의 '모성적인 예수'와 겹쳐지는 것이다. 작중인물들은 그 모성적인 '깊은 강'을 만나, 각자 자신의 인생 속에서 새로운 생명을 발견할 수 있었다.

'한 번도 사람을 사랑한 적이 없는 여자'인 미츠코, 영혼의 굶주림과 갈증으로 고통스러워하고 죄와 영혼의 방황 속에서 살아온 그녀는 예전에 자신이 버린 오츠의 사랑의 행위와 양파에 대한 사랑을 보며, 자신의 생 속에서 'X'를 찾고자 하는 동시에 진정한 사랑의 모습을 생각한다.

'일본인의 심성에 맞는 그리스도교를 생각해보고 싶다'며 노력하고, 그리스도가 십자가를 짊어지고 걸었듯이 아직 목숨이 남아있는 가난한 사람을 업어 갠지스 강으로 데리고 가는 오츠. 그 오츠의 사랑의 증거 속에 환생하는 그리스도, 오츠 안에는 고통당하는 사람들을 위해서 자신을 내어주는 예수가 부활했다.

죽은 아내의 환생을 찾기 위해 인도에 간 이소베. 그리고 인도에 오고 부터 이소베는 일본에 있을 때보다 더욱 아내를 떠올리게 되었다. 그것도 '일상생활에서의 보잘것없는 모습'과 '사소한 부부의 대화'가 생각나는 것이다. 무엇이든 해주는 동반자에서 단지 함께 있어주는 동반자로 바뀌었다. 그리고 나이든 남자의 죽은 아내에 대한 사랑과 함께, 아내가 남긴 유언대로 자신 안에서 부활하고 있고 자신 안에 살아있다는 사실로 환생의 확신을 가질 수 있었던 것이다.

자신을 대신해서 죽은 구관조에 대해서, 인도의 조류 판매 가게에서 산 구관조를 풀어줌으로써 은혜에 대한 보답을 하는 누마다. 그리고 풀어준 새가 즐거운 듯 노래하는 소리를 들으면서, 이제까지 자신의 모순에서 도망치기 위해 동화만을 계속 써왔고 앞으로도 같은 일을 반복할 거라고 예측하면서, 자신의 어리석음을 깨닫는 것이 누마다에게 있어서의 부활일 것이다.

생사 가운데서 헤매며, 절체절명의 상황 속에서도 자신의 목숨을 구해준 전우, 그 상황 속에서 먹은 인육에 대한 기억 때문에 괴로워했던 죽은 친구를 위해 기도함으로써 자신의 새로운 생명을 발견하는 기구치.

작중인물은 각각의 형태로 자신의 과거에서 해방되며 동반자를 발견하게 된다. 환생(부활=새로운 삶)하기 위해 과거의 속박에서 벗어나지 않으면 안 되는 이 주인공들에 대해 다카야마 테츠오(高山鐵男)는 「『창작일기』 해설」에서 다음과 같이 이야기한다.

　　『깊은 강』은 여러 주인공들의 다양한 인생 이야기로 되어 있기 때문에 (중략) 작가 자신도 "이 소설 속에는 나의 대부분이 삽입되어 있다."(1992년 8월 18일)라고 쓰고 있다. 실제로 이 최후의 장편에는 그때까지 저자가 구애받아온 여러 문제가, (중략) 각각 인생의 다른 슬픔과 다른 고뇌를 안고 갠지스 강으로 모인다는 소설 형식 (중략) 그것은 결국 구원의 문제라고 생각한다. '죽음 너머 저편에 무언가를 희망하는가' 하는 문제라고 생각한다.[40]

각각의 인생 속에서, 자신 안에 다시 태어나는 생명. 엔도는 그것을 '환생'이라 했고 '부활'이라고 했다. "양파는 먼 옛날에 죽었지만, 그는 다른 사람 속에서 환생했다. 2천 년 가까운 세월이 흐른 후에도 지금의 수녀들 안에 환생했고, 오츠 안에 환생한 것이다."라는 미츠코의 말처럼, 각각의 인물이 찾는 '사랑'과 '사랑의 행위' 속에서 '신(神)'의 존재를 증명하고, '신(神)'의 작용을 느낄 수 있었던 것이다.

따라서 '깊은 강'은 유일한 절대성을 뛰어넘어 어떠한 것도 혼재하며, 선한 인간만이 아니라 어떤 죄인도, 어떤 추한 인간도 거부하지 않고 받아들이며 흐르는 강이다. 이것이 일본에서 태어나 일본에서 성장하며 일본에서 살아가야 했던 오츠가 도달하게 된 '신(神)'이며, 인간을 감싸 안는 '모성적 신(神)'의 모습인 것이다. 그러기에 엔도는 「깊은 강」에서 그리스도교의 '부활'과 '환생'을 연결시킬 수 있게 되었고, 그 모든 것을 받아들이는 '깊은 강'의 '신(神)'에 도달할 수 있게 된 것이다.

【주】

1) 엔도 슈사쿠, 『『깊은 강』創作日記』, 講談社, 1997년 9월.
　七十歳の身にはこんな小説はあまり辛い労です。しかし完成させねばならぬ(中略)この日記を読みかえしてみると、固い壁にぶつかるたび、それを乗りこえるのは私の無意識から浮かびあがってくるストーリーであるが、そのストーリーには長い間の私の小説の型があるような気がしてならない。その型がひょうとすると私の人生観、人間観なのかもしれぬ。

2) 엔도 슈사쿠, 『깊은 강』, 講談社, 1993년 6월.
　「あることを探りに行くんです。本当に宝探しみたいな旅です」
　「皆さん色々なお気持ちで、印度に向われるんですね」

3) 이평춘 「엔도 슈사쿠의 『예수의 생애』의 집필 과정과 <예수像>」『일본문학 속의 기독교』한국일본기독교문학회 연구총서3, 제이앤씨.

4) 対談 「最新作『깊은 강』— 魂의 문제」「国文学」 1994년 9월 엔도 슈사쿠와 가가 오토히코(加賀乙彦)의 대담.

5) 본 논문에서 작품 내용의 모든 인용은 「『深い河』講談社, 1993년 6월」을 사용하였고, 번역은 필자가 하였다.
　結婚生活とは彼にとって、たがいに世話したり面倒をみたりする男女の分業的な助けあいだった。同じ屋根の下で生活を共にして、惚れたはれたなどという気持が急速に消滅してしまえば、あとはお互いがどのように役にたつか、便利かが問題になるのだ。(中略)夫が毎日、神経をすりへらして会社から戻った時、どれだけ我を許し、休息の場を作っておいてくれるかが妻の最大の仕事だと彼は考えていた。(中略)
　「妻は夫にとって空気のようなものになればいいのです」
　「空気はなくて困ります。しかし空気は眼には見えません」

6) だが、磯はそんな不可能なことがあるとは思えなかった。ほとんど多くの日本人と同じように無宗教の彼には、死とはすべてが消滅することだった。ただ彼女が生前に使っていた日常の品がいまだにこの家の中に存続している。

7) 彼女は印度で何を見たいか、本当は自分でもわからなかった。ひょっとしたら善と悪や残酷さや愛の混在した女神たちの像を自分と重ね合わせたいのかもしれなかった。いや、それだけではなく、もうひとつ、彼女には探したいものがあった

8) 美津子は自分が他の女性たちとちがって、誰かを本気で愛することができないようにおもった。砂地のように乾ききって、枯渇した女。愛がもえつきた女。

9) 美津子はテレーズを闇の森のなかに運ぶ小説中の汽車がモウリヤックの創作だと
　知った。そうしてみるとテレーズは現実の闇の森を通りすぎたのではなく、心の
　奥の闇をたどったのだ。そうだったのか。
　　そうだったのか、と気づいて美津子は巴里に夫を残してこんな田舎にたどりつ
　いたのも、実は自分の心の闇を探るためだったと気がついた

10) 神など信じぬ美津子には彼の述懐は無理矢理に辻褄をあわせたようにしか思えな
　かった。理解できたのは、このみすぼらしい男が、今の美津子やかつての旧友や
　美津子の夫たちの世界とはまったく隔絶した次元の世界に入った、ということ
　だった

11) クロはあの頃の彼にとって哀しみの理解者であり、話を聞いてくれるただ一つの
　生きものであり、彼の同伴者でもあった

12) 沼田は馬車が動き出すと、ふりむいて、自分を追いかけてくるクロを見つめてい
　た。泣くまいとしても目がぬれ、それを母に見られぬため顔をそむけた。クロは
　通りを曲がっても、まだ駆けるのをやめない。まるでこれが沼田と自分との最後
　の別れだとわかったようだった。だがやがて、疲れたクロは足をとめ、去って行
　く沼田を諦めのこもった眼で見ながら少しずつ小さくなっていった。そのクロの
　眼も沼田は大人になっても忘れていない。彼が別離の意味を初めて知ったのは
　李とこの犬によってだった

13) その時だった。何ともいえぬ哀しい一声が聞こえた。まるで蝋燭の炎がぱっと燃
　えて消えるように、すべての悲しみをこめた、せつない声だった。犀鳥が鳴いた
　のだ。満感の思いをこめてピエロが「寂しいです」と、だったひとこと叫んだよう
　に沼田には思えた。彼はその時はじめて、この滑稽なピエロに連帯感に似たもの
　を感じた

14) 人生のなかで本当に対話をしてきたのは、結局、犬や鳥とだけだったような気が
　した。神が何かわからなかったが、もし人間が本心で語るのが神とするならば、
　それは沼田にとって、その都度、クロだったり、犀鳥だったり、この九官鳥だっ
　た。

15) 馬鹿にされたり、からかわれたりしてガストンが患者たちにわずかな慰めを与え
　ているのを木口は感じた。(中略)ガストンは毎日、苦しむ多くの患者たちの一時
　の気晴らしになる。サーカスの道化師の役をガストンはこの病院で演じている

16) 遠藤周作, 『おバカさん』角川文庫, 1962年 8月.

17) 『바보 씨』에서는 "정말 말처럼 길쭉한 얼굴을 하고 있었다. 얼굴만이 아니라 코도 길다.
　그리고 잇몸을 드러내 보이고 웃으면, 영락없는 말의 얼굴이었다."라고 쓰여 있다. 야쿠
　자인 엔도의 옆을 줄곧 따라다닌 『바보 씨』의 가스통이 『깊은 강』에서는 '말과 같은
　얼굴의 외국인 청년'으로, 츠카다를 간병하는 청년으로 등장하고 있다.
　　이처럼 엔도의 소설 속에는 같은 이름을 지닌 동일한 인물이 종종 등장한다. 이 점에

대해 遠藤祐 씨는 "엔도 슈사쿠의 문학 세계에서, 서로 다른 작품의 인물들을 이름이 같다는 이유만으로 동일한 존재라고 간주해버리면 경솔한 우를 범하게 될 것이다."(「遠藤周作 『深い河』について」第７回東北アジア・キリスト教文学会の発表1999年8月13日)라고 하고 있는데, 『바보 씨』의 '가스통'과 『깊은 강』의 '가스통'은 동일 인물이라고 생각해도 전혀 무리가 없다. 왜냐하면, 양쪽 모두가 고통을 당하는 사람 옆에서 그 고통을 함께 나누며 함께해주는 동반자라는 점에서 엔도가 등장시키고 있기 때문이다.

18) 戦友が死んだあと、あの人は病院から姿を消したそうです。私には私の戦友のためにあの人が現われ、戦友が死ぬと、あの人は去った気さえする。戦友が人間がしてはならぬ怖しいことを犯し、自暴自棄のまま死にかけた時、あの人がそばに来てくれたのです。あの人は……私の戦友にとっては、同じ巡礼に同行するもう一人のお遍路さんになってくれた

19) 彼女の乳房はもう老婆のように萎びています。でもその萎びた乳房から乳を出して、並んでいる子供たちに与えています。彼女の右足はハンセン氏病のため、ただれているのがわかりますか。腹部も飢えでへこみにへこみ、しかもそこには蠍が噛みついているでしょう。彼女はそんな病苦や痛みに耐えながらも、萎びた乳房から人間に乳を与えているんです

20) 君がそれほど強く、自分の育った土地の信仰に根ざした宗教に帰依すべきものだと言うなら、なぜ仏教徒に戻らない。そのほうが君の考えに自然な復帰ではないか

21) ぼくはね、三年目です。三年間、ここに住んで、ぼくはここの国の考え方に疲れました。彼等が手でこね、
彼等の心に合うように作った考え方が……東洋人のぼくには重いんです。溶けこめないんです。それで……毎日、困っています。　仏蘭西人の上級生や先生たちにうち明けると、真理にはヨーロッパも東洋もないって戒められました。すべてはお前のノイローゼかコンプレックスだろうって。玉ねぎについての考え方も……

22) ぼくはここの人たちのように善と悪とを、あまりにはっきり区別できません。善のなかにも悪がひそみ、悪のなかにも良いことが潜在していると思います。だからこそ神は手品を使えるんです。ぼくの罪さえ活用して、救いに向けてくださった
でも、ぼくの考えは教会では異端的なんです。ぼくは叱られました。お前は何事も区別しない。はっきりと識別しない。神はそんなものじゃない。玉ねぎはそんなものじゃないって

23) 엔도 슈사쿠, 『그리스도의 탄생』 이평아(이평춘) 역, 가톨릭출판사, 2003년 11월, 「역자 후기」.

24) 遠藤周作, 『イエスの生涯』新潮社, 1973年

25) 遠藤周作, 『キリストの誕生』新潮社, 1978年

26) 神とはあなたたちのように人間の外にあって、仰ぎみるものではないと思います。それは人間のなかにあって、しかも人間を包み、樹を包み、草花をも包む、あの大きな命です。(中略)神は人間の善き行為だけではなく、我々の罪さえ救いのために活かされます。

27) 遠藤周作『私にとって神とは』, 光文社, 1983年

28) 遠藤周作『白い人』는 1955年「近代文学」五・六号에 연재되어 같은 해 12월 講談社에 의해『白い人・黄色い人』로 간행되었으며, 후에『遠藤周作文学全集』第一巻(1975年6月, 新潮社)에 수록되었다.

29) 摂理という言葉がある。人間の不測の運命にたいする基督教の考えだ。(中略)ハッキリ言えば、私はあの聖ベルナールの教会で彼等が祈っているのを見た夕暮から、この二人の運命とは別れたつもりでいた。彼等を棄てた気でいた。けれども、奴等は、また、私の運命のなかで舞い戻ってきたのである。私の意志をこえて誰がそうしたのかは知らぬ。(中略)このように、私たち三人をピンセットで実験台におき人形のように賭を強いたのは私ではない。決して私ではない。私でないとすれば、それは……

30) あそこに神がいる、と神の存在を見つけるものではないということがだんだん私にはわかってきました。後ろのほうから、いろんな人を通して、目に見えない力で私の人生を押していって、今日この私があるのだということがわかってきたのです。後から背中を押しているのが神なのです。

31) 少年の時から、母を通してぼくがただひとつ信じることのできたのは、母のぬくもりでした。母の握ってくれた手のぬくもり、抱いてくれた時の体のぬくもり、愛のぬくもり、兄姉にくらべてたしかに愚直だったぼくを見捨てなかったぬくもり。母はぼくにも、あなたのおっしゃる玉ねぎの話をいつもしてくれましたが、その時、玉ねぎとはこのぬくもりのもっと、もっと強い塊り——つまり愛そのものなのだと教えてくれました。
大きくなり、母を失いましたが、その時、母のぬくもりの源にあったのは玉ねぎの一片だったと気がつきました。そして結局、ぼくが求めたものも、玉ねぎの愛だけで、いわゆる教会が口にする、多くの他の教義ではありません。(もちろんそんな考えも、ぼくが異端的と見られた原因です)この世の中心は愛で、玉ねぎは長い歴史のなかでそれだけをぼくたち人間に示したのだと思ってます。

32) 遠藤周作, 『キリストの誕生』新潮社, 1978年

33) 仏教辞典　中村元　外編, 岩波書店, 1989年12月

34) オリエント宗教のもつ死と再生の感覚とユダヤ宗教にある死と復活の期待が混沌として一体になっていたという事実である。その混沌としたものがみじめなイエスの死によってはじめて触発され、何かを生み出そうとしたことである。弟子たちはイエスの教えとユダヤ教の預言書のなかに、無知なガリラヤの庶民たちは意識下にか

くれた死と再生の感覚によって、つまり厳しい一神教であるユダヤ教的なものに、ユダヤ教ならざる汎神的なものが混淆して、今、イエスの甦りを共に期待したのだ

35) 玉ねぎは、昔に亡くなったが、彼は他の人間のなかに転生した。二千年ちかい歳月の後も、今の修道女たちのなかに転生し、大津のなかに転生した

36) 川村湊,「天竺にあにまを求めて」「国文学」第38巻第10号, 1993年9月
これまで非キリスト教的な信仰として意識的・無意識的に排除されてきた<転生>の概念や「汎神論」的な信仰、さらに仏教、ヒンズー教、イスラム教といった他の宗教との積極的なシンクレティズム(諸宗混淆)的なものに対する肯定的な感触が、この作品世界の中にはうかがわれる

37) 夕靄が町を包み、彼女は急に自分の人生の何もかもが無意味で無駄だったように感じた。このインド旅行だけでなく、今日までの彼女自身のすべてが、学生生活も短かった結婚生活も、偽善的なボランティアの真似事も。こうしてはじめて訪れた町のなかで、大津をたずね歩いた事も。だが、それらの愚行の奥に彼女もXをほしがっていることだけは漠然と感じた。自分を充たしてくれるにちがいないXを。

38) 遠藤周作「ガンジス河とユダの荒野」『遠藤周作全集』第11巻 新潮社 1975年9月
おそらく、私がこの時、考えたことは印度人やヒンズー教徒の宗教観念とはほど遠いものであったろう。だが、ゆたかなガンジス河を母なるもののイメージにおきかえ、母より生まれたものが、母なるものに還るという感覚だけは東洋人である私には私なりにわかるような気がした。
母なるもののイメージを自然のなにかに結びつけるのは汎神論の一つのあらわれではあるが、同時に東洋人の宗教心理の特徴であるように私には思われる。母なるものである以上、そのイメージを与える自然はきびしく、峻烈で烈しいものであってはならない。それは優しさと包容力とにみちたものでなくてはならぬ。

39) それはまた裏切った弟子たちを憎むどころか、なお必死に愛そうとした母親のようなイエスのイメージから生れていったのだ。裏切った子と愛してくれた母との関係。そこから人間のすべての罪を背負うイエスのイメージが生じた。そして人間のその弱さ、哀しさを理解してくれる同伴者イエスのイメージができた。

40) 高山鉄男「『創作日記』解説」「三田文学」夏季号, 1997年8月
『深い河』は、何人もの主人公たちの、さまざまな人生の物語からなっているから、(中略)作家自身も「この小説のなかには私の大部分が挿入されている」(1992年8月18日)と記している。じっさい、この最後の長編には、それまで作者がかかわって来たいろいろな問題が、(中略)それぞれの人生のことなった悲しみや、ことなった苦悩をいだいて、ガンジス河のほとりに集まるという小説形式(中略)それは結局、救済の問題だと思う。あるいは希望の問題と言って、死のかなたになにものかを希望し得るか、という問題だと思う

우치무라 간조와 나쓰메 소세키

박상도

1. 들어가며

우치무라 간조(內村鑑三, 1861-1930)는 일본에 있어 무교회의 창시자로 알려져 있다. 시기적으로 보면 메이지유신을 경험하였고 다이쇼를 거쳐 만주사변이 일어나기 전인 쇼와 초기 시대에 이르기까지 광범위하게 활동하였다. 모리 아리마사(森有正)는 이 시기의 가장 중요한 문제를 언급하며 "서구 문명의 급격한 섭취로 인해 가장 중요해진 것은 새로운 원리에 근거한 인간 형성, 인간 변혁의 문제"[1]라고 언급한 바 있다. 하지만 메이지기 초기의 시대적 양상은 이러한 중요한 문제에 관심을 기울일 여유가 없었던 것 같다. 이 시기 일본은, 오랜 세월에 걸쳐 이룩한 서구 유럽의 르네상스나 종교개혁에 해당하는 특별한 과정을 거치지 않았다. '부국강병(富國强兵)'의 기치 아래서 '어떻게 하면 단기간에 서구의 물질 문명을 따라잡을 수 있을 것인가?' 고심하며 주로 외면적 현상을 쫓아가

기에 급급했던 것이다.

이러한 측면에서 보면 우치무라는 서구의 물질문명으로 대표되는 외면적 현상에 만족하지 않고 서구 문명의 정신적 기반이 되는 기독교 사상을 수용했다는 점[2]에서 메이지 일본 정신사의 주축이 되는 인물이라고 할 수 있다. 또한 이 시기 우치무라의 특징적 현상은 단지 기독교 사상을 수용했다는 점에 그치지 않는다. 유구한 유럽문명사의 기반이 되었던 기독교 사상을 주체적으로 수용하여 '일본적 기독교'를 확립했다고 하는 것에 더 큰 의미가 있다고 하겠다.

메이지기 지식인 중 우치무라와 같이 서구 문명의 주체적 수용이라는 측면에서 고민한 사람이 한 명 더 있다. 바로 나쓰메 소세키(夏目漱石, 1867-1916)이다. 그는 영국 유학을 통해 일본의 근대화가 서구 문명의 모방에 지나지 않는다고 자각하게 되었다. 뿐만 아니라 그는 서구의 물질문명이 일본을 정신적으로 식민지화하고 있다는 문제의식 아래 외발적이고 표피적인 일본의 근대화를 비판하며, 주체적이고도 자기본위적인 내발적 개화를 역설하였다. 이렇게 볼 때 우치무라와 소세키는 서구 문명의 수용 과정에서 외발적 문명에 현혹되기보다 내발적 가치에 기초한 가치관의 확립을 동일하게 고민한 공통점이 있음을 발견하게 된다. 본고에서는 이 점에 착안하여 메이지기를 대표하는 두 지식인의 서구 문명 수용이라고 하는 측면에서 특히 '자기인식'과 '자기변혁'을 고찰해보고자 한다. 서구 문명 수용이라는 국가적 난제 앞에서 두 지식인의 '자기인식'의 양상과 갈등, 그리고 '자기변혁'에 이르는 과정을 살펴보는 것은 근대 문명 수용 초기 일본 지식인의 정신사 중 일단을 고찰한다고 하는 측면에서 의의가 있으리라 여겨진다.

두 지식인을 비교함에 있어 우치무라의 경우는 미국 유학 후 '속죄신앙'에 이르는 시기까지의 과정을, 중심 텍스트『나는 어떻게 기독교인이 되었는가?』(1895)를 통하여 밝히고자 한다. 소세키의 경우는 그의 후기 대표작으로 여겨지는『마음』(1914)을 주 텍스트로 하되 1911년 관서강연회 후 기록된 문장과 학습원 강연 후의『나의 개인주의』등도 참조하여 고찰하고자 한다.

2. 자아(自我)로 가득 찬 현대

여기에서는 우치무라와 소세키의 자기파탄에 대해 다룰 것이다. 우선 미리 언급해 두면 두 사람 모두 예리한 양심의 소유자였다는 것이다. 이들 두 사람은 모두 자신의 예리한 양심으로 죄에 대한 깊은 자각을 갖고 있었다. 단순한 자각의 수준을 넘어 전존재적인 실존적 자각에까지 이르렀다고 볼 수 있다. 이 점에서 이들 두 사람은 공통점을 가지고 있다고 할 수 있다. 그러면 이들은 어떤 점에서 절망하고 자기파탄에 이르렀는지 살펴보도록 하자.

2.1 선천적 이기심의 자각

우치무라는 하급 무사의 자제로 태어나 성실한 부모로부터 무사도와 유교적 교육을 받고 자랐다. 삿포로농학교 시절에 기독교의 유일신 신앙

을 받아들인 뒤 미국 유학을 떠나게 되는데, 이 유학의 계기가 이혼과 관련된 것이었다. 우치무라의 생애에 있어서 첫 번째 좌절은 결혼의 실패였던 것이다. 우치무라는 1884년 3월 23세에 아사다 다케(浅田タケ: 1861-1918)와 결혼했지만 그해 10월부터 실질적인 별거 상태에 들어갔고 11월에 미국 유학길에 올랐다. 결국 그는 미국 유학을 마치고 귀국한 이듬해인 1889년 5월에 이혼했다3). 우치무라는 평생 이혼의 이유에 대해 언급하지 않았지만 연구자들의 언급에 기초해서 볼 때 다케의 부정(不貞)이 원인이 되었음을 짐작할 수 있다.4) 이때 이미 우치무라는 삿포로농학교에서 '예수를 믿는 자의 서약'에 서명(1877년)하고 유일신 개념을 받아들인 뒤였다. 그래서 그는 그의 인생에서 처음 맛보는 좌절을 신(神)과의 관계 가운데 해결해 보고자 했다. 1884년 10월 27일 친구 미야베에게 보내는 서간에서 그는 "오늘날까지 내가 범한 죄가 이렇게도 많은 슬픔의 원인이 되었던가. 내 모든 친구 중에서 그 누가 이러한 쓴잔을 이렇게 많이 마신 적이 있는가?"5)라고 적고 있다. 이혼으로 인한 좌절감이 어떠했는지를 알 수 있는 내용이다. 하지만 좌절감의 깊이보다 자신의 처의 부정으로 야기된 이혼이 자신의 죄로 인한 것이라고 고백하는 것에 주목을 해야겠다. 그의 양심이 유일신 앞에서 발동하고 있음을 보여주는 대목인 것이다. 상대적인 상대편 인간의 허물을 문제 삼기보다 절대적인 신 앞에서 자신을 돌아보는 양심적 자각이 그의 유일신 신앙의 효과라 할 수 있겠다.

미국에 건너가 다시 친구에게 보낸 편지에는 앞에서 언급한 이러한 죄라고 하는 것에 대해 좀 더 구체적으로 언급하고 있다. 1885년 5월 17일자로 친구 오오타(太田)에게 보낸 서간에서 그는 "나의 자아를 깨뜨리고 나의 자만, 야심, 세상적인 명예욕을 깨뜨리지 못한다면 나는 너의 친구로 불리는 것을 원치 않는다.”라고 하고, 이어서 “나는 나의 마음의 비참한 상태에 대해서 정말로 부끄러워하고 있다. 신 앞에 거룩한 인간이 되는 것은 내게는 불가능하다.”라고 말하고 있다.6) 실질적인 이혼 상태가 시작된 1884년 10월이라는 시점을 생각할 때 우리는 그가 미국 유학 중에도 계속해서 죄책감에 시달렸다는 것을 알게 된다.

그는 미국에 도착하자마자 그 다음 해부터 엘윈 요양원에서 백치 아동들을 위한 간호사로 자원봉사를 시작했다. 자원봉사를 택한 것은 본국에서의 좌절과 아픔을 잊고자 하는 그의 숨은 의도가 있었기 때문일 것이다. 『나는 어떻게 기독교인이 되었는가?』(1895) 안에서 그는 이곳에서의 체험을 마르틴 루터가 엘프르트수도원으로 내쫓긴 사건에 비유하고 있다.7) 이는 그가 죄인으로서의 자각을 가지고 신과 바른 관계를 맺고자 함이었던 것을 말해주는 것이다. 그는 스스로 이 병원에서 일하게 된 동기에 대해 다음과 같이 말하고 있다.

> 나는 오직 그것을 ‘다가오는 분노’로부터의 유일한 피난처라고 생각하고 거기서 나의 몸을 복종시키고, 내적 순결의 상태에 도달할 수 있도록 자신을 훈련하여 천국을 이어받고자 했다.8)

앞의 오오타에게 보낸 편지에서 “신 앞에 거룩한 인간이 되는 것이 불가능하다.”라고 한 우치무라의 심경이 여기에서도 “내적 순결의 상태에 도달할 수 있도록”이라는 표현으로 반복되고 있다. 그리고 그는 단지 거룩해지기를 원하기보다 그렇게 되지 않을 때 임할 신의 심판에 대한 두려움을 가지고 있었다. 그는 요양병원에서 느낀 절망에 대해 좀 더 구체적으로 서술하고 있다.

> 따지고 보면 나는 이기적이었다. 이기주의는 어떤 형태로 나타나도 악마의 것이며 죄가 된다는 것을 나는 허다한 쓰라린 경험으로 배우게 된 것이다. 자선이 요구하는 것은 완전한 자기희생과 자기망각이지만 내가 그 요구에 나 자신을 합치시키려고 노력하는 동안 나의 선천적인 이기심은 그 모든 극악의 모습을 드러내는 것이다. 이 때문에 나 자신 속에서 인정한 암흑에 압도되어 의기소침해지고 이루 말할 수 없는 고민에 잠겼다.9)

그는 여기서 그의 죄를 "이기심"이라고 적고 있다. 그리고 그것이 자선을 요구하는 요양병원의 성격을 감안할 때, 구체적인 사건의 실례는 밝히고 있지 않지만, 자기희생을 원치 않는 스스로의 본성에 대한 것이었으리라는 것은 짐작할 수가 있다. 그는 그렇게 자기희생을 원치 않는 자신과 깊이 대면하였던 것이다. 그리고 자신의 이기심이 "극악의 모습"을 드러내고 이로 인해 자신이 "암흑에 압도"되었다고 할 만큼 우치무라의 자기인식은 파탄에 빠지게 된 것을 우리는 알 수가 있다. 이러한 자기파탄에 대해서 아베 유키조(阿部行蔵)는 다음과 같이 말하고 있다.

> 미국 기독교 자선사업의 시찰과 연구라고 하는 소위 이상주의적 도미의 목적은 완전히 분쇄되고 그는 그 파탄을 빠져나와 다른 문제에 직면한 것이다. 깨어진 인간성의 통일과 회복을 어떻게 하면 이룰 수 있을 것인가? 인간이 가진 고유한 의미에 있어서의 인간적 파탄, 즉 윤리의 파탄이라고 하는 것은 우치무라를 실재적인 것의 영역에서 실존적인 것의 세계로 떠밀어냄과 동시에 그로 하여금 온 힘을 기울여 인간 구원의 가능성을 탐색하는 종교의 궁극적 과제로 매진하게 한 것이다.10)

아베의 이러한 지적은 적확한 것이었다. "인간적 파탄", "윤리적 파탄"의 상태에서 종교의 궁극적 과제인 "구원의 가능성"을 탐색하게 했다고 하는 지적을 통해 우리는 유일신 신앙을 받아들인 우치무라의 내면에 그때까지 진정한 구원이 임하지 않았다는 사실을 생각하게 된다. 유일신 신앙의 수용은 그의 신개념을 정리시켜 주는 역할을 했지만 구원으로까지는 이끌고 가지 못했던 것이다. 우치무라는 스스로 헤어날 수 없는 깊은 자기파탄의 경지에 처하게 된 것이다. 귀국 후 오랜 시간이 흘러서 우치무라는 이러한 자기파탄에 대한 통찰을 가지고 인간 스스로가 스스로를 구원할 능력이 없음에 대해 「타락의 교의(堕落の教義)」(『성서연구』1925년 12월 20일)라는 문장에서 다음과 같이 말하고 있다.

> 인류는 근본적으로 타락한 자여서 스스로가 스스로를 구원할 능력을 가지지 못하였다. 즉 인류의 상태는 보통의 상태라기보다 이상한 상태에 있다고 하는 것이 맞겠다. 외부의 상태가 아무리 발달하더라도 그 내부에는 치유할 수 없는 부패가 있다. 인류의 진화는 그 정점에 달하여도 그 진화는 근본적인 것이 아니다. 사람은 태어나면서부터 악인이다. 자기중심적인 동물인 것이다. 하얗게 색칠한 무덤이며 겉은 아름답게 보이더라도 속은 해골과 갖은 더러운 것으로 가득 차 있는 것이 인간의 본래 상태인 것이다.11)

2.2 자기본위의 딜레마

나쓰메 소세키는 1900년 9월 영국 유학길에 올랐다. 그의 나이 33세 때였다. 하지만 소세키는 유학 중 서양 것을 흉내낼 수 밖에 없는 일본적 현실을 깨닫고 '자기본위(自己本位)'의 정신을 자각하게 된다. 1914년 11월 25일 학습원에서 행한 강연을 기초로 작성된 「나의 개인주의(私の個人主義)」에서 그는 다음과 같이 말하고 있다.

　　나는 이 자기본위라는 말을 나의 손에 쥐게 되었을 때 아주 강해졌습니다. '그들은 어떤 자들인가?' 하는 기개가 생겼습니다. 지금까지 망연 자실하게 있었던 나에게 여기에 서서 이 길로 이렇게 가지 않으면 안 된다고 알려준 것은 실로 이 '자기본위'라는 네 글자입니다.[12]

　'자기본위'란 '타인본위'와 상반되는 말로, 스스로 독립된 일본인이라는 자각을 가지고 무조건적인 서양 추종을 거절하자고 하는 소세키의 체득된 신념이라고 할 수 있다. 이러한 소세키의 깨달음은 후기 3부작의 두 번째 작품에 해당되는 『행인』(1912)에 잘 나타나 있다. 소세키는 이 작품에서 자신의 아내조차 믿지 못할 정도로 의심에 찬 이치로를 등장시키고 있다. 이치로의 내면은 불신으로 고통받는다. 하지만 이와 상반된 자기본위의 정신 또한 이치로에게 살아있음을 소세키는 그리고 있다. 이에 대한 인용문을 보자.

　　형은 신도, 부처도, 그 무엇이라도 자신 이외에 권위 있는 것을 내세우는 것을 싫어하는 것입니다. 그렇다고 니체와 같은 자아를 주장하는가 하면 그렇지도 않습니다. "신(神)은 자기이다."라고 형은 말합니다. 형이 이러한 이야기를 하는 것을 모르는 사람이 옆에서 들으면 조금 이상하다고 생각할지도 모르겠습니다. 형은 이상하다고 여겨질 수밖에 없는 말을 합니다. "그러면 내가 절대라고 주장하는 것과 같은 것 아냐."라고 내가 비난합니다. 그래도 형은 움직이지 않습니다. "나는 절대다."라고 말합니다.[13]

이치로는 "신은 자기이다."라고 하고 또 "나는 절대자"라고 한다. 하지만 이 작품에서 이치로는 아내와 동생 지로와의 관계를 의심하며 사랑을 구하는 인물로 그려지고 있다. 스스로에게 절대성을 부여하면서도 사랑을 구하는 상대적인 존재로서의 인물상이라고 할 수 있다. 주인공 이치로의 비극은 스스로가 절대라고 하면서도 진정한 절대가 될 수 없는 데 있다. 이 점은 소세키에게도 그대로 적용되는 부분이다. 소세키는 '자기본위'의 강점을 인식하면서도 이 '자기본위'가 강해지면 강해질수록 결국 삶의 문제점을 야기할 수밖에 없음을 알고 있었다. 이에 대해 소세키는 이치로의 입을 통해 다음과 같이 고백하고 있다.

> 나는 확실히 절대의 경지를 인정하고 있다. 하지만 나의 세계관이 분명해지면 질수록 절대는 나로부터 떠나버린다.[14]

실제로 소세키는 이 작품의 끝 부분에서 이치로의 심경의 변화를 그리고 있다. 스스로를 절대라고 여겼던 그가 아내를 의심하고 아내에게서 행복을 구하고자 했던 행위에 대해 자책하는 장면이 나온다. 자신에게 시집을 와서 자신이 불행하게 만든 여자에게 행복을 구하는 것은 지나친 일이라고 말하는 장면도 나온다. 이는 자기본위의 정신이 누그러졌음을 말해 주는 것이다. 소세키는 자기본위를 의식하면서도 이렇게 자기본위가 결국 자신을 확실히 세워주지 못하는 양면성을 지닌 것임을 알고 있었던 것 같다. 오히려 자기본위가 강조될 때 자기본위 안에 있는 죄의 요소가 발동되면 인간의 가장 절망적인 상태에 도달할 수 있음도 그는 알았다. 소세키는 이에 대해 주인공 이치로의 입을 통해 다음과 같이 고백하고 있다.

> 죽느냐, 미치느냐 아니면 종교에 들어가느냐 나의 앞에는 이 세 가지 밖에 없다.[15]

하지만 이 작품은 결론 부분에서 이렇게 주인공의 고뇌와 복잡한 내면을 묘사하고 있으면서도 완전한 자기파탄에 이르렀다고 평가받지는 않는 것 같다. 사코 준이치로(佐古純一郎)는 이 작품을 평하기를 "『행인』에서 에고이즘으로 인한 인간에 대한 회의는 결국 자기중심적 경향을 띠고 그 근저에는 무조건의 자기 긍정이 있다."[16]라고 하고 있다. 즉 "죽느냐, 미치느냐 아니면 종교에 들어가느냐" 이렇게 깊이 고뇌하면서도 주인공은 아직 자기파탄에 이르지 않고 있는 것이다.

하지만 소세키는 『마음』(1914)에 이르러 주인공인 선생님의 완전한 자기절망을 그려내고 있다. 숙부에게 첫 배신감을 안고 하숙집 생활을 시작한 선생님은 절친한 친구 K의 죽음으로 자기에 대한 신뢰감을 상실해버린다.

> 그러던 것이 K와의 일 때문에 보기 좋게 그 신념이 무너져버리고 나 자신도 작은아버지와 똑같은 인간이라고 의식했을 때 나는 갑자기 아찔해지는 느낌이었습니다. 남을 신뢰할 수 없게 된 나는 자신도 신뢰할 수 없게 되었고 그래서 세상으로 나아가지 못했던 것입니다.
>
> (「선생님과 유서」, 52)

이렇듯 이 작품에는 타인에 대한 불신에서 시작한 인간에 대한 불신이 결국 자기불신으로 이어져 깊이 고뇌하는 모습이 그려져 있다. 친구 K를 자살로 몰아넣은 죄책감에 고뇌하던 선생님은 자신의 내면을 응시하고 자신의 죄를 자각하게 된다. 선생님은 자신의 내면에 "무서운 그림자"가 번득이는 것을 느끼고, 그의 마음이 "무서운 섬광"에 응답하게 되었다고 한다. 그리고 이러한 마음 속에 있는 것의 실체에 대해서 "나는 또다시 인간의 죄를 깊이 느꼈습니다."(「선생님과 유서」, 54)라고 말함으로 '죄에 대한 자각'을 서술하고 있다.

소세키가 선생님을 통해 드러내는 죄의 자각은 우치무라 간조의 그것과 비슷하다. 자신의 전 존재가 숙명적으로 죄에 오염되어 있다는 식의 자각은 자신의 본질에 대한 인식이다. 그래서 더욱 절망적인 것이다. 이 문제에 대해 소세키는 다른 표현으로 "윤리적 어두움"이라고 말한다. 선생님의 다음 말을 살펴보자.

> 나는 어두운 인간 세상의 모습을 당신의 눈앞에 주저하지 않고 던져 보여주겠습니다. 하지만 두려워해서는 안 됩니다. 그 어두움을 잘 보고 참고가 될 만한 것을 얻어 주십시오. 당연한 이야기지만 내가 어둡다고 말하는 건 윤리적으로 어둡다는 이야기입니다. 나는 윤리적인 사람입니다. (「선생님과 유서」, 2[17])

소세키가 말하는 "윤리적인 어두움"이란 그 자신의 죄만을 의식한 것이 아니라 인간 내면에 공통적으로 잠재되어 있는 근원적인 죄를 응시하고 하는 말이다. "어두운 인간 세상"이란 자기를 속인 숙부와 K를 속인 자기, 그리고 자기를 속인 자기가 포함될 것이다. 결국 이 세상은 본질적으로 모두가 어둡다는 의미에서 '윤리적인 어두움'이란 말을 쓰지 않았을까? 그리고 이러한 죄라고 하는 것은 극한 고통을 유발한다. 고통스러워 하는 선생님의 모습을 소세키는 다음과 같이 그리고 있다.

> 나는 그 느낌 때문에 길 가는 모르는 이에게 채찍질당하고 싶다고 생각한 적도 있습니다. 이런 단계를 지나는 사이 남에게 채찍을 맞기보다 스스로가 스스로를 때려야 한다는 기분이 듭니다. 스스로가 스스로를 채찍질하기보다 스스로를 죽여야 한다는 생각이 듭니다. 나는 할 수 없이 죽은 목숨이라는 생각으로 살아가자고 결심했습니다.
>
> (「선생님과 유서」, 54)

선생님의 이러한 내면의 극한 고통에 대한 고백은 앞에서 『행인』의 이치로가 "죽느냐, 미치느냐 아니면 종교에 들어가느냐 나의 앞에는 이 세 가지밖에 없다."라고 한 말과 상통되는 부분이 있다. 선생님의 절망의 상태는 자살이라고 하는 자기파멸의 양상으로 치닫고 있는 것이다. 그런데 이러한 자기파멸의 원인은 『마음』이라고 하는 작품의 제목에서 암시하듯이 바로 인간의 '마음'에 있는 것이다.

영국 유학의 시행착오를 거쳐 '자기본위'라는 신념을 획득한 소세키는 1903년 귀국 이후 1914년의 『마음』에 이르는 여정 가운데서 '자기본위'로 무장한 주인공들을 통해 그 모습을 구체화하고 있다. 하지만 이 가운데 묘사되는 주인공들의 양상은 결코 '자기본위'의 신념으로 행복해지는 것이 아니었다. 오히려 '자기'가 강해지면 강해질수록 주인공들의 내면에 어두운 그림자가 짙게 드리워지는 것을 보게 된다. 이에 대해 소세키는 선생님의 입을 통해 다음과 같이 표현하고 있다.

> 자유와 자립과 자아로 가득 찬 현대를 살아가는 현대인은 모두 그 대가로 고독을 맛보지 않으면 안 될 것입니다. (「선생님과 나」, 14)

이는 결국 자기파멸의 출발점이 자기에 있다는 것을 말해주는 것이다. "자유", "자립", "자아" 이 모든 것은 소세키가 가장 우위에 두고 추구한 가치 개념들이다. 하지만 이런 것들은 결국 현대인에게 "고독"을 안겨다 주는 것이다. 『마음』의 선생님은 고독의 심연에서 자살에 이르게 된다. 소세키 만년의 주제였던 에고이즘이 결국 자기파멸의 결과로 이어지고 있음을 보여주는 대목이라 할 수 있다.

3. 자기본위(自己本位)의 완성

그러면 동일하게 자기파탄의 경지에 이른 우치무라와 소세키는 어떻게 자기 극복을 위한 몸부림을 시도했는가? 우치무라는 절대신의 영역에서 자신의 전 존재를 신뢰함으로써 자기 극복을 이루었다. 이에 반해 소세키는 자기 안에 절대신의 영역을 확보하고자 했던 것을 알 수 있다. 차례로 살펴보도록 하자.

3.1 신(神)에 대한 전존재적 긍정

우치무라 간조는 스스로가 말하는 인생의 두 번째 전기를 애머스트대학에서 맞이하였다. 그는 이곳에서 자신의 죄악을 깊이 자각하고 고뇌한 끝에 예수 그리스도의 속죄신앙에 이르게 된다. 우치무라는 1925년 12월 『성서의 연구』에 '내 신앙의 스승(私の信仰の先生)'이라는 제목으로 미

국 애머스트대학 총장 시리에게서 받은 감화와 교훈에 대해 다음과 같이
말하고 있다.

> 선생님의 그 위대한 인격과 학식을 전부 주 예수 그리스도에게 바치
> 는 것을 보았다. 이것을 본 나의 기독교관은 순식간에 바뀌었다. 나는
> 그때 처음으로 기독교를 접한 것처럼 느껴졌다. 시리 선생님은 어느 날
> 나를 불러서 가르쳐주셨다. "우치무라 자네는 자네의 속만을 바라보니
> 까 안 되는 것이야. 자네는 자네의 밖을 보지 않으면 안 돼. 왜 자신을
> 돌아보는 것을 그만두고 십자가 위에서 자네의 죄를 대속해 주신 예수
> 를 바라보지 않는가? 자네가 하는 일은 어린아이가 화분에 나무를 심고
> 그것의 성장을 확인하려고 매일 그 뿌리를 뽑아서 보는 것과 같은 것이
> 야. 왜 이것을 신과 일광(日光)에 맡기고 안심하고 자네의 성장을 기다
> 리지 않는 것인가…." 나는 이때 처음으로 신앙이 무엇인지를 배우게
> 되었다.18)

여기에 이르러서 우치무라는 비로소 자기의 내면에 있는 자기를 의존
하는 마음을 극복하게 되었다. 자기를 극복하는 진정한 믿음을 소유하게
된 것이다. 삿포로농학교 시절 그는 유일신 신앙을 받아들였다. 하지만
이때의 믿음은 팔백만의 신들을 믿는 혼란스러운 양심의 어지러움 가운데
서 유일신을 믿는 양심의 해방을 가져다주는 믿음이었다. 자신의 내면에
도사리고 있는 자기를 극복하는 믿음은 아니었던 것이다. 그는 진정한
믿음을 갖고 나서 과거 이때를 돌아보며 "나는 클라크 선생님으로부터
성서를 받고 기독교를 소개받았지만 신앙을 접할 기회는 얻지 못했다."라
고 하고 또 "나의 마음 깊은 곳에 깊은 평화와 환희는 없었다."19)라고
고백했다. 하지만 그는 내면 깊은 곳에서 우러나오는 기쁨을 소유한 후

『나는 어떻게 기독교인이 되었는가?』에서 다음과 같이 이날을 기억하고 있다.

> 3월 8일, 나의 생애에 매우 중대한 날이다. 그리스도의 속죄의 힘이 오늘처럼 명확하게 나에게 계시된 적은 없었다. 신의 아들이 십자가에 못 박힌 사실 속에 오늘까지 나의 마음을 괴롭혀 온 모든 난문(難問)의 해결이 깃들어 있었던 것이다. 그리스도는 나의 모든 부채를 지불해 주시고 나를 타락 이전의, 최초의 사람으로서의 청정(淸淨)과 결백으로 환원시킬 수 있다. 이제 나는 신의 아들로서 내 의무는 예수를 믿는 데 있다.[20]

"나의 마음을 괴롭혀 온 모든 난문"이라고 할 때 우리는 그의 극복되지 못했던 자기의 문제[21]를 발견하게 된다. 그리고 그는 이제 이러한 "난문"의 "해결"이라는 경지에까지 이르게 된 것이다. 여기서 우리가 한 가지 주의 깊게 생각해 보아야 할 것은 이러한 자기 극복 문제의 해결이 어떤 과정을 거쳐 이루어졌는가 하는 문제이다. '우치무라 스스로의 노력으로 이 문제가 극복되었는가?'라는 물음을 가져볼 때 그렇지 않음을 우리는 그의 고백을 통해 알게 된다. 그는 "그리스도의 속죄의 힘이 명확하게 나에게 계시"되었다고 말한다. 문제 해결의 주체가 그가 아니라 하늘의 신이라고 하는 것이다. 그는 일찍이 삿포로에서 '예수를 믿는 자의 서약 (イエスを信ずる者の契約)'에 반강제적으로 서약하면서 자기를 의지하며 문제를 자신의 힘으로 해결하고자 한 경향이 있었다. 하지만 이제 그는 자기를 내려놓고 위로부터의 계시에 의지하는 길을 택한 것이다. 『나는 어떻게 기독교인이 되었는가?』의 2월 18일 일기에서 "신에 의해 가르

침 받지 않는다면 참된 지식을 얻을 수 없다."22)라고 적고 있듯이 그의 자기 극복의 문제는 '신에 의해' 이루어진 것임을 알 수 있다. 다시 적어보면 우치무라가 속죄신앙에 이름으로써 자기를 극복하게 된 것은 신의 계시에 의한 것이었음을 그가 받아들였다고 말할 수 있다. 이로써 우치무라는 유일신에 대한 믿음과 예수 그리스도에 대한 속죄에 대한 믿음을 자신의 것으로 하게 되었다.

모리 아리마사는 자기를 극복한 우치무라의 이 믿음에 대하여 다음과 같이 평가하고 있다.

> 우리가 여기에서 주의해야 할 것은 그가 이러한 믿음을 가질 때의 태도이다. 그것은 너무나도 단순하고 솔직하다. 그리고 그는 그것을 직접적으로 신으로부터의 계시로 받았다. 실로 믿음이라고 하는 말에 적합한 신앙이었다. 그것은 전존재적 긍정이다. 그것은 교회의 교리를 이성으로 납득하거나 머리로 승인하는 것이 아니다. 그의 전 존재, 전인격이 그것을 긍정하고 그럼으로써 자기를 변혁하는 것이다.23)

우치무라가 믿음을 성취할 때의 태도에 대해 모리 아리마사는 "전존재적 긍정"이라는 자세를 가졌다고 언급한다. 그리고 이에 대비되는 말로 "이성"과 "머리"를 말하고 있다. "전 존재적"으로 믿는다는 것, "전인격"으로 믿는다는 것은 어떻게 믿는 것을 말하는가? 우리는 믿음의 대상을 찾기도 어렵지만 믿음의 대상을 발견한 이후에 전인격으로 믿는 믿음을 갖는 것 또한 쉽지 않은 것임을 알 수 있다.

강상중(姜尙中)은 인생의 무의미를 타파하는 해결책으로 "진심으로 믿을 수 있는 것을 가질 수 있느냐 없느냐에 달려 있습니다."라고 했다.

무언가를 진심으로 믿을 수만 있다면 인생은 제대로 된 의미를 가진다는 것이다. 그리고 진심으로 믿는다는 행위에 대해 구체적으로 다음과 같이 말하고 있다. "뭔가를 믿는다는 것은 믿는 대상에 자신을 내던지는 일이고 그 대상을 긍정하고 받아들이는 일이기 때문입니다. 그것을 할 수 있게 되었을 때 비로소 자기 안에서 헛돌기만 하던 고리 같은 것이 뚝 끊어지고 의미가 생겨나는 것입니다. 이에 반해 믿을 수 있는 것이 없으면 저 혼자 제자리를 빙빙 돌고 있을 뿐이기 때문에 의미는 생겨나지 않습니다. 사람의 인생이라는 것은 자신의 세계만으로는 결코 완성되지 않도록 만들어져 있기 때문입니다."24) 물론 강상중의 이 발언은 우치무라와 같이 전존재적으로 신을 긍정하고 한 것이 아니다. 하지만 믿음의 성질이라고 하는 측면에서 중요한 점을 시사해준다고 여겨진다.

어쨌든 우치무라는 자기인식을 넘어서는 경지에서의 신에 대한 전존재적 신뢰의 단계에 이르게 되었다. 이는 서구 문명의 근저에 흐르고 있는 기독교 정신의 본질적 요소가 우치무라의 정신적 기반이 되었다는 의미이기도 하다. 메이지기의 많은 선각자들이 있었지만 이렇듯 서구 문명의 본질적 정신을 이해한 인물은 우치무라 이외에 찾아보기 힘들다. 그러므로 그는 일본의 정신사에 있어서 중요한 한 획을 그은 인물로 평가받아 마땅하다고 하겠다.

3.2 독립적인 죽음

그러면 여기서 소세키의 경우를 보도록 하자. 소세키가 고민했던 에고

이즘의 문제 또한 '에고', 즉 '자기'에 대한 문제로 귀결된다고 할 수 있다. 소세키의 고민은 이 '자기'를 어떻게 극복하는가에 있었던 것이다. 달리 말하자면 '자기본위'를 주장하면서도 에고이즘의 문제에 봉착하지 않는 길을 찾을 수 있는가 하는 것이다. 그런데 이것이 과연 가능한 일일까? 소세키가 '선생님'을 통해 "자유와 자립과 자아로 가득 찬 현대를 살아가는 현대인은 모두 그 대가로 고독을 맛보지 않으면 안 될 것입니다."라고 했을 때 이미 '자기본위'를 주장하면서 자기 극복의 길을 찾는다는 것은 쉽지 않음을 우리는 생각해 볼 수가 있다.

다음의 반복되는 인용에서 우리는 선생님이 내면의 죄의식으로 얼마만큼 고민했는지를 추측해 볼 수 있다.

> 나는 그 느낌 때문에 길 가는 모르는 이에게 채찍질당하고 싶다고 생각한 적도 있습니다. 이런 단계를 지나는 사이 남에게 채찍을 맞기보다 스스로가 스스로를 때려야 한다는 기분이 듭니다. 스스로가 스스로를 채찍질하기보다 스스로를 죽여야 한다는 생각이 듭니다. 나는 할 수 없이 죽은 목숨이라는 생각으로 살아가자고 결심했습니다.
>
> 「선생님과 유서」, 54

선생님의 과잉된 자기는 결국 자기말살의 욕구로 이어지고 있다. 이러한 소세키의 자기를 처리하는 방법에 대해서 요시다 세이치(吉田精一)는, 소세키의 『마음』에는 에고가 '부정되어야 할 것'으로 나타나고 있다고 평하고 있다.

> 자기조차도 믿지 못하게 되었을 때, 도의와 생활을 통일하는 것은 결국 불가능하다는 것을 깨닫게 될 때, 절망은 인간을 자살로 몰아간다.

한편 작자는 인간의 죄악을 알기 때문에 그 죄악의 대가를 치르기 위해 선생을 자살시켰다고도 생각할 수 있다. 인간의 에고는 부정되지 않으면 안 된다. 자기를 완전히 부정하고 파멸한다. 죽음에 의한 윤리의 달성인 것이다.[25]

"인간의 에고는 부정되지 않으면 안 된다", 자기를 부정하는 방법으로 소세키는 선생님으로 하여금 자살을 선택하도록 한다. 요시다의 "죽음에 의한 윤리의 달성"이라는 측면에서 생각해보면 죽음으로서 자기를 극복하는 것이다. 이는 우치무라와의 자기 극복 방법과는 그 양상이 다름을 알 수 있다. 우선 우치무라는 1922년 4월『성서의 연구』에서 "자기의식이라고 하면 정말로 좋은 것인 양 여겨지고 있다. 하지만 실제로 자기의식만큼 나쁜 것은 없다."라고 하면서 에고 부정의 당위성에 대해서는 소세키와 인식을 같이한다. 하지만 이어서 우치무라는 "사람은 마음속에 신(神)으로 충만하게 될 때 자기를 잊을 수 있는 것이다."라고 하고 있다. 자기를 극복하는 길이 '신'에 대한 전존재적 긍정에 있다는 것이다. 이는 앞에서 언급한 그대로이다.

그런데 우리는 여기서 소세키가『행인』의 이치로를 통해 "신은 자기이다."라고 한 사실을 상기해 볼 필요가 있다. 소세키에게 있어서의 '자기'는 부정의 대상이자 '절대'신앙의 긍정의 대상이기도 했다. 다만 '자기'라고 할 때, 이 '자기'라는 것의 내용적인 면이 중요하다. 과연 어떠한 '자기'인가? 악으로 가득 찬 '자기'는 '윤리의 달성'을 이루기 어렵다. 그 대신 '깊은 정신을 소유한 자기'가 이것을 이룰 수 있다고 소세키는 생각했다.

『마음』에서 선생님은 이 깊은 정신을 소유한 인물로 노기 마레스케(乃木稀典) 장군을 등장시키고 있다. 1912년 9월 13일 메이지 천황(明治天

皇, 1852-1912)의 장례식이 있던 날, 노기 장군은 아내와 같이 자살한다. 자신이 섬겨야 할 주군이 이 세상에 존재하지 않는 것을 애도하고 따라서 죽은 것이다. 순사(殉死)라고 할 수 있다. 하지만 좀 더 살펴보면 노기의 죽음에는 선생님이 공감할 만한 요소가 있다. 노기 장군은 1877년 서남전쟁(西南戰爭)26) 때 자신이 지휘하던 연대의 연대기를 적에게 빼앗긴다. 이것을 오랫동안 남모르게 자책해 온 것이다. 노기의 죽음에 이렇듯 자신의 죄에 대한 단죄의 의미도 포함된 것을 염두에 두면, 선생님도 자신의 죄로 K를 자살로 내몰았던 것에 대해 오랫동안 자책해왔기에 자살한 노기의 심정에 공감했다고 볼 수 있다.

이렇게 『마음』은 노기 장군의 죽음을 본받아 선생님이 자결하는 것으로 작품의 중요한 부분이 구성되어 있다. 즉 자기를 극복하는 길로 소세키는 노기 장군의 순사(殉死)를 따른 것이다. 소세키가 아사히신문에 『마음』(1914년)의 게재를 시작한 것은 노기 장군의 순사 2년 후의 일이다. 바로 1년 전에 제일고등학교(第一高等学校)에서 한 강연 '모방과 독립(模倣と独立)'(1913.12)에서 그는 노기 장군의 순사에 대해 다음과 같이 말하고 있다.

> 노기 장군은 죽은 것이 틀림없습니다. 그 노기 장군의 죽음은 지성(至誠)에서 나온 것입니다. 그러나 일부에서는 나쁜 결과가 나왔습니다. (중략) 내가 말하는 성공이란 이러한 의미의 성공입니다. 그렇기 때문에 독립이 되지 않으면 성공을 이룰 수 없습니다. 성공의 의미는 결국 이러한 의미를 가지고 있습니다.27)

소세키는 깊은 사상적 배경과 독립심을 가지고 순사한 노기 장군의 죽음을 인정했다. 노기 장군의 죽음이 그의 "지성"에서 나왔기 때문에 결국 그의 죽음에 대해 "성공"이라고 평가한 것이다. 소세키가 주장하던 '자기 본위'가 여기에 이르러 진정 제자리를 찾은 듯한 느낌이다. 그렇지만 단적으로 보면 소세키의 '자기본위'는 자기를 말살하는 데 이르러 완성을 보았다. 그것이 아무리 깊은 사상적 배경과 독립심을 가진 '지성'에서 나온 것이라 하더라도 자기말살의 방식을 '성공'이라고 부를 수 있을까?

이러한 소세키의 자기 극복 자세에 대해 사코 준이치로는 "인간의 내면에는 자살로부터 스스로를 해방시키는 길이 어디에도 열려 있지 않다."라고 단언하며 소세키가 선생님을 자살로 몰고 간 것에 대해 "파탄과 멸망"으로 단정 짓고 있다.[28] 모리 아리마사(森有正)는『스무 살의 에튜드(二十歲のエチュード)』(角川文庫, 1952년) 서문에서 "죄의식이 철저히 결여되어 있는 곳에 자살이 있다."라고 말하면서『마음』에 대해 다음과 같이 이야기한다.

> 나는,『마음』의 선생님은 죽음으로써 한편에 흐르고 있는 죄악 의식을 급격히 가벼운 것으로 만들어버렸다고 분명히 말하지 않을 수 없다. 나는 소세키가 작품의 문학적, 예술적 구성에 대한 관심으로 그 내용을 희생시켰다고 생각한다. 죄인은 스스로 손을 써서 죽을 수 없기 때문이다. 부인의 마음에 상처를 주지 않으려 침묵의 죽음을 택한 선생님의 마음은 이해할 수 있지만 이것은 이미 죄의 문제가 아니라 인간적 배려가 되어버린 것이라 생각한다.[29]

주인공 선생님이 자살에 이르기까지 독자들에게 보여준, 처절히 고민하던 양심의 갈등을 생각해 보면 "죄악 의식을 급격히 가벼운 것으로 만들어버렸다."라고 하는 모리의 주장을 어떻게 받아들여야 할지 고민도 된다. 더구나 "죄인은 스스로 손을 써서 죽을 수 없기 때문이다."라는 단언을 통해 '선생님은 진정으로 죄에 대한 자각을 하지 않은 것인가?' 하는 생각도 가져 본다. 하지만 여기서 『마음』의 선생님과 소세키의 입장을 잠시 분리시켜 생각해 보도록 하자. 앞에서 언급해 온 것처럼 소세키는 자신의 내면의 죄악을 깊이 자각하고 있었다. 그리고 이러한 악을 가진 자기를 극복하는 길을 골몰히 찾고 있었다. 소세키가 『행인』의 이치로를 통해 "죽느냐, 미치느냐 아니면 종교에 들어가느냐"라는 절규를 했을 때는 그만큼 자기를 극복하는 길이 그에게 절박했음을 보여주는 것이다. 그러나 막상 소세키 자신이 이 세 가지 길 중에 하나를 택하려고 했을 때는 쉽게 결단을 내리기 어려웠을 것이다. 특히 소세키 스스로가 죽음으로써 자기를 극복하고자 하는 것은 쉽지 않았을 것이다. 소세키는 『행인』의 이치로의 입을 빌어 "종교에는 도저히 들어갈 수 있을 것 같지 않고, 죽는 것도 아쉬움이 남아 쉽게 죽지 못할 것 같고" 하는 고백을 나중에 하게 한다. 이는 어느 쪽도 택하기 어려웠던 소세키가 『마음』이라는 작품의 주인공으로 자살을 선택하게끔 함으로써 자기 극복을 위한 하나의 몸부림을 보였던 것으로 이해할 수 있겠다. 선생님을 죽음으로 몰고 간 것은 처절한 고민 끝의 마지막 방법이었을 수도 있을 것이다.

하지만 우치무라의 경우와 비교해 볼 때 자기인식의 파탄이라는 공유된 인식 가운데서 결국 선생님을 자살로 몰고 갈 수밖에 없었던 소세키의 내면은 결코 행복하지 않았던 것이 아닐까? 왜냐하면 우치무라가 자기 극복을 체험한 날 "오늘까지 나의 마음을 괴롭혀 온 모든 난문(難問)이 해결"되었다고 고백한 것에 비해 소세키에게서는 이와 같은 자기 극복에 대한 분명한 자기고백이 보이지 않기 때문이다.

4. 나오며

지금까지 메이지기 일본을 대표하는 두 지식인 우치무라 간조와 나쓰메 소세키의 자기인식의 양상과 자기를 극복하는 자기변혁의 과정에 대해서 살펴보았다. 우선 우치무라의 경우 이혼을 계기로 미국 유학 내내 죄의식에 고민하며 자기 극복의 길을 모색하는 가운데 철저한 자기파탄의 경지에 이르는 것을 보게 되었다. 이는 소세키가 작품 중에 그리는 자기파탄과 그렇게 다르지 않다고 여겨진다. 소세키는 영국 유학을 통해 자기본위적으로 살아가는 것의 중요성을 인식하고 일본에 돌아오지만 이러한 자기 안에 자기를 불행하게 만드는 요소가 동시에 자리 잡고 있음을 인식한다. 자기본위를 강조하면 할수록 에고이즘의 죄가 나타나는 현실 가운데 자기본위의 딜레마를 갖는다. 작품 속에 묘사되는 주인공들의 내면의 처절한 고백을 보면 그들은 우치무라의 경우와 같이 깊은 죄의 자각으로 절망하는 인물들이다.

이러한 자기를 극복하는 단계에 있어서 우치무라는 철저히 신의 계시를 강조한다. 우치무라는 기독교의 유일신에 대한 수용, 더 나아가 그리스도의 속죄신앙을 기반으로 하는 전존재적 신에 대한 긍정으로 자기 극복을 이룬다. 이에 반해 소세키의 경우는, 특히 『마음』의 경우를 놓고 볼 때 노기 마레스케 장군의 독립적인 죽음을 본받아 선생님을 자살시킴으로써 해결하고자 한다. 소세키는 지성에서 우러나오는 깊은 사상과 독립심으로 자살을 한 노기 장군의 죽음에 감명을 받았다. 하지만 이러한 자기 말살의 행위가 어떻게 자기 극복으로 이어지는지에 대해서는 의문이 남는다고 하겠다.

【주】

1) 森有正, 『内村鑑三』講談社, 1976, p.10.
2) 이 시기 우치무라 간조의 서구 사상 수용이 표면적이지 않았던 사실에 대해, 앞에서 언급한 모리 아리마사는 "그의 모든 저작을 살펴볼 때, 유럽 사상이 그 본래의 규모에 있어 또 그 본래의 깊이에 있어 적확하게 파악하고 있었던 것을 우리들은 알 수 있다." 라고 설명한 뒤 "자기 신앙과 사상에 견고하게 서서, 또 더하여 광범위한 시야를 가지고 서구 근대 문화 전체를 입체적으로 비추어 낸 것이다."라고 덧붙이고 있다.(森有正, 『内村鑑三』講談社, 1976, p.16)
3) 이해 7월 31일에 우치무라는 요코하마 가즈코(横浜加寿子)와 결혼한다.
4) 松沢弘陽 『内村鑑三 日本の名著38』中央公論社, 1984, p.21 참조.
5) 内村鑑三 『内村鑑三日記書簡全集5』教文館, 1964, p.102.
6) 内村鑑三, 전게서, p.139.
7) 우치무라 간조, 『나는 어떻게 크리스챤이 되었는가?』홍성사, 1986, p128. 마르틴 루터는 대학에서 법률학을 공부하던 중, 어느 날 집으로 돌아가던 길에 무시무시한 벼락이 옆에 떨어지는 체험을 하고는 신에 대한 두려움을 느낀다. 그리고 이후 수도사가 되는 길을 택해 수도원에 들어가게 된다. 루터가 수도원에 들어간 이유는 죄인인 인간이 거룩하신 신과 바른 관계를 맺을 수 있는지 알고자 함이었다.
8) 우치무라 간조, 상게서, p.128.
9) 우치무라 간조(1986), 상게서, p.128.
10) 阿部行蔵, 『若き内村鑑三』中央公論社, 1949, p.137.
11) 内村鑑三, 『内村鑑三全集 29』, 岩波書店, 1983, p.333.
12) 夏目漱石, 『私の個人主義』講談社, 1978, p.136.
13) 夏目漱石, 『行人』新潮文庫, 1952, p.442.
14) 夏目漱石, 上掲書, 1952, p.445.
15) 夏目漱石, 上掲書, 1952, p.427.
16) 佐古純一郎, 『漱石の文学における人間の運命』, 春秋社, 1960, p.49.
17) 나쓰메 소세키, 『마음』웅진지식하우스, 1995, p.144.
18) 内村鑑三, 『内村鑑三全集 29』岩波書店, 1883, p.343.
19) 内村鑑三, 上掲書, p.342.
20) 우치무라 간조, 전게서, p.160.
21) 우치무라는 1922년 4월 『성서의 연구』에 다음과 같이 적고 있다. "자기의식이라고 하면 정말로 좋은 것인 양 여겨지고 있다. 하지만 실제로 자기의식만큼 나쁜 것은 없다…사람은 마음속에 신(神)으로 충만하게 될 때 자기를 잊을 수 있는 것이다…실은

신도, 천연도, 자기 자신도 신을 사랑하고 자기를 잊어버리는 자에게는 역사가 임해 선을 이루지만, 이에 반해 자기를 사랑하고 자기를 의식하고 자기를 위해 계획하고 획책하고 연구하고 은혜 충만한 창조주 아버지 되신 하나님의 거룩한 뜻과 성스러운 일에 간섭하는 자에게는 모든 일에 역사가 임해 해(害)를 이루는 것이다."(『内村鑑三 全集 27』p.138) 즉 자기를 극복하는 길이 자기 안에 있지 않음을 말해주는 것이다. '자기본위'를 주장한 소세키의 주장과는 상반된 성격임을 알 수 있다.

22) 우치무라 간조, 전게서, p.139.

23) 森有正, 前揭書, p.38.

24) 강상중, 『살아야 하는 이유』사계절, 2012, p.134.

25) 吉田精一編, 『日本文学鑑賞辞典』東京堂出版, 1960, p.255.

26) 메이지 정부에 대해 사이고 다카모리(西郷隆盛, 1827-1877)를 중심으로 한 불평 사족 들의 최후의 반란.

27) 나쓰메 소세키, 『문명론』소명출판, 2004, p.203.

28) 佐古純一郎, 前揭書, p.76.

29) 原口統三, 『二十歳のエチュード』角川文庫, 1952, p.13.

* 본고는 『인문논총 25』(서울여자대학교 인문과학연구소 2012)에 게재된 것임.

矢内原忠雄의 「朝鮮統治의 方針」과 조선 민중의 실상

김정희

'조선 통치 방침'의 개요(槪要)

1919년(大正8)에 독립만세사건이 일어난 후, 총독부의 조선 통치 방침은 무단정치에서 문치주의로 일대 변혁이 일어났다. 그러나 야나이하라 타다오(矢内原忠雄)[1]는 그로부터 7년 후 1926년(大正15)에 문치주의를 비판하면서 문화주의 총독정치도 조선인 민족주의자를 만족시키기에는 여전히 불충분하다는 의문을 제기했다. 문치주의의 총독정치하에 있는 조선인의 상태는 불안·절망·암흑이었다. 총독부는 내선일체(內鮮一體)·공존공영(共存共榮)을 내세웠으나 조선인에게 일본인과 똑같은 사회적 지위는 주어지지 않았고 경제적 불안·정치적 불만이 심해졌다. 문화정치의 원칙을 따르자면 조선인이 참정권을 요구하는 것은 극히 당연한 것이었다.

식민정책을 연구한 야나이하라의 이론에 의하면, 세계적으로 시행된 식민지 통치 정책은 종속정책·동화정책·자주정책으로 분류된다.

조선은 긴 역사와 많은 인구를 가진 나라이기에 종속정책을 취할 수 없었으며 동화정책 역시 1919년의 독립만세사건 이후로는 어려워졌다. 그래서 조선인에 의한 조선 의회의 개설만이 조선 통치 정책의 기반이 되어야 한다고 야나이하라는 주장했다.

1. 문치주의의 총독정치

(1) **무단정치의 패배** : 데라우치(寺内)와 하세가와(長谷川) 총독 시대의 조선 통치는 헌병에 의한 경찰제도로, 행정관리도, 학교 교원도 제복에 칼을 차는 등 철저한 무단정치였다. 그러나 1919년 고종(高宗)의 장례식 이틀 전 3월 1일에 일어난 독립만세사건은 파고다공원에서 시작해 4월 중순까지 전 조선에 확대되어 소요지가 전국 400개소 이상에 달했다. 군국주의 위력하의 조선 13도가 평온하다고 생각했던 관헌은 비밀리에 계획된 이 사건에 경악했다. 진압 과정에서 각지에 유혈 참사가 있었지만, 이는 조선 민중의 승리이며 총독부의 패배였다.

(2) **문치주의의 등장과 파탄** : 독립만세사건 이후 총독부는 교육·위생 설비를 충실히 하고 사무의 간소화, 민의 창달에 힘쓰고 지방단체에 대한 공선(公選)과 임명의 자문기관을 설치했다. 1919년 9월 신임 총독

사이토(齊藤)의 통치 표어는 일선동치(日鮮同治), 일선융화, 공존공영 등이었다.

문치주의의 파탄은 1926년 6월 10일 李王(純宗)의 국장(国葬)을 계기로 또다시 전단이 뿌려지고 만세사건이 일어나 관계자 139명 체포, 260명이 종로경찰서에 검거된 데서 더욱 확고해졌다. 1919년의 만세사건은 정치 문제가 중심이었다면, 1926년의 6·10만세사건은 경제문제가 그 원인이 되었다.

문치주의로 교통, 무역이 발달한 결과 조선인의 경제적 욕구가 자극을 받아 그 욕망을 만족시키기 위해 재산을 팔고 일본인 금융업자에게 융통을 했다. 이율은 낮았지만 채무 상환의 의무는 한층 엄중했다. 병원이나 학교, 기타 문화적 설비는 조선인들도 이용 비용을 부담해야 했다. 조선 토지의 대부분은 일본인의 소유가 되거나 담보로 제공되었다. 이런저런 이유로 조선인들은 토지를 잃는 과정에서 무산자가 되었고, 조선에서는 직업을 구할 수가 없었다. 왜냐하면 조선의 주요 산업은 농업이었고, 공업 시설은 빈약하여 다수의 노동자를 수용할 수 없었기 때문이다. 많은 조선인이 시베리아나 만주로 이주했고, 일본에도 갔지만 성공해서 돌아온 사람은 거의 없었다. 만주 이민에서는 개척의 어려움, 조세 문제의 미해결 등의 문제와 함께, 마적에게 약탈당해 궁지에 몰리는 자가 많았다고 한다. 조선인의 생활수준은 진보하였지만 생활의 불안은 한층 가중되었다. 교통의 발달, 무역의 발전, 법치 제도의 완비, 교육·위생 시설 개선, 산업의 개발, 사업 경영의 자본주의화 등의 문화적 정책 실행이 조선인에게 미친 경제적 영향은 결코 좋은 것이 아니었다. 아니, 오히려 어떤 의미에서 당시 조선인의 경제적 불안은 문화정치의 결과라고 말할 수 있다. 문화적 교육으로 인해 조선인은 정치적 자유의 가치를 알게 되었지만 참정권은 주어지지 않았고, 교육은 장려되었어도 졸업생에게 사회 활동의 길은 열리지 않았다. 즉, 총독정치하에서 조선인의 경제적 욕구는 상승되었지만 욕구 충족의 수단은 주어지지 않았다. 총독부는 공존공영, 일선동치를 내세웠지만 식민지 상황하에서 어떻게 조선인이 일본인과 똑같은 사회적 대우를 받을 수 있었겠는가?

2. 식민지 통치의 3가지 유형

(1) **종속주의 통치 정책** : 식민지 주민의 이익은 고려하지 않고 본국의 이익에만 종속시키며, 여러 정책 결정에 주민의 의사는 전혀 반영하지 않는다. 이 같은 전제적 착취 정책은 16-18세기경, 근대에 이르기까지 스페인 및 포르투갈을 비롯한 유럽 여러 나라가 식민지에 취한 정책이다. 영국이 인도에, 네덜란드가 자바에 펼친 정책도 이와 같다. 종속정책의 결과는 두 가지 양상으로 나타나는데, 하나는 원주민의 절멸이고 또 하나는 원주민의 저항이다.

(2) **동화정책** : 식민지를 본국의 일부로 취급하여 본국의 법제·언어·풍습을 보급시키고 본국인과의 결혼을 장려하는 것이다. 말하자면, 식민지 사회 및 식민지인의 본국화이다. 프랑스는 주요 식민지에 동화정책을 시도했다. 알제리의 각 주에서 프랑스 본국에서와 똑같이 파리 의회에 의원을

선출하도록 했다. 그러나 성과는 좋지 않았다. 프랑스에서도 20세기 이래 동화정책 실패의 목소리가 높아졌고 학자들도 이 정책을 비난했다. 알제리 토착민 반란의 주된 원인은 프랑스어 강제 교육에 있었다. 동화정책은 무엇 때문에 실패하였을까? 원주민이 기꺼이 복종하지 않기 때문이다. 동화의 강제는 압박이다. 타인에게 강제로 자기처럼 되라고 하는 것은 인격 모욕이다. 외형 생활상의 동화를 심적 동화로 동일시하는 것만큼 어리석은 일은 없다. 인도인이 양복을 입고 양식을 먹고 영어로 말하고 영문학을 배운다고 영국인으로 동화될 수는 없다. 환경의 영향은 현상형(現象型)의 변화에 머무르는 것이지 원인형의 변화에는 미치지 못한다고 유전학자는 말했다. 정책은 현실의 사회적 관계와 가까운 장래를 예상하여 결정한다. 단기간의 성공을 목적으로 하는 동화정책은 식민지인들에게 있어 동화보다 오히려 반항을 야기시킨다. 1916년 아일랜드의 독립적 반란은 영국 정치가들을 놀라게 했다. 반란은 진압되었지만 여전히 진압되지 않은 것은 민중의 독립심이었다. 아일랜드의 독립은 영국에 의해 저지되었지만 아일랜드는 영본국 의회의 직접 통치를 받지 않는다. 자유국으로 의회를 가진 자치령 지위로 영제국 내에 남아 있다. 동화정책은 이처럼 이론적 모순 및 역사적 약점을 지닌다. 그런 이유로 '자주 협동'의 방침에 입각한 식민지 통치 정책이 발달해 왔다.

  (3) **자주협동정책** : 식민지의 역사적 특수성과 집단의 정체성을 인정하고 자주적 발달을 돕는다는 것이다. 캐나다, 호주, 뉴질랜드, 남아연방, 그 밖의 영제국의 자치령이 그 전형이다. 즉 이들 자치령은 자국의 의회 및 내각이 있고, 영국과는 제국 의회로 결합되어 있다. 그들은 영국의

자치령이라고 하나 거의 독립국에 가까우며 영국에 대해 자매 관계로서의 대등한 지위를 요구한다. 영국은 식민지에게 자치를 허락하여 제국을 유지했다. 자치령을 실시한 영국은 엄격한 종속주의를 택한 식민 제국보다도 오히려 공고히 결합되어 있다. 영국의 성공을 보고 프랑스 식민지 통치도 자주정책에 접근하게 되었다. 영국은 유력한 식민지뿐만 아니라 아프리카 서부, 중부 등의 흑인 거주 지역에서도 재래의 법제·관습을 중요시하여 추장의 통치를 인정하는 자주적 정책을 시행하고 있다.

집단적 인격의 독립, 사회·생활의 역사적 특수성을 인정받은 식민지는 본국과 우호적으로 결속하게 된다. 우의에 의한 결합만큼 견고한 것은 없다. 통치국이 식민지에서 생산되는 원료나 식료품을 원하는 것처럼 식민지도 본국의 자본 및 상품을 필요로 한다. 자주정책에 의한 식민지 통치는 합리적인 협동 결합이 기초이다.

3. 조선 의회의 개설이 조선 통치의 근본 방침

(1) 조선은 2천 년의 역사와(실은 5천 년) 1,800만의 인구(2013년 현재 5,100만)를 가지고 있었다. 한일합병조약을 체결한 1910년 전까지는 '한국 황제 폐하'를 받들던 독립국이었다. 조선에 대한 통치 정책을 논의할 때 이 사실을 잊지 말아야 한다. 이와 같은 역사와 인구를 가진 조선에 대해서는 인구의 대부분을 절멸시키거나 국외로 추방하는 것도, 철저한 종속정책도 도저히 불가능하다. 조선은 조선인이 중심이 되어야 한다는

사실을 확인하는 것이 통치 정책 결정의 제일 요건이다. 조선을 일본의 이익에만 복속시키는 종속정책은 결국 조선인의 저항만 부를 뿐이다.

(2) 공존공영의 객관적 보장은 조선인의 참정이다. 공존공영을 목적으로 하는 문화정치가 말로만 끝나지 않기 위해서는 객관적 보장이 필요하다. 조선인의 경제적·사회적 불안을 완화하고 미래의 희망과 자신을 주는 유일한 수단은 경제생활, 사회생활에 관한 정책과 이에 수반되는 재정적 부담의 문제 등에 대한 참정권이다. 현재 조선인이 정치에 참여할 수 있는 것은 1920년(大正9)에 개설된 도(道), 부(府, 오늘날의 시(市)), 면(面)의 협의회가 있지만 단순한 자문기관이므로 참정할 수 없다. 중추원은 유명무실한 명예 관제이고, 중앙행정은 총독의 독단적 전제이다.

(3) 조선 의회를 특설해야 한다. 조선은 일본과 동일 의회에 대표되는 사회적 기반을 갖고 있지 않다. 조선의 내정은 조선인을 중심으로 하는 의회에서 결정해야 한다. 조선은 일본과 별개의 역사를 지닌 사회로 취급해야 하며 정책에 의한 동화는 불가능하다. 그리고 조선 의회 개설을 두려워할 필요가 없다. 조선의 자주적인 존재를 인정하면 조선은 일본에 저항해야 할 심리적 이유를 잃는다. 경제적 군사적인 공통의 이해관계는 그 결합이 유효하게 작용할 때 성립된다. 자주 조선이 일본에 분리, 독립을 바라는 것이 일본으로서 그렇게 슬퍼해야 할 일일까? 조선이 일본 통치하에서 활력을 얻고 독립국가로 일어설 실력을 기를 수 있다면 그야말로 일본 식민정책의 성공이고 일본 국민의 영예이다. 야나이하라는 조선이 분리, 독립되도록 해야 한다고 말했다.

　　이상은 야나이하라 타다오의 논문 「조선 통치의 방침」[2]이다. 그는 1924년 조선을 시찰하였으며, 2년 후 이 논문을 발표하였다. 그는 3·1 독립운동에 대해 일본의 『세계대백과사전』[3]을 인용하여 객관적으로 비교해 본다.

　　"일본의 통치하에 있는 조선 민족의 독립운동은 1919년 3월 1일부터 약 1년간에 걸쳐 계속되었다. 1910년 이래 조선은 일본의 식민지로서 조선총독부의 지배하에 극단적인 무단정치가 시행되어, 민중은 모든 권리를 박탈당했고 '토지조사사업'에 의해 광대한 토지를 약탈당해 농민 생활은 파탄 상태였다. 또한 '회사령'하에 민중 자본의 발달이 억압되어 원료 수탈·상품 판매의 식민 시장이 되었다. 그 때문에 소작농, 농촌 프롤레타리아계급, 실업자가 증대하고 100만이 넘는 해외 유랑민이 생겼다. 조선 민족의 불만은 높아졌고 그 폭발은 불가피한 것이었다. 러시아혁명과 이후 각국의 식민지 혁명·독립운동은 조선 민중에게 큰 영향을 주었다. 소비에트 정권 및 미국 대통령 윌슨의 민족자결주의 성명은 중국·구소련 지역으로 망명하고 있던 독립운동가들과 도쿄 유학생에 의해 신속하게 조선에 전해졌다. 그 무렵 이조 말기의 李太王(高宗)이 일본인 시의에게 독살되었다는 풍설이 민간에 전해져 민족적 격분을 일으켰다. (중략)

　　처음에는 당황하여 일시 기능을 잃었던 일본 관헌은 드디어 대대적인 군대와 헌병 소방대를 동원하여 무모한 검거·학살로 탄압을 시작했다. 이는 수원학살사건, 경성십자가학살사건을 비롯해 각지에서 전개되었다. 당초의 평화적 시위운동은 3월 하순부터 자연발생적 무장투쟁으로 발전해 갔다. 당국 발표를 보아도 검거 52,770명, 사망자 7,909명, 부상자 15,961명이었다. (중략)

무단정치의 후퇴는 민중 사이에 항일 투쟁과 민족의식을 고취시켜 노동자계급의 지도에 의한 민족해방운동에 획기적인 전환기를 이룩했다.”

야나이하라의 「조선 통치의 방침」의 내용과 역사적 사실은 그로부터 45년 후에 출판된 일본의 『세계대백과사전』과 비교한 결과 제대로 분석된 것이라고 볼 수 있다.

4. 조선 민중의 실상

(1) **무단정치의 결과** : 화성 지역 3·1독립운동의 특징은 만세운동 준비 단계에서 기독교와 천도교 지도자가 주도적으로 수원·화성 지역 민족주의자들과 제휴하여 주로 5일장을 이용하여 독립운동을 전개했다는 점이다. 초기에는 평화적인 운동이었지만 일본의 무력 진압과 지도자의 검거로 흥분한 군중에 의해 폭력적인 운동이 되었다. 제암리 학살사건은 3·1운동 과정에서 일어난 일제의 대표적인 만행이다. 4월 5일 화성군 향남면 장날에 있었던 만세시위에 대한 보복으로 4월 15일 일본 헌병들은 21명의 남자들을 제암리교회에 모이게 한 후, 문을 걸어 잠근 채 불을 질러 교회는 화염에 휩싸였다. 창문을 열고 나오려는 사람들을 향해 헌병들은 무차별 발포하였고, 교회 마당에서 통곡하는 2명의 여성도 살해했다. 또 제암리 가옥 30여 채를 방화한 후, 이웃 마을인 고주리의 천도교 신자 6명을 살해하여 소각했다. 사건 후에도 일본 헌병의 심한 감시로 희생자의 장례조차 치르지 못했으나 이틀 후 캐나다의 의료 선교사 프랭

크 윌리엄 스코필드가 유해들을 향남면 공동묘지에 안장했다. 그는 사건 현장을 사진으로 찍어 일제의 만행을 외국 언론에 폭로했다.

또 영국과 프랑스를 돌아보고 귀국하던 여정 중에 한국에 들른 일본인 영문학자이자 기독교도인 사이토 다케시[4](斎藤勇)는 제암리 현장을 직접 찾아가 보고 『복음신보』에 「어떤 살육사건」[5]이라는 장편시를 발표하였다.

어떤 살육사건

그곳은 터키령 아르메니아의 만행이 아니다.
300년 전 피에몬테에 있었던 살육이 아니다.
아시아 대륙 동쪽 끝에서 벌어진 참사이다.
영원한 평화를 기약하는 회의 중에 생긴 일이다.

우리들의 사랑하는 조국에서는,
인종차별을 철회해야 한다고,
소위 지사가 기염을 토하던 때다.

오대열강의 하나인 군자의 나라 지도자는,
그 점령당한 영토의 백성이 결속해 일어나,
군자의 나라 관헌의 압제를 외치며,
한 인간으로서 부여받아야 할 자유와 권리를
요구하기 위해 시위운동을 했을 때,
필경 서양에서 온 사교(邪教)가 꼬드긴 것이라고,
칼자루를 들고 포고를 내렸다.
모월 모일 모 회당에 반드시 모여야 한다고.

그곳은 도시에서 떨어진 한적한 시골,
허술한 목조 교회당이 서있다.
흰 옷을 걸친 마을 사람들이,
어떤 이는 중병의 늙은 아버지를 떠나,
어떤 이는 해산자리에 든 아내를 남겨두고,
어떤 이는 괴로워도 삶을 지탱하는 생계를 버리고,
오늘은 일요일도 아닌데 왜 모이라고 하나,
포고 때문이다, 엄한 헌병 때문이다.

모이는 사람 이삼십, 그중에는 예수를 믿지 않는 이도 있었다.
관헌이 따져 물었다. 왜 폭동에 가담했냐고.
아아, 내 조국이 멸망하는데 불평하지 않을 수 있겠는가.

게다가 지배자가 선정을 베풀어 따르게 하지 않는다면,
누가 기꺼이 굴욕과 모멸을 참을 것인가.
게다가 만일, 무력과 폭력으로,
백성이 두려움에 복종키를 바라는 위정자가 있다면…….
기독교도는 관헌을 향해,
신앙의 자유를 요구했을지도 모른다.
그 말이 격한 어조를 띠었다고 해도,
우상숭배를 강요당한 자에게,
그것은 안 된다, 불손하다고 어찌 말할 수 있겠는가.

갑자기 포성, 한발, 두발…….
순식간에 회당은 시체의 전당.
아직도 만족 못해 불로 위문하는 자가 있었다.
불길의 혀는 벽을 핥았지만,
관헌의 마수에 쓰러진 망국의 백성을 ―

서양 사교를 믿는 자를 ―
꺼리듯이, 두려운 듯이, 지키는 듯이,
그들의 시체를 모조리 태워 버리지 않는다.
보란 듯이, 바람이 불어오는 민가에도 불을 붙였다.

불탄다, 불탄다. 40채의 부락은,
한 채도 타지 않은 것이 없다.
당신은 초가집 불탄 터에 서서,
아직도 타고 있는 냄새가 코를 찌르지 않는가.
젖먹이를 안고 숨진 젊은 엄마,
도망가다 넘어진 늙은이들의,
시커멓게 그을린 참상이 보이지 않는가.

뭐라고? 헤롯이 어린아이를 죽인 것보다 심하지 않다는 거야?
피에몬테나 아르메니아보다 사람 수가 적다는 거야?
시마바라(島原)나 나가사키(長崎) 주변의 옛날 사건도 있었다는 거야?
군자의 나라에는 그런 예가 드물지 않다는 거야?
만약 이를 부끄러워하지 않는다면,
화 있을진저, 동해 군자의 나라.

어떤 신문은 간단히 전하기를,
합병국의 기독교도는
무리지어 소요를 일으키고,
해산을 명령한 관헌에게 반항했기 때문에
죽은 폭도의 수는 20, 소실가옥 십수 채라고.
또 어떤 신문은 일언반구도 이에 대해 쓰지 않았다.
그러면서 봄바람에 나부끼는 꽃잎을 보겠지.

* 이 시(詩)의 관련 사진 자료는 이하 부록에서 제시한다.

(2) **문치주의의 결과** : 직접적인 효과는 민중의 문화적 욕구가 상승됨에서 볼 수 있다. 조선에 철도가 개통했을 당시 이를 신기해한 많은 조선인들이 용건도 없이 기차를 타고 돌아다녔다고 한다. 여행과 문명품의 유혹, 이 욕망을, 한 끼의 식사 때문에 맏아들의 특권을 팔아버린 에서(히브리서 12: 16)에 비유하면서 많은 조선인이 토지를 팔아 화폐를 구했다고 야나이하라는 말했다. 당시 조선 양반들의 터전이었던 진고개(충무로)가 일본인 상인들이 밀려들면서 조선 양반들은 물러가고 일본인 천지가 되었다. 언론인 정수일(鄭秀日)은 『별건곤』6) 1929년 9월호의 '진고개'라는 글에서 "진고개라는 이름은 본정(本町)으로 변하고 솟을대문 줄행랑이 변해 이층집 삼층집으로, 「청사초롱」은 천백 촉의 전등으로 바뀌고 보니 그야말로 불야성(不夜城)의 별천지(別天地)로 변하였다. 지금 그곳을 들어서면 조선을 떠나 일본에 여행을 온 느낌이 든다."라고 했다. 또 서울 구경 온 시골 사람들이 "갑(甲)이나 을(乙)을 막론하고 평생소원이 진고개 가서 그 좋은 물건이나 맛있는 것을 사 보았으면 죽어도 한이 없겠다."라고 말할 정도였다. 본정 일대에는 미쓰코시(三越), 조지아(丁子屋), 히라다(平田) 등 일본 최대의 백화점이 들어섰다.

<자료1>을 보면, 『별건곤』 1930년 12월호 '歲暮街頭의 不景気風景 (2)'의 만평에서 이상범(李象範)7)이 흥청거리는 일본인과 비참한 조선인을 비교하여 네 가지 풍경을 묘사하고 있다.

(1) '아! 최후의 비명'은 망해서 경매에 붙여진 조선 상점의 풍경이고 (2) '見而不食?(보고도 먹지 못함)'은 차압당한 쌀 앞에서 굶고 있는 조선 농민들이며 (3) '폐허의 자취!'는 손님이 없어서 거미줄만 쳐져 있는 조선 상가의 모습이다. 또 (4) '조선 사람들은 三越·丁子屋·平田으로만 연

신 도라 든다. — 헤 —헤 — 亡혜야—'라며 '大売出'이란 큰 간판을 단 일본인 백화점 앞에 줄지어 서있는 사람들의 풍경을 묘사했다.

일본 상인들은 고객으로 일본인은 물론 조선인도 유혹했다. 정수일(鄭秀日)은 『별건곤』에서 "한번 그네들의 상점에 들어서면 사람의 간장까지 녹여 없앨 듯이 친절하고 정다운 일본인 점원의 태도에 다시 마음과 정신이 끌리어"라며 일본인 특유의 친절한 상술에 대해 언급했다. 일본인 상인들은 본정을 중심으로, 조선인들은 종로를 중심으로 나뉘었다. 그러나 자본력이 우세한 일본인들은 그들의 뛰어난 상술로 종로까지 잠식하였고, 조선 상점은 쇠락하는 형세였다. 그 당시 가옥도 일본인들은 본정, 조선인들 가옥은 종로를 중심으로 모여 있었다.

<자료1>

<자료2>

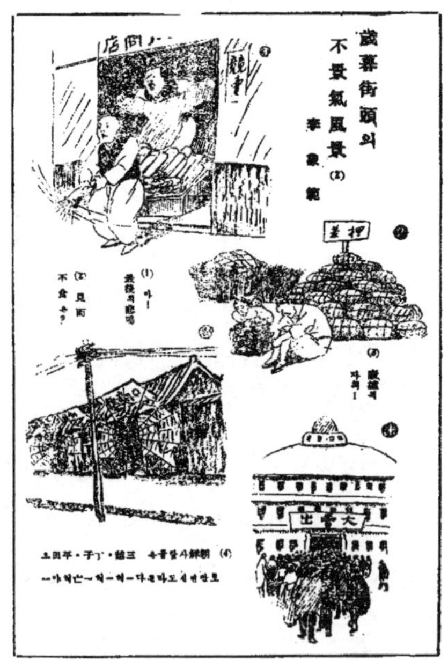

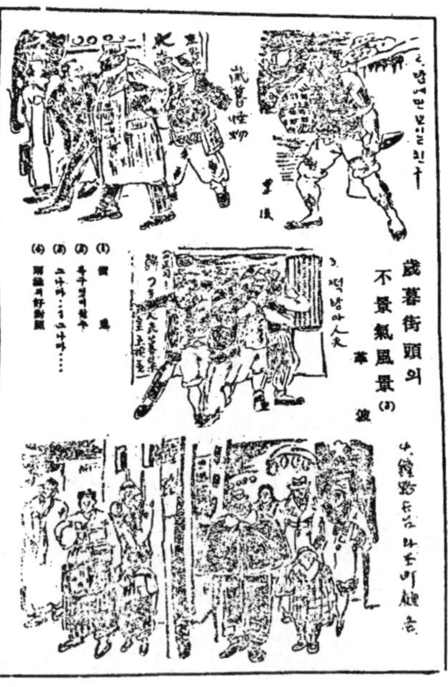

<자료2>는 '혁파(革波)가 歳暮街頭의 不景気風景(3)'에서 (1) '債鬼(빚쟁이)'를 세모괴물 형상으로, (2) '목구멍이 원수'를 밤에만 보이는 친구로, (3) '그나마…그나마…'는 떡방아 인부로 그리고, (4) '両極의 好 対照'는 종로 손님과 본정 고객을 그렸다. 또한 두툼한 반코트를 입고 모자를 쓴 부유한 일본인 남녀와 뚱뚱한 어린이, 보퉁이를 겨드랑이에 낀, 치마저고리를 입은 모녀와 두루마기를 입은 조선인 남자의 남루한 모습을 대조적으로 묘사했다.

결론

야나이하라는 식민지 정책 학자로서 맹인이 맹인을 인도하는 조선 통치를 묵과할 수 없어 자신의 견해를 제시한다고 했다. 조선 의회를 특설하는 근본 방책을 내놓지 않는 한 1920년대의 '문화정치'도 조선인의 정치적·경제적 불안을 제거할 수 없다는 것이다. 또한 조선총독부가 조선인을 어떻게 인도해야 할지를 모르는 것 같다고 비판했다. 조선인에게는 아무런 참정권도 주어지지 않았고, 교육이 장려되었어도 활용할 수 없었다. 야나이하라는 조선 사회의 저변에 이 절망적인 불안이 음습해 있음을 느꼈다고 했다. 조선에서는 길가의 돌조차 자유를 달라고 소리를 지르니, 조선 민중에게 참정을 실시해보라고도 했다. 그는 또한 말한다. 표면적인 평안을 보고 '문화정치'가 성공했다고 생각하는 자는 화 있을진저. 평안하다고 인정하지 않는데 평안하다고 선전하는 자는 화 있을진저. 또 사이토

(斎藤)의 시(詩)에서도 '화 있을진저, 동해 군주의 나라' 등 그들은 성경 구절을 인용하여 일본이 화(禍)를 면치 못할 것이라고 경고했다. 그들은 예언자적 신앙으로 시대를 예리하게 통찰했던 도쿄대학(東京大学) 교수들이었다. 그러나 야나이하라는「조선 통치의 방침」이란 논문을 발표한 후 당국으로부터 강한 압력을 받았다고 한다.

무단통치는 3·1운동을 야기했고, 그 만행의 대표적인 것이 제암리교회 방화·학살사건이라고 할 수 있다. 당시의 일본 교회는 무엇을 했는가? 1926년 순종의 서거로 모여든 민중이 불온문서를 살포했을 때 만세사건이 무사하기를 야나이하라는 충심으로 기도했다고 고백하고 있다.

야나이하라는 조선에는 종속주의 통치도, 동화정책도 불가능하다고 했다. 영국만이 식민지에 자주협동정책인 자치를 허락하여 대제국을 유지했다. 이 자주정책이란 식민지와의 협동에 의해 결합을 공고히 하는 것이다.

필자는 야나이하라의「조선 통치의 방침」과 사이토의 제암리교회 만행에 대한 통분을 읊은 시「어떤 살육사건」등을 통해, 그들이 당시 조선 민중의 실상에 대해 정확한 지식을 갖고 옳은 판단을 내렸다는 것을 알 수 있었다. 식민지하에 있는 조선 민중의 항일 운동을 탄압한 사건에 일본인으로서 반성하고 진실을 직시했다는 점을 높이 평가한다.

[부 록]

<자료1> 당시 제암리교회의 재현 모형

<자료2> 일본군이 교회를 불태우자 유리창을 부수고 밖으로 나오려는 사람들과 그들에게 발포하는 일본군을 묘사한 그림

【주】

1) 矢内原忠雄(1893-1961). 경제학자. 에히메 현(愛媛縣) 출신. 1923년 도쿄대 교수로 식민정책을 강의했다. 1937년 중일전쟁이 시작될 무렵 반전 사상 때문에 대학에서 물러났다. 고교 시절부터 우치무라 간조(内村鑑三)와 니토베 이나조(新渡戸稻造)의 영향을 받아 성서연구회와 잡지『가신』을 통하여 자신의 신념을 주장했다. 패전 후, 두 차례에 걸쳐 도쿄대학 총장을 역임했다.

2) 논문은『중앙공론』(1926. 6)에 게재된 후, 보필을 거쳐 논문집『식민정책의 신기조』 (1927)에 수록되었다.

3) 시모나카 쿠니히코(下中邦彦) 編集,『世界大百科事典9』, 平凡社, 1971, pp.627-628.

4) 사이토 다케시(斎藤勇: 1887-1982), 후쿠시마 현(福島縣) 출신. 영문학자이자 일본 학사원(學士院) 회원. 1923년부터 도쿄대학의 교수로 지내다 1947년에 정년 퇴임하고 명예교수가 된다.

5)『복음신문』대정 8년(1919년) 5월 22일, 제1247호. 이 시는 그해 5월 6일에 쓰인 것으로 기록되어 있다.

6)『별건곤(別乾坤)』; 월간 문학잡지. 1926년 11월 1일 창간. 1934년 3월 1일 통권 101호를 끝으로 폐간되었다.

7) 이상범(1897~1972) 동양화가. 충남 공주 출신. 청전(青田) 이 화백은 1922년 일본 총독부에서 문화 정책의 일환으로 개최한 조선미술전람회(선전)와 서화협회전에 계속 출품했다. 1926년「조선일보」, 1928년「동아일보」에서 삽화를 그렸다.

한일 '기독교 베스트셀러 소설' 비교 연구

윤 일

1. 서론

한국과 일본의 현대문학에서 '기독교문학'의 정의는 대체로 비슷한 양상을 보이고 있다. 예를 들어 문학 연구자이자 기독교 신자인 임영천과 사코 준이치로(佐古 純一郎)가 제시하는 개념적 정의를 다음과 같이 살펴보자. 우선, 임영천은 네 가지 시점에서 '기독교문학'에 대해 다음과 같이 논의하고 있다.[1] 첫 번째는 '어느 문학작품의 제재(소재)가 기독교의 세계와 관련되어 있을 경우', 두 번째는 '기독교 신도들 또는 유사한 부류의 독자들'을 겨냥한 경우, 세 번째는 '작가 자신이 기독교 신도일 경우', 네 번째는 '작품 자체 내에 기독교 세계가 나타나고 있을 경우'이다. 그러나 앞의 네 가지 조건이 모두 충족되어야만 '기독교문학'이라고 이야기할 수 있는 것은 아니다.

임영천도 이에 대해 다음과 같이 말하고 있다.[2]

> 기독교문학은 외부 세계(자연), 독자, 작가, 작품 자체 등 네 가지 관점에서 그 자격(성립) 여부를 논의할 수 있다. 그러나 이론적으로는 그렇다고 하더라도 실제에 있어서는 이 모든 것들이 서로 얽혀 상호 유기적인 관계를 맺으면서 기독교문학 작품을 이루기 때문에 항목 하나하나를 엄격히 분리해 판단하기보다는 종합적 관점에 의해 포괄적으로 논의해야 하리라고 본다.

인간 중심의 근대문학과 신 중심의 기독교가 하나 되어 만나는 '기독교문학'의 정의를 내리는 것이 그 자체로 매우 복잡한 문제를 내포하고 있는 것처럼, 위의 네 가지 중 하나를 충족시킨다거나 또는 네 가지 모두를 충족시켜야만 '기독교문학'으로 성립하는 것은 아니다. 이는 위에서 임영천이 지적하는 것처럼, "종합적 관점에 의해 포괄적으로 논의"해야 하는 대상이다.

그런데 소재가 기독교와 관련이 있는 것, 기독교 신도를 독자로 상정하는 것 또는 작가가 기독교 신도인 경우 등은 작품의 외면적인 문제로서 그 진위를 비교적 쉽게 파악할 수 있으나, 작품에 나타나는 기독교 세계를 파악하는 것은 그다지 간단하지 않은 문제이다. 게다가 '종합적 관점'에서 논의할 경우, 기독교에서 빌려온 소재가 작품에서 기독교 세계관을 그리고 있지 않거나 또는 작가가 기독교 신도라 할지라도 반드시 기독교 세계관을 나타내고 있다고 단정할 수는 없다.

일본의 연구자 사코 준이치로는[3] 다음과 같이 말하며, 임영천과 마찬가지로 네 가지 시점에서 '기독교문학'을 논의하고 있다.

'기독교문학'이라고 하는 경우, 표현의 주체라는 문제와 테마의 문제, 게다가 소재의 문제와 표현의 시점이라는 문제 영역을 생각할 수 있습니다.

앞에서 "표현의 주체"라고 하는 것은 기독교 신도를 지칭하는 것으로서 '기독교문학'은 '기독교 신도의 문학'이라고도 이야기할 수 있다. 마치 '기독교문학'을 기독교 신도만의 문학으로 여겨 '포교 문학'의 영역으로 확대 생각할 수 있으나, 사코 준이치로가 강조하는 것은 '모든 율법주의로부터 인간을 해방시키는 것을' 목표로 하는 것이 '기독교문학'이라는 것이다.[4] 인간성의 회복, 죄로부터의 해방이라는 '인간 구원'의 문제가 '기독교문학'의 영역으로서 단순히 한 가지 시점만으로 정의할 수 있는 것이 아니며, 임영천과 같이 '종합적 관점'에서 논의해야 하는 문제이다.

결국 한국과 일본의 기독교문학 연구자가 정의 내린 '기독교문학'이란, 작가가 기독교 신도로서, 기독교에서 소재를 빌렸고, 기독교 신도 또는 유사한 부류를 표현의 시점으로 하고 있으며, 기독교적 주제를 가지고 있는 작품을 말한다.

그러나 이렇게 되면 '기독교문학'은 작품을 읽는 독자 또는 연구자가, 작가가 가지고 있는 '기독교의 정통성'(표현의 주체)까지 판단해야 하는 매우 복잡한 양상을 보이게 된다. '기독교문학'의 정의에 대해 '종합적 관점'이라는 모호한 방법밖에는 없는 것일까? 혹 기독교와 관련된 소재, 기독교 신도 혹은 유사한 부류를 겨냥한 독자, 작가가 기독교 신도여야 한다는 정의가 오히려 '기독교문학'을 포교 문학에 가까운 협소한 의미를 띠게 하는 것은 아닐까?

본 연구에서는 '기독교문학'의 정의를 보다 명확히 하고자, 전적으로 기독교에서 소재를 빌려왔으나 기독교 세계관을 그리지 않은 일본의 작품과 기독교에서 소재를 빌려와 기독교 세계관을 충실히 그려낸 한국의 작품을 비교해 보겠다. 기독교 소재를 충실히 빌려왔음에도 불구하고 '기독교문학'과 거리가 먼 작품과 그렇지 않은 작품을 비교하여 소위 '종합적 관점'에서 가장 중요한 부분을 차지하는 요건이 무엇인지 고찰하고자 하는 것이 본 연구의 목적이다. 게다가 연구 대상이 되는 두 작품은 거의 같은 시기에 한국과 일본에서 출간된 장편소설로, 대중의 인기를 얻은 베스트셀러 소설이었다는 공통점을 갖고 있다. 당시 독자들의 인기를 한 몸에 받은 이 소설들이 과연 '기독교문학'과 어떠한 관련이 있었으며, 어떻게 '기독교문학'의 영역에 포함되고 포함되지 않았는지에 대한 문제는 한국과 일본의 근현대문학에서 있어서의 '기독교문학'에 대한 정의와 관련된 것이라고 생각한다.

2. 본론

1) 에하라 코야타의 『新約』과 기독교

한국과 일본의 기독교 관련 대중소설 중, 에하라 코야타(江原 小彌太)의 『新約』(1921)과 박계주의 『순애보』(1939)는 당시 최고의 베스트셀러였다.

에하라 코야타는 기독교적 소재를 사용하여 인도주의를 주장한 백화파 (白樺派)의 아리시마 다케오(有島武郎), 무샤노코지 사네아츠(武者小路 実篤), 구라타 하쿠조(倉田白三) 등을 추종하는 소설가였다.『新約』은 기독교 정통 입장과 거리가 먼 인간 예수와 배신자 유다, 막달라 마리아 의 갈등을 그린 작품이며 특히 세 사람의 애정과 관련된 삼각관계를 묘사 한 소설로, 파격적인 묘사가 많다. 후대의 문학사에서 에하라 코야타의 이름은 기억되고 있지 않지만,『新約』이 발행되자 경이적인 판매 부수를 기록하여, 수문사(修文社)에서 1928년 5월 1일에 개정판으로 인쇄한 것 이 4일 후 5월 5일에 500판을, 같은 해 8월에 발행한 것은 510판을 기록 했다. 한 판에 500부를 인쇄한다 해도 최소 25만 부 이상을 발행했다고 추측할 수 있다. 그러나 앞에서 언급했듯이 후대의 문학사에서 그의 이름 을 발견하는 것은 쉽지 않다.『현대일본문학대사전』(1965, 명치서원)에 기록되어 있는 그의 행적은 다음과 같다.[5] 1882년에 태어난 에하라 코야 타는 도쿄물리학교를 졸업했다. 다이쇼 시대 반자연주의, 반이상주의적 문학사조에서 종교문학과 관련된 유행이 있어, 그 무리의 한 사람으로 에하라를 보고 있다. 작품으로는『新約』(1921)이 3권,『舊約』(1921), 『復活』(1921) 등이 있으며, 이 중에서『新約』(1921)이 비교적 소설적 구성이 우수하고 예술적 가치가 있다고 한다. 작품 집필 의도는 기독교의 정통적 입장에서 벗어나 그리스도를 인간 예수로 묘사함과 동시에, 반역 자 유다에게서 인간성을 발견하여 두 사람이 갈등하는 심리를 그리고자 한 것이다. 앞의 사전에서 사사부치 도모이치(笹淵 友一)는 "요컨대 그는 다이쇼 시대 백화파(白樺派) 인도주의의 동조자, 동반자에 그치고 있으 며, 그 이상의 개성이나 가치는 인정할 수 없다."라고 혹평하고 있다.[6]

『新約』은 아래와 같이 기독교적인 소재를 따왔다고도 할 수 있다. 하지만 소재가 정통 기독교적인가, 그렇지 않은가에 대한 문제는 기독교 신학에 정통하지 않은 일반 독자가 판단하기에는 쉽지 않은 문제이다. 본고에서 아래와 같은 기독교적 소재에 대한 진위는 앞에서 언급한 것과 같이 본 연구목적상 그다지 중요하지 않다고 생각하나, 작품 자체가 기독교 세계관을 다루고 있는가 하는 것에 대한 문제는 텍스트를 이용한 면밀한 분석이 필요하다. 『新約』의 텍스트로는 수문사(修文社)에서 1928년 8월 5일에 발행한 510판의 것을 사용하겠다.

> 유다는 그 사이에 요한의 아내가 드러낸 하얀 맨발에 눈길을 주어 음욕의 정에 몸을 불태우며, 기만당한 학자 다말의 딸 막다의 일이나, 빼앗긴 유녀 사라에 관한 것 등을 생각했다. 그러자 주 예수가 사랑하고 있는 막달라 마리아의 얼굴이 그의 눈에 떠올라서는 주 예수와 그녀가 친해져서 따라붙는 것에 대한 질투를 느꼈다. (텍스트 p.673)

예수, 가롯 유다, 요한, 막달라 마리아 등, 등장인물들의 인명만을 보면, 기독교에서 소재를 따온 것임에 틀림이 없다. 하지만 내용은 전혀 다르게 전개된다. 예수의 제자 유다가 요한의 아내의 육체에 정욕을 품는다거나, 예수를 사랑하며 질투를 느끼는 막달라 마리아의 설정은 신약성서에서 찾아볼 수 없는 내용이다. 게다가 주변 인물뿐만 아니라 주인공 예수의 언행은 아래의 인용문과 같이 전혀 기독교적이지 않다.

> 예수는 머리를 늘어뜨리며 말했다.
> "자, 그것은 나도 잘 모르지만, 나는 내 자신이 너를 다른 사람의 아내가 되게 하고 싶지는 않다고 생각하고 있다. 너를 아론의 아내가 되도록

해달라는 너의 어머니의 부탁을 들었을 때는 쓸쓸함과 질투를 느꼈다.
이것은 도대체 어떻게 된 일인가?"   (텍스트 p.683)

막달라 마리아의 결혼과 관련하여 '쓸쓸함과 질투'를 느끼는 예수에
관한 이야기는 이미 기독교를 떠나 등장인물들의 복잡한 '연애소설'로
변질되어버리고 말았다. 더구나 아래와 같은 묘사들은 반기독교적이기까
지 하다.

　　이것을 들은 예수는 그녀의 손을 잡았다. 그녀의 손은 미세하게 떨리
고 있었다. 그는 상냥하고 따뜻한 말투로 마리아의 얼굴을 살피며, "(중
략) 세상은 너와 나를 사랑하는 관계라고 이야기한다. 아니, 세상은 아무
래도 좋지만, 사도들 중에서도 이상하게 생각하는 자들이 있어서 사려
없는 그들을 좌절하게 해서는 안 된다."라고 타일렀다.
　　마리아는 그의 손을 잡아끌어 자신의 가슴에 대고서는, "저, 이스카리
옷의 유다죠?"라고 물었다.   (텍스트, p.732)

　　그녀는 다시금 그의 손을 잡고, "주여, 당신, 저도, 저도 당신을 알고
있어요. 저는 당신을 하나님의 아들, 그리스도라고 믿고 있습니다. 내
단 한 사람의 사랑하는 주님이십니다."라며, 그의 이마에 입술을 맞추었
다.
　　"나는 아버지 하나님이 있고, 사랑하는 네가 있다. 그 외, 무엇이 필요
할까."라며, 그도 마리아의 이마에 입맞춤했다. 두 사람은 잠시 동안 껴
안은 채 잠자코 있었지만, 그는 조용히 그녀를 떼어내며…….
                                                  (텍스트, p.734)

　　그는 누이 마루타에게서 타는 듯한 눈빛을 보았을 때, 그녀의 삶은
달걀 흰자와 같이 윤기 나는 하얗고 뜨거운 손과 팔이 마음을 담은 것처

럼 스치듯이 몸을 건드릴 때, 본디 나사렛의 목수이던 시절에 육체에
서 느낀 충동적 정욕이 다시 타오르는 것 같은 불안과 쾌감을 맛보았다.
(텍스트, p.945)

위의 인용문들에 등장하는 인물들은 기독교 성서에서 이름만 차용해
왔을 뿐, 남녀 간의 삼각관계를 다룬 '연애소설'이었다. 기독교적인 소재
를 사용했음에도 당시의 베스트셀러 소설로 자리 잡을 수 있었던 이유는
청춘 로맨스를 주제로 다룬 측면이 강했기 때문일 것이다. 기독교에서
소재를 빌려오기는 했으나, '기독교문학'의 어느 조건도 충족시키지 못하
는 작품이라고 할 수 있다. 더구나 '기독교문학'이 아닌 가장 명확한 이유
는 아래와 같이 기독교적 세계관을 담아내고 있지 않은 부분이 있기 때문
이다.

"나사렛의 예수는 하나님의 나라를 가르쳐 전하면서 과부인 어머니와
많은 형제를 버리고 돌보지 않았다. 어머니가 일부러 만나러 갔을 때도
말 한마디 건네려 하지 않았다고 한다. (중략) 예수는 사람을 구원한다고
하면서 어머니를 버렸다. 사람을 구원하기 전에 어머니를 구원해야 하지
않을까?"
(텍스트, pp.714-715)

위의 내용은 신약성서의 복음서에 나오는 부분을 빌려와서 사용하고
있다. 마태복음 12장 46-50절에서는 다음과 같이 전하고 있다.

예수께서 무리에게 말씀하실 때에 그의 어머니와 동생들이 예수께 말
하려고 밖에 섰더니 한 사람이 예수께 여짜오되 보소서 당신의 어머니
와 동생들이 당신께 말하려고 밖에 서 있나이다 하니 말하던 사람에게
대답하여 이르시되 누가 내 어머니이며 내 동생들이냐 하시고 손을 내

밀어 제자들을 가리켜 이르시되 나의 어머니와 나의 동생들을 보라 누
구든지 하늘에 계신 내 아버지의 뜻대로 하는 자가 내 형제요 자매요
어머니이니라 하시더라.

위와 관련된 내용은 마가복음에도 등장한다.[7] 『新約』에서는 예수의
어머니와 형제들에 대한 혈육 관계의 부정에만 초점을 맞추고 있다. 그러
나 기독교 세계관의 입장에서는 다음과 같이 해석하고 있다.[8]

여기에서 보이는 예수의 혈육에 대한 태도는 냉담한 것이 아니라 하
나님 나라의 진리를 설명하는 확연한 자세이다. 또 혈육의 자기보전주의
는 '내 아버지의 뜻대로 하는' 것을 초월하지 않으면 안 된다. 예수에게
있어서 영적 골육 관계야말로 가장 훌륭한 것이며 또 모든 관계에서
우선해야 할 일이었다.

결국, 『新約』은 영적인 관계의 중요성을 전달하려는 기독교 세계관을
보지 못하고 정반대로 자신의 혈육관계를 부정하는 예수의 인간적 측면만
을 강조하였기에, '기독교문학'의 정의에서 다루고 있는 기독교 세계관을
다루지 않고 있다고 할 수 있다. 이러한 자세는 아래와 같은 견해로 이어
져, 당시 백화파(白樺派) 인도주의의 '애기주의(愛己主義)'를 반영하고
있었다.

내 재산은 아내를 위해서도 소중히 보존하지 않으면 안 된다. 타인을
구하기보다 먼저 자신과 아내를 구하기 위해 이 재산을 축적해 두지
않으면 안 된다고 다윗은 생각했다.   (텍스트, p.750)

기독교는 잘 알려진 대로, "네 이웃을 네 자신과 같이 사랑하라"는 마태

복음 22장 39절처럼 '애타주의(愛他主義)'로서, 이는 기독교의 가장 큰 계명에 속한다. 즉 위의 인용문에서 이야기하는 것과는 전혀 다른 세계관을 가지고 있다. 『新約』은 아래와 같이 아리시마 다케오의 '애기주의(愛己主義)'를 추종하는 결과물이었다.9)

어떤 사람은 타인을 사랑하기 때문에 자기를 죽이고서 후회하지 않습니다. 자기를 죽이고 어떻게 자신을 비난하는 사람이 있을까요? 용서 없는, 엄격한, 과격한 사람입니다.

기독교에서 인명과 사건을 빌려와 작품을 구성하고 있다고 할지라도, 『新約』에서 다루고 있는 내용은 등장인물들의 연애 삼각관계에 지나지 않으며, 기독교에서 가장 중요한 세계관을 다루고 있지 않은 '비기독교문학'이었다. 또한 독자들은 작품에서 기독교 세계관을 찾기보다 작품에 나타난 자기본위의 '연애소설'적인 부분에 흥미를 두고 구입한 베스트셀러 소설이었다고 할 수 있다.

2) 박계주의 『순애보』와 기독교

한국에서 '기독교문학'의 대중화는 1938년 『순애보』를 매일신보에 발표한 박계주에 의해 이루어졌다고 할 수 있다. 그만큼 당시 독자들에게 인기를 얻은 베스트셀러라는 의미도 있을뿐더러, 등장하는 주인공들의 입과 지문을 통하여 기독교 세계관이 잘 드러나 있기 때문이다. 기독교와 관계된 그의 행적을 다음과 같이 살펴보자.

해방 전후를 통하여 공전의 베스트셀러 소설로 큰 인기를 누린 장편

『순애보(殉愛譜)』의 작가 박계주(朴啓周)는 1913년 간도(間道) 용정(龍井)에서 태어났다. 1932년 영신중학교를 졸업한 후 1933년 상경하여 감리교신학교 입학을 기다리던 중, 사설 수도원인 신학산에 들어가게 된다. 그리고 백남주 목사 등의 권고로 다시 평양수도원에 들어갔다. 그 후 1934년 1월 창간한, '예수교회'의 중앙선도원 잡지『예수』의 주간을 맡아 활동했다.『예수』의 편집 책임자로 재직하는 동안 작품 집필을 구상하여, 『매일신보』에서 실시한 1천 원 장편소설 현상 모집에 박진이라는 이름으로 응모한『순애보』가 당선되었다.『순애보』는 당시로서는 거금에 속하는 일화 10환(현재 1,000만 원)의 상금을 탔을 뿐만 아니라 1939년 초판을 찍은 작품이 보름 만에 매진되고 1945년에 48판을 간행하는 장기 베스트셀러가 되었다. 해방 후에도 여러 출판사에서 출판을 거듭하여 우리나라 출판 사상 기록적인 베스트셀러 소설로 군림하였지만,10) 공헌도에 비해 그 이상의 개성이나 예술적 가치는 그다지 인정받지 못하고 있다. 기독교 신도로서 기독교에서 소재를 빌려와 작품을 썼으며, 당시 큰 인기를 얻은 베스트셀러 작가였으나 당대에도, 또한 후대에도 예술적으로 높은 평가를 받지 못했다는 점에서는『新約』의 작가 에하라 코야타와 닮은 점이 많다고 생각한다. 작품은 다음과 같이 시작한다.11)

　　　"누군지 알아 맞히세요." 예쁜 조개 껍데기들이 푸른 물결에 사뭇 희롱당하는 해변에 이젤(畵架)을 세워놓고 캔버스에 그림 그리기에 열중하는 최문선(崔文善)의 뒤에서 별안간 문선의 두 눈을 잡으며 무언의 질문을 던지는 이가 있다.　　　　　　　　　　　　　　　　　(텍스트, p.7)

　주인공 최문선과 그를 사모하는 인순이 등장하는 작품의 시작은 마치

청춘 남녀의 연애를 그린 '연애소설'을 연상시킨다. 작품이 쓰인 1930년 대라는 시대적 배경을 생각하면 당시의 독자들에게는 신선한 충격이었을 수도 있다. 게다가 이어지는 아래와 같은 묘사는 작품을 '애정소설'로 읽기에 충분한 근거를 제공하고 있다.

> 짙은 자줏빛 해수욕복을 입은 인순이는 탄력있는 육체의 곡선을 인어 (人魚)인 양 싱싱하게 노출시키며 문선에게 미소를 보낸다.
>
> (텍스트, p.8)

작품에 흐르는 위와 같은 묘사들은 "사랑을 테마로 한 장편소설 ≪순애보≫는 우리나라의 애정소설의 하나의 전형으로 길이 남을 것이다."라는 지적을 받기에 충분하다.12) 그러나 『순애보』는 『新約』과 같이 신약성서의 인물들이 등장하지는 않지만, 성서에 기록된 문구를 직접 사용하고 있으며, 다음과 같은 기독교 세계관을 전개하고 있다는 점에서 정말 '연애소설' 또는 '애정소설'로 보아야 할 것인지 재고할 필요가 있다. 작품에 나타나는 대표적인 기독교 세계관을 아래와 같이 인용하여 보자.

> 이러한 생활 철학을 무시한 자기의 행동을 바라볼 때, 문선이는 자기 자신을 미워하고 꾸짖지 않을 수가 없었다.
>
> 베드로가 예수를 보고 "주여! 형제가 제게 죄를 지으면 몇 번이나 용서하여 주리이까? 일곱 번까지 하오리까?" 하고 물었을 때, 예수는 "일곱 번만이 아니라 오직 일흔 번을 일곱 번이라도 할지니라." 하고 대답하지 않았던가. 이 성구(聖句)를 수없이 읽던 자기가 아니냐. 그럼에도 불구하고 노를 발하고 폭력을 가하기까지 자기의 신념과 지조(志操)를 헌신짝같이 집어던졌다는 것은 얼마나 추한 꼴이냐.
>
> '죄라 할지라도 이렇게 용서해 주어야 하거늘, 하물며 소년의 행동은

철없고 사심(邪心)없는 장난이었을 뿐이요, 죄라고는 볼 수 없음에랴.'
칠판에 글을 쓰는 문선의 시야(視野)에는 칠판도 글도 걸리지 않고,
다만 부끄러움과 괴로움과 뉘우침만이 그를 여지없이 공격하며 결박
한다.   (텍스트, pp.89-90)

작품의 주인공인 최문선은 기독교 신자이며 다방면에 재능을 갖고 있
는 신지식인이다. 교사로 근무하고 있는 교육자로서 학생의 못된 버릇을
고쳐주기 위해 폭력을 행사하였고, 이에 대한 자책감으로 위와 같은 성서
의 문구를 인용하게 된다. 그런데 주인공이 생각하는 교육자로서 가장
필요한 자질은 사랑으로써의 감화이며, 다음과 같은 '사랑'의 묘사는『순애
보』의 주제와 관련되는 기독교 세계관이다.

사랑에는 분노가 없고 폭력이 없다. 사랑은 어디까지나 그것이 생활화
되어 거기에서 오는 감화가 있을 뿐이요, 따라서 자기를 제공하고 순(殉)
하는 희생이 있을 뿐이다.   (텍스트, P.89)

남녀 간의 애정 표현으로 시작한『순애보』는 작품의 전반에 걸쳐 희생
적인 '사랑'을 묘사한다. 기독교에서 핵심을 차지하는 세계관이 예수의 십
자가의 '사랑'에서 상징되는 희생적인 '사랑'이다. 아래의 인용문은 작품의
중심을 이루고 있는 그러한 '사랑'을 보다 구체적으로 설명하고 있다.

'행복은 돈과 건강에 좌우(左右)되는 것이 아니고, 사랑에 정비례(正
比例)되는 것이다. 따라서 어머니가 자식을 기르는 사랑에 어떤 보수나
대가를 전제하지 않고 무조건으로 사랑하듯이, 참사랑은 가지는 것이
아니고 주는 것이다. 이리하여 참된 사랑은 어디까지든지 자기를 부정
(否定)하는 데서, 말하자면 남을 위해서 자기를 포기(抛棄)하는 데서

비로소 사랑의 향기를 발하며, 사랑의 빛을 발하게 되는 것이다. 만일, 누구든지 사랑을 주지 않고 남의 사랑을 받으려고만 할 때, 그 사람은 가장 불행한 것이다. 그것은 사랑을 주지 않고, 받으려고만 할 때, 또는 남을 사랑하였다고 할지라도 사랑을 받기 위해서 그러한 조건으로 남을 사랑하였다면, 거기에는 언제나 내적 자유(內的自由)와 평화와 만족이 있을 수 없는 것이다. 그것은, 사람은 누구에게나 가지려는 욕심은 끝이 없기 때문에 사랑을 받고 또 받아도 만족하지 못하고 늘 불만한 것이며, 불만하다는 것은 곧 거기에 평화와 기쁨과 자유가 없다는 증좌인 것이다. 그러므로 사람은 누구나 주려는 참된 사랑을 소유하는 때에 비로소 행복을 누리게 되는 것이다. 또 이 세상에는 돈과 건강을 가지고도 불행한 사람이 있으며, 돈과 건강을 가지지 못하고도 행복을 누리는 사람이 있다. 아무리 많은 돈을 가졌다고 할지라도, 그리고 아무리 튼튼한 무병(無病)한 건강을 가졌다고 할지라도, 사랑과 진실과 신의와 존경과 봉사 등의 진리가 그 생활에서 마이너스되었을 때 거기엔 가정 불화와 싸움이 있고, 배신이 있고, 위선이 있고, 모해가 있는 것이다.'

(텍스트, p.397)

위의 인용문은 "참된 사랑은 어디까지든지 자기를 부정(否定)하는 데서, 말하자면 남을 위해서 자기를 포기(抛棄)하는 데서 비로소 사랑의 향기를 발하며, 사랑의 빛을 발하게 되는 것이다."라고 한다. 결국 기독교 세계관의 애타주의(愛他主義)를 명확히 드러내는 부분이다. 『新約』에서 지적된 애기주의(愛己主義)와는 전혀 다른 '사랑'에 대한 인식이다. "나(自我)라는 것이 내 우상(偶像)이 되어서는 안 된다."(텍스트, p.91)는 것이나 아래의 인용문과 같은 인식은 『新約』의 에하라 코야타나 아리시마 다케오가 주장한 '애기주의(愛己主義)'와 정반대의 개념이다.

문선이는 부드러운 음성으로 치한이더러 자리에 앉기를 권한다.

"저와 같은 흉악한 죄인도 선생님의 친구라고 불리움을 받을 수가 있을까요?"

"저는 결코 피엘 신부거나 예수는 아닙니다. 그러나 내가 예수의 진리 속에서 살려고 했던 나의 생활 목표를 스스로 짓밟아버릴 수는 없습니다. 예수는 나에게 인류는 한 하느님의 자녀인 것을 가르치셨고, 모든 사람은 계급 없는 친구가 될 것을 가르치셨습니다. 원수까지도 친구로 사랑하라고……."

'…….'

"우리에겐 피가 있어야 할 것입니다."

"피란 무엇입니까."

"피는 사랑이요, 희생입니다. 다시 말하면 자기외(自己外)의 자기(自己)인 타아(他我)를 위해서 사는 일일 것입니다."

그들은 자기들도 이상할이만큼 장소에 어울리지 않는 문답을 하고 있었다.　　　　　　　　　　　　　　　　　　　　　(텍스트, pp.132-133)

그런데 보다 흥미로운 것은 아래의 장면에서 언급하는 '순애(殉愛)'이다.

두 원수를 내려다보던 혜순이는 이윽고 시선을 의사에게로 돌리면서,
"그러면 제 피를 뽑아서 이 두 사람에게 수혈시켜 주세요."
흥분을 가라앉히며 말한다. 그는 악을 악으로 갚을 수는 없었던 것이다. '선으로써 악을 갚자' 하는 불 같은 사랑에 순(殉)하는 문선이와도 같이, 그도 순애(殉愛)에 몸을 바칠 수밖에 없는 운명의 소유자였나보다.
　　　　　　　　　　　　　　　　　　　　　(텍스트, pp.194-195)

자신을 버린 남편과, 남편을 빼앗은 여자에게 자신의 피를 수혈하는 혜순의 행위는 문자 그대로 '순애(殉愛)'이다. 앞에서 지적한 것처럼 작품

의 서두는 '연애소설'과 같은 출발로 독자에게 '순애(純愛)'를 연상시켰으나, 작품의 결말은 매우 대조적으로 다음과 같이 끝을 맺고 있다.

> 편지를 다 읽고 난 영호는, 가장 높고 가장 깨끗한 '사랑'에 자기를 제공하여, 남을 위해서 사랑의 제물(祭物)이 되는 문선이나 명희나 철진이나 혜순이나 황인수는 다 같이 사랑에 순(殉)하는 순애(殉愛)의 사도들이며, 십자가의 사자들이라고 생각하면서, "여보. 옛소, 이 편지를 보우."
> 아내에게 편지를 주며 감격의 미소를 얼굴에 퍼뜨린다.
> "무슨 편지우?"
> "반가운 손님들이 온다는 편지요."
> 영호는 그렇게 대답하면서 자리에서 일어나 농립 모자를 집어쓰고 과수원으로 간다.　　　　　　　　　　　　　　　　　　(텍스트, p.404)

영호가 언급하는 주요 등장인물들의 '사랑'을 보며 모두 "사랑에 순(殉)하는 순애(殉愛)의 사도들"이라고 칭하는 것은 이 작품의 주제를 '희생적 '사랑'의 기독교 세계관'으로 명확히 하는 것이다. 반복되는 것 같은 이야기이나, 작품명이 '純愛譜'가 아니라 '殉愛譜'인 것에 대해 유의할 필요가 있다. "사랑을 테마로 한 장편소설 ≪순애보≫는 우리나라의 애정소설의 하나의 전형으로 길이 남을 것이다."라는 앞의 선행 연구의 오류는 이 소설의 주제가 기독교의 희생적인 사랑과 구원을 이야기한 '殉愛'라는 사실에서 명백해진다. 결국, '기독교문학'의 정의에 있어 '작품 자체' 또는 '테마의 문제'가 차지하는 기독교 세계관의 유무가 얼마나 중요한 요소인가를 확인시키는 베스트셀러였다.

3. 결론

　에하라 코야타의 『新約』은 "기독교나 전통을 떠나 '인간으로서의 예수'를 제일 목표로 했다."(텍스트, p.1000)라는 작가 자신의 말처럼, 기독교 교리나 교회사와 전혀 관계없는, 남녀 간의 연애를 다룬 장편소설이었다. 주요 등장인물은 인간 예수, 반역자 유다, 막달라 마리아로, 세 사람의 삼각관계를 통하여 희생적 정신으로서의 '사랑'이 아닌, 등장인물의 인간적인 사랑을 묘사한 작품이다. 작품의 소재는 기독교적인 것에서 출발했으나, 종교적인 내용보다는 인간 예수와 막달라 마리아, 유다의 삼각관계가 당시 젊은 남녀 독자층에 커다란 호응을 불러일으켰음을 알 수 있다.

　한편 박계주의 『순애보』가 당시 베스트셀러가 된 것은 기독교 신앙의 전달보다 대중소설의 효과가 컸기 때문일 것이다. 그러나 세속적인 의미의 연애가 아니라 기독교적인 가치를 부여함으로써 독자가 더욱 공감하게 만들었다는 것이다. 두 작품을 비교해 볼 때, 흥미로운 것은 기독교적 소재를 빌려서 기독교문학처럼 보였으나 작품의 주제는 '연애소설'에 가까운 전개를 보인 『新約』과 달리, 대중소설 성격의 '연애소설'적인 출발을 보였음에도 기독교 세계관에 충실한 '기독교문학'으로서의 주제를 갖는 『순애보』의 전개 양상이다.

　결국, 본고의 서두에서 임영천이 언급한 '기독교문학'을 정의하는 네 가지 관점인 '외부 세계(자연), 독자, 작가, 작품 자체'나 사코 준이치로가 언급한 '표현의 주체라는 문제와 테마의 문제, 소재의 문제와 표현의 시점이라는 문제'라는 네 가지 영역에서 '기독교문학'의 근거로 제시하기에 가장 적합한 요소는 작품에 기독교 세계관이 담겨있는가 하는 문제이다. 소재의 문제, 작가의 문제, 독자의 문제 등으로 '기독교문학'의 여부를 판단하기는 쉽지 않은 것이다.

【주】

1) 임영천(1995), 『한국 현대문학과 기독교』, 태학사, pp.11-13 참조.
2) 주1의 책, p.13.
3) 사코 준이치로(1965), 『기독교와 문학』, 新教出版社, p.11.
4) 주3의 책, p.15.
5) 히사마츠 센이치 외(1965), 『현대일본문학대사전』, 명치서원, p.141 참조.
6) 주5와 동일.
7) 마가복음 3장 31-35절: "그때에 예수의 어머니와 동생들이 와서 밖에 서서 사람을 보내어 예수를 부르니 무리가 예수를 둘러 앉았다가 여쭤오되 보소서 당신의 어머니와 동생들과 누이들이 밖에서 찾나이다 대답하시되 누가 내 어머니이며 동생들이냐 하시고 둘러 앉은 자들을 보시며 이르시되 내 어머니와 내 동생들을 보라 누구든지 하나님의 뜻대로 행하는 자가 내 형제요 자매요 어머니이니라"
8) 생명의말씀사 출판부 『신성서주해 신약1』(1995), 생명의말씀사, pp.129-130.
9) 아리시마 다케오 「내부생활의 현상」(1920), 『婦人之友』제14권 제1호, 인용은 『아리시마다케오전집 제8권』(1980), 筑摩書房, p.439.
10) 신동한(2003), 「박계주의 작품 세계-장편 <순애보>를 중심으로-」, 『순애보』, 일신서적출판사, pp.405-406 참조.
11) '박계주 『순애보』(2003), 일신서적출판사'를 본고의 텍스트로 사용하였다.
12) 주10의 논문, p.410.

* 이 논문은 2009년도 부경대학교의 지원을 받아 수행된 연구임(PK-2009-7).

초출일람

1. [講演]21世紀の芥川龍之介像

   ―孤独で陰鬱な作家から人生と闘った作家へ―

2. 아리시마 다케오와 "배교의 논리"

   김승철 저 <벚꽃과 그리스도: 문학으로 보는 일본기독교의 계보> 동
   연출판사, 2012, 49-67에 수록

3. 아쿠타가와 류노스케의 『오시노』 고찰

   ―니토베 이나조의 『무사도』와 관련하여―

   「한일군사문화연구」 제14집 한일군사문화학회 2012.10.

4. 「奉教人の死」における＜内破＞と＜疎外＞

   ―『黄金伝説』を手がかりに―

   『国文学研究』(早稲田大学国文学会) 第166号 2012.3에 수록

5. 김동리의 「무녀도」와 아쿠타가와 류노스케의 문학

   ―전통 종교와 기독교의 갈등과 습합―

   『日本研究』第43号, 韓国外国語大学校, 2010年3月30日

6. 太宰治『HUMAN LOST』論

   ―再生の意志とキリスト教との関わりを中心に―

   「日本学報」第67輯, 한국일본학회, 2006년 5월

7. 엔도 슈사쿠의 「유리아라고 부르는 여자」론

   ―「유리아」의 이미지를 중심으로―

   『일본학연구』 제35집, 단국대학교 일본연구소, 2012.1.

8. 遠藤周作『王의 挽歌』論

　―키리시탄 문학의 가능성―

　『文学·語学』 제202호, 全国大学国語国文学会, 2012.3.

9. 遠藤周作の 『深い河』論

　―たどりついた ＜神＞ 像―

　≪日語日文學硏究≫ 제69輯2卷, 한국일어일문학회, 2009.5.

10. 우치무라 간조와 나쓰메 소세키

　『인문논총 25』(서울여자대학교 인문과학연구소 2012) pp.67-90에 수록

11. 矢内原忠雄의 「朝鮮統治의方針」과 조선 민중의 실상

12. 한일 ‘기독교 베스트셀러 소설’ 비교 연구

　동북아문화연구 제23집(2010.6) pp.471-482.

필자일람

· 세키구치 야스요시(関口安義)
와세다대학대학원 박사과정 수료 / 문학박사 / 쓰루분카(都留文科)대학교 명예교수
· 김승철(金承哲)
스위스 바젤대학 신학부 / 신학박사 / 난잔(南山)대학교 인문학부 기독교학과 교수
· 하태후(河泰厚)
바이코가쿠인대학대학원 / 문학박사 / 경일대학교 외국어학부 교수
· 시노자키 미오코(篠崎美生子)
와세다대학대학원 / 문학석사 / 게이센조가쿠인(恵泉女学園)대학교 인문학부 교수
· 조사옥(曺紗玉)
니쇼가쿠샤(二松学舎)대학대학원 / 인천대학교 일어일문학과 교수
· 홍명희(洪明嬉)
간세이가쿠인(関西学院)대학대학원 / 문학박사 / 울산대학교 일본어일본학과 객원교수
· 박현옥(朴賢玉)
일본 나고야대학대학원 / 문학박사 / 목포대학교 아시아문화연구소 연구전임교수
· 나가하마 타쿠마(長濱拓磨)
고베대학대학원 / 교육학 석사 / 교토외국어대학교 일본어학과 교수
· 이평춘(李平春)
도쿄 시라유리여자대학(白百合女子大学)대학원 / 문학박사 / 명지대학교 일어일문학과 외래교수
· 박상도(朴相度)
오사카외국어대학대학원 / 언어문화학 박사 / 서울여자대학교 일어일문학과 조교수
· 김정희(金靜姫)
니가타대학원 박사과정 수료 / 숭실대학교 일어일본학과 겸임교수
· 윤 일(尹一)
규슈대학대학원 / 문학박사 / 부경대학교 일어일문학부 부교수

한국일본기독교문학연구총서【No.9】
한국일본기독교문학회 편

일본문학 속의 기독교 Ⅸ

2013년 03월 31일 발행

편　자　한국일본기독교문학회
발행처　제이앤씨

등록번호 / 제7-220호
130-040 서울특별시 도봉구 창동 624-1 현대홈시티 102-1106
전화 (02)992-3253 팩시밀리 (02)991-1285
e-mail: jncbook@hanmail.net
URL http://www.jncbook.co.kr

ISBN 978-89-5668-978-4 93830
정가 21,000원